KB003431

스캔들
세계사
4

파피에

머리말

역사가 '이웃집 이야기'처럼 친숙해지도록

1993년과 2002년에 퓰리처상을 수상한 작가 데이비드 맥컬로프는 미국 국립 인문학 재단과의 인터뷰에서 역사에 대해 "단순히 의무적으로 배우는 것뿐만 아니라 즐거움도 느껴야 한다고 생각합니다. 제게 역사는 문학이나 미술, 음악처럼 살아 있음을 더욱 느끼게 해주는 경험입니다."라고 말했습니다.

역사는 알고 보면 세상의 그 어떤 영화나 소설, 드라마보다도 놀랍고 흥미로운 이야기보따리입니다. 그럼에도 불구하고 '역사'라는 단어의 무게감 때문에 첫발을 내딛는 데 두려움을 느끼는 분들이 많으신 것 같습니다. 그런 분들에게서 『스캔들 세계사』 시리즈를 통해 역사를 '옆집에서 생긴 일'처럼 친숙하고 생생하게 느끼게 되었고, 역사를 알아가는 데 이 책이 디딤돌이 되었다는 말씀이 제게는 가장 큰 기쁨이자 힘이 되었습니다. 그것은 독자 여러분의 삶에 역사가 '문학이나 미술, 음악처럼 살아 있음을 느끼게 해주는 경험'이 되기를 바라며 여러 매체를 통해 역사 이야기를 선보인 이유이기도 합니다.

저에게 있어 지난 몇 년은 블로그에서 시작한 이야기가 종이 위에 찍힌 정연한 활자가 유영하는 책이라는 형태로, 그리고 거기에 목소리까지 보탠 강연, 라디오 방송 등의 형태로, 역사 이야기의 스펙트럼을 조금씩 넓혀온 시간들이었습니다. 강연을 하다 보면 때로는 온몸으로 책을 쓰고 있는 것 같은 느낌을 받곤 합니다. 때로는 목소리의 톤을 한껏 높여 큰 소리로, 때로는 조용히 속삭이듯이 역사가 낳은 수많은 극적인 사건들과 거기에 휘말린 사람들의 사연을 들려드리다보면, 숨 죽이며 듣다가 탄식을 내뱉고 웃음을 터트리며 귀를 기울이는 분들을 통해 오히려 제가 새로운 배움과 깨달음을 얻기도 했습니다.

우리가 살아가면서 눈에 담는 모든 풍경들, 매일같이 오가는 거리에도, 쓰러져가는 허름한 건물에도 역사는 숨 쉬고 있습니다. 골목마다 숨어 있는 '원조' 감자탕 집 중 진짜 원조가 어디인지부터 새롭게 내한했다는 〈삼총사〉 공연 홍보 포스터에 이르기까지, 그 속에 담긴 역사를 안다면 그것들이 훨씬 가깝고 친근하게 다가오고는 합니다. 언제나 곁에 있었지만 잘 알지 못했던 새로운 세상에 푹 빠지는 행복한 시간여행, 동화보다 재미난 네 번째 역사 이야기 속으로 떠나보아요.

이주은

차례

1. 해적에게 물려가도 정신만 차리면 산다

– 로마제국의 황제 카이사르, 청년 시절에 무자비한 자비를 베풀다

율리우스 카이사르(B. C. 100~B. C. 44). 고대 로마의 정치가이자 장군인 그의 이름은 21세기인 지금까지도 유명합니다. 누구나 그 이름을 한 번쯤은 들어봤을 인물이니 삶을 아주 짧고 간략하게 말하자면, 한때 3명의 권력자가 정치를 이끌어나가는 삼두정치를 크라수스, 폼페이우스와 함께했던 카이사르는 크라수스 사망 후 폼페이우스와 대립하였습니다. 그 후 "주사위는 던져졌다."라는 아주 유명한 말을 남기고 루비콘 강을 건너 폼페이우스를 상대로 싸워 승리했죠. 이후 독재정치를 통해 로마를 다스리고 이집트에도 관여하며 여러 업적을 남겼으나 황제가 되려 한다는 이유로 반대파에 의해 암살당했습니다.

역사책 몇 권 나올 만한 파란만장한 내용을 딱 두 문장으로 줄여버렸네요, 휴우! 워낙 유명한 인물이기에 그가 남겼다는 "왔노라, 보았노라, 이겼노라(Veni, Vidi, Vici).", "브루투스, 너마저?" 등의 말들은 2,000년도

셰익스피어의 「줄리어스 시저」에서 등장해 역사에 남은 명언 "브루투스, 너마저?"를 낳은 카이사르의 최후를 묘사한 독일 화가 칼 폰 필로티의 「카이사르의 죽음」(1865).

더 지난 요즘도 화장품 브랜드나 밴드 이름으로 패러디되는 등, 흔히 쓰고 있지요.

그런 카이사르가 아직 25살의 파릇파릇한 청년일 적인 B. C. 75년에 있었던 일입니다. 카이사르는 웅변술을 더욱 심도 깊게 공부하기 위해 로도스 섬을 향해서 에게 해를 항해하고 있었습니다. 바닷바람을 맞으며 항해를 하던 배가 로도스 섬 근처에 거의 도착했을 때 갑자기 해적 떼가 나타났습니다. 이 시절 무려 100여 년동안 지중해의 골칫거리였던 해적들은 약탈과 살인 등 각종 범죄를 저질렀고 상류층 사람을 붙잡으면 엄청난 몸값을 부르거나 감옥에 갇혀 있는 해적 일당과 교환하기도 했습니다. 나라에서는 해적들을 소탕하기 위해 많은 노력을 기울였지만, 한 지역에서 없애버리려 해도 다른 지역으로 도망가서 숨어 있다가 다시 나타나면 되니, 이들을 소탕하기란 결코 쉬운 일이 아니었죠. 그와 더불어 당시 로마 사회에서 요구하는 노예의 수가 늘어남에 따라 해적들이 벌이는 이런 범죄가 노예 공급에 도움이 되었기 때문에 해적들이 설치고 다녀도 어느 정도는 내버려둔 면도 있었을 것이라고 추측하기도 합니다.

배를 장악한 해적들은 돈이 될 만한 물건들을 닥치는 대로 약탈하며 공포에 떨고 있는 사람들 사이를 멋대로 휘젓고 다니다가 자신들을 전혀 두려워하지 않는 당찬 청년을 발견합니다. 고급스러운 로마 귀족의 옷을 걸친 이 청년은 해적들이 칼을 휘두르며 위협을 하는 와중에도 시큰둥한 표정을 짓는 등, 태도에 여유가 넘쳐흘렀습니다. 누가 봐도 부유해보이는 이 청년, 카이사르를 본 해적들은 곧바로 그가 누구인지 알고자 했습니다.

로마의 귀족을 붙잡았다는 것을 알고 신이 난 해적들은 곧장 카이사르와 수행원들의 몸값으로 20탈란트를 불렀습니다. 20이라고 하니 액수가 적어보일 수 있어 덧붙이자면, 20탈란트는 약 525킬로그램의 은입니다(우리 돈 3억 8천만 원 정도). 상대가 귀족이라고 한몫 단단히 챙겨보려던 모양이죠! 엄청난 액수를 부르고 의기양양해진 해적을 쳐다본 카이사르는 피식 웃었습니다. 그리고는 "너희는 내가 누군지 모르는 모양이구나. 고작 20탈란트를 부르다니. 나 정도면 몸값이 50탈란트는 되어야지."라고 말했습니다. 아니, 이거 어디서 많이 듣던 '너 내가 누군지 알아?' 아닌가요? 예나 지금이나 하나도 다를 바가 없네요.

카이사르에게 항복하는 아르베르니 족의 족장 베르킨게토릭스. 화가 리오넬 로이어가 1899년에 그린 그림이다.

그럴 돈 없다고 울거나 목숨만은 살려달라고 비는 사람들만을 보아왔던 해적들은 카이사르의 이런 반응에 어안이 벙벙해져서 카이사르의 제안을 받아들였고, 카이사르는 수행원 중 몇을 근처 도시로 보내 자신의 몸값이 될 50탈란트를 받아오도록 시켰습니다. 그리고는 수행원들이 돈을 가지고 돌아올 때까지, 카이사르는 의사와 2명의 하인과 함께 해적들과 지내기 시작합니다.

해적들이 그동안 많이 보아왔던 포로들과 카이사르는 확연히 달랐습니다. 물론 큰돈을 가져올 포로이니 나름 손님 대접을 해주기도 했지만 그래도 다른 이들은 방에 틀어박혀 손톱을 물어뜯고 있는 것이 일반적인데 반해, 카이사르는 해적들과 같이 뛰고 놀며 체력 단련을 하고, 노래도 부르고, 웃으면서 어깨를 두드리곤 했죠. 심지어는 웅변을 공부하러 가던 길이었으니 웅변술을 연습해야 한다며 연설문을 작성하여 해적들을 모아놓고 일장 연설을 하기도 했습니다.

카이사르는 멋들어지게 운율을 읊었을지 모르지만 해적들은 (잘 몰라서 그랬는지 어쨌는지) 대부분 "에라, 그것도 연설이라고 하냐!"며 구박했고, 이에 카이사르는 "이 무식한 놈들아! 내가 몸값만 치르고 나면 죄다 십자가에 못 박아 죽여버릴 테다!"라고 협박으로 응수하였습니다. 간을 배 밖에 내걸다시피 한 이 겁 없는 청년 귀족이 신기했던 해적들은 카이사르와 함께 한바탕 웃음을 터트리고는 했죠. 밤이 되면 해적들은 불을 피워놓고 모여 앉아 수다를 떨거나 노래를 부르고는 했는데, 포로인 카이사르는 하인을 보내 시끄러우니 조용히 하라고 명령하기도 했습니다. 이미 이 패기 넘치는 청년이 마음에 쏙 들었던 해적들은 웃으면서 소리를 낮춰주었죠.

그렇게 38일의 시간이 흘러갔습니다. 수행원들은 50탈란트를 모았노라고 전해왔고, 카이사르는 해적들과 함께 밀레투스로 가서 약속한 몸값을 넘겼습니다. 해적들은 돈을 받자마자 떠났고, 카이사르 역시 자신의 계획을 바로 실천에 옮깁니다. 잽싸게 4척의 갤리선과 500명의 군대를 빌린 카이사르는 배를 이끌고 곧장 자신이 그동안 잡혀 있던 파마코니시 섬으로 향했습니다. 오랜만에 엄청난 액수의 몸값을 받았으니 기분이 하늘까지 닿게 신이 나서 부어라 마셔라 하며 술과 고기를 잔뜩 먹고 있었던 350여 명의 해적들은 갑작스러운 공격에 소스라치게 놀라 아무런 방어도 하지 못한 채 포로로 잡혀버렸죠. 카이사르는 해적들의 배를 모조리 바닷속에 가라앉혀버리고 몸값 50탈란트도 고스란히 되찾았습니다.

페르가몬 지역으로 해적들을 끌고 가서 감옥에 가둔 카이사르는 집정관에게 해적들의 처형을 허가해줄 것을 요청합니다. 하지만 카이사르의 예상과 달리 집정관은 해적들을 처형하는 데 그리 적극적이지 않았습니다. 이들을 죽이느니 보석금을 받고 풀어주면 쏠쏠할 것이라고 예상했을 것이고, 이 지역에서 활동한 지 오래된 해적들이니 나름 상인들과 공존하고 있기도 한데다(통행료만 내면 말이죠), 해적 우두머리들과 지역의 권력자들은 뒤로 다 통해 있는 사이였으니 집정관은 굳이 해적들을 죄다 죽일 필요는 없다고 생각했습니다. 몸값이나 좀 받고 풀어주거나 노예로 팔아서 돈을 벌어야겠다고 생각했죠.

집정관의 이런 계획을 눈치 챈 카이사르는 재빠르게 움직여서 집정관의 사람들보다 먼저 감옥에 도착했습니다. 자신이 얼마 전에 했던 '약속'을 똑똑히 기억하고 있던 카이사르는 감옥에서 끌려나온 해적들에게 십자가에 매달려 죽는 형벌을 구형하였습니다. 다만 지난 38일간 동고동락했던 정을 생각해서 자비롭게 십자가형을 집행하기 전에 미리 목을 베어 죽인 후, 십자가에 매달겠다고 약속했죠.

'아니, 그게 무슨 자비야!' 싶으신가요? 하지만 사실 십자가 형벌은 고대의 형벌 가운데 가장 잔인한 처형 방식의 하나로, 서서히 뼈가 부러지고 살과 근육이 찢어지는 끔찍한 고통과 굶주림에 아주 오랜 기간 시달리다 천천히 사망하는 무시무시한 처형법이었습니다. 그러니 어차피 죽을 것이라면 차라리 단칼에 죽는 것이 해적들에게 있어서는 크나큰 자비(?)였던 셈입니다.

카이사르는 약속대로 해적들을 처형하고 십자가에 매단 후, 웅변술을 배우기 위해 다시 로도스 섬을 향해 떠났습니다. 카이사르의 성격을 잘 보여주는 이 일화에서 우리는 카이사르의 유명했던 친화력과 행동력, 상황을 장악하는 능력 등을 잘 볼 수 있습니다. 과연 훗날 세계사에 이름을 남긴 호걸다운 에피소드라고 할 수 있네요.

2. 어머니, 할아버지의 심장을 쏘다

– 아버지 헨리 1세에 맞선 딸 줄리아나

내가 사랑하는 이를 상처주고 목숨을 위협받게 만든 사람이 있다면 아마 우리는 그 사람에게 분노하고 복수의 칼날을 겨눌 것입니다. '눈에는 눈, 이에는 이'라며 내 사랑하는 이가 겪은 고통을 똑같이 되돌려주겠다고 맹세할지도 모르지요. 똑같은 고통을 되돌려주겠다는 그 분노는 중세시대에도 마찬가지였지만, 지금 우리가 생각하는 방식과는 꽤나 달랐답니다. 과연 얼마나 달랐는지, 아버지와 딸 사이에서 벌어졌던 다툼을 통해 알아보겠습니다.

드라마에서나 일상생활에서나 툭하면 들리곤 하는 대화가 있죠? "아빠가 뭘 알아!" "내가 널 어떻게 키웠는데!" 부모 자식 간에 큰 소리가 나거나 냉랭하게 사이가 획 틀어지는 일은 크든 작든 많이 벌어지고는 하는데요. 이는 중세시대에도 별 다를 것이 없었답니다. 왕들은 나라 다스리는 것보다 가족 다스리는 데 더 골머리를 썩이고는 했죠. 가족관

영국 왕 헨리 1세. 정복왕 윌리엄 1세의 넷째 아들로 태어났지만 형들을 제거하고 왕좌에 올랐다.

계에 있어 우리가 당연히 받아들이는 것과 달리 중세에는 부모자식이건 친척이건 권력관계에서 문제가 되면 제거하는 일은 자주 일어났습니다. 작은아버지든 큰 이모든 막내 조카든, 내 가는 길에 문제가 되면 바로 쓱싹. 모녀지간이든 부자지간이든 피터지는 내전을 벌이고 감옥에 상대를 집어넣는 일 역시도 잊을 만하면 벌어지고 화해할 만하면 다시 벌어졌죠. 뒤에 나오는 '계모를 만난 백설왕자' 편에서도 아버지가 아들을 무려 2년동안이나 감옥에 가둬두었으니 말입니다.

중세 영국의 왕이었던 헨리 1세(재위 1100~1135)는 여러모로 가족관계에서 소동이 많았던 왕입니다. 『스캔들 세계사』 1권의 〈화이트십〉 이야기에서 만나봤었는데, 혹시 기억나시나요? 잠깐 한 번 더 짚어보자면, 여자들을 너무나 좋아했던 헨리 1세는 여자관계가 너무나 복잡해서 서자, 서녀의 수가 셀 수도 없을 정도였습니다. 알려진 것만 20여 명 정도로 추측하는데 알려지지 않은 아이들은 그보다 많겠죠. 자식 부자이기는 했으나 모두 서자, 서녀였고 아내와 사이에 둔 자녀는 오직 아들

〈화이트십〉에 탔다가 세상을 떠난 아들 윌리엄의 죽음을 애도하는 헨리 1세.

윌리엄과 딸 마틸다만이 장성하였습니다.

이전에 얘기했던 메리 1세나 엘리자베스 1세가 등장하려면 멀고 멀었기 때문에 아직 영국에선 여자가 왕이 되는 것은 듣도 보도 못한 일이었습니다. 그 덕에 유일한 정통 왕위 계승권자인 아들 윌리엄은 왕세자로 귀하디귀한 대접을 받으며 살고 있었죠. 하지만 그는 어느 날, 선원도 승객들도 홍청망청 술에 취한 배, 〈화이트십〉에 올라탔다가 배가 바다 속으로 가라앉으면서 아버지보다 일찍 세상을 떠나고 맙니다. 하나뿐인 왕위 계승자가 물고기밥이 되었으니, 그로 인해 영국에선 오랜 내전이 시작되었고 이러쿵저러쿵해서 결과적으로 플랜태저넷 왕조가 시작됩니다.

하지만 이번 이야기의 주인공은 플랜태저넷 왕조나 윌리엄이라는 적통 후계자가 아니라, 스쳐지나가듯 이야기했던 수많은 서자, 서녀들 중 하나와 그녀의 아버지 헨리 1세입니다. 헨리 1세에게는 수많은 서녀들 중에 줄리아나라는 딸이 하나 있었습니다. 엄마가 누군지도, 줄리아나의 어린 시절이 어땠는지도 정확히 알 수 없지만 기록된 역사에서 줄리아나는 결혼을 하고 아이를 둔 엄마로 등장합니다.

헨리 1세는 줄리아나를 브르퇴이유의 유스타스(Eustace of Breteuil)와 결혼시켰습니다. 유스타스 역시 아버지 브르퇴이유의 윌리엄의 서자였으니 서자와 서녀의 결혼이었던 셈이죠. 유스타스와 줄리아나는 프랑스에서 아이들을 낳고 알콩달콩 살고 있었습니다. 그러던 1119년의 어느 날, 역사가 시작됩니다. 거의 1,000년쯤 전 옛날 얘기이다 보니 소소한 부분들에서 차이가 있긴 하지만 이야기는 대략 이렇게 흘러갑니다.

어느 날 유스타스는 자기 선조들의 것이었지만 이제는 헨리 1세가 소유하고 랄프 하렝(Ralph Harenc)이라는 사람이 관리하고 있는 아이브리 성(Chateau d' Ivry)을 돌려달라고 요구합니다. 돌려주지 않는다면 헨리 1세에게 더 이상 충성을 바치지 않겠다는 뜻도 내비쳤죠. 헨리 1세는 자기 것이 된 성을 굳이 돌려주고 싶지는 않았지만, 그렇다고 좋은 신하이자 군인이자 사위인 유스타스를 놓치고 싶지도 않았기 때문에 일단은 '생각해보겠다' 고 답합니다.

하지만 생각해보겠다는 말도 한두 번이지, 유스타스가 계속 징징거리자 헨리 1세는 꼼수를 생각해냅니다. 자기가 생각을 해보는 동안 뒷공작을 하지 않겠다는 증거로 관리인인 랄프 하렝의 아들을 유스타스에게 인질로 보내고, 헨리 1세는 유스타스와 줄리아나의 딸들(즉, 헨리 1세 자신의 손녀들)을 데리고 있겠다고 한 것입니다. 유스타스와 랄프 하렝은 이 제안에 동의했고 어린 아이들은 양측에 인질로 보내졌습니다.

욕심이 많고 냉정했다는 헨리 1세는 손에 들어온 성을 선뜻 내어줄 마음이 없어 보였다.

자, 이제 무슨 일이 벌어졌을까요? 헨리 1세는 '생각해본 뒤' 아이브리 성을 사위에게 넘겨주었을까요? 유스타스의 딸들이야 외할아버지랑 지내는 거니까 편하고 안전하게 지냈겠지만 피 한 방울 섞이지 않은 랄프 하렝의 아들은 어땠을까요? 우리가 무엇을 상상하든 중세 유럽은 훨씬 더 잔인합니다.

전하는 이야기에 따르면 유스타스의 측근들은 혼란이 있어야 권력을 얻을 수 있을 것이라 생각하고는 유스타스에게 랄프 하렝의 아들의 눈을 뽑아버리라고 부추겼다고도 하고, 유스타스가 아이브리 성에 가서 성을 내놓지 않으면 당신 아들의 인생이 고통스러워질 것이라고 협박했다고도 합니다. 유스타스가 측근들의 말에 귀가 팔랑거렸는지, 아니면 랄프 하렝이 성을 못 내놓겠다고 했는지, 어쨌든 유스타스는 랄프 하렝의 아들을 단박에 장님으로 만들어버리고는 아들을 (뽑은 눈만, 또는 눈과 함께라는 버전도 있습니다) 아버지에게 돌려보냈습니다.

눈을 잃고 돌아온 어린 아들을 본 아버지의 분노는 하늘을 찔렀고, 랄프 하렝은 단박에 헨리 1세에게 달려가 온 몸을 내던지며 "부디 이 부당하고 극악한 범죄를 처벌해주십쇼!"라고, "제게 복수를 허락해주십시오!"라고 울부짖었습니다. 누구라도 자기 자식이 그런 일을 당한다면 당장에 달려가서 그렇게 한 사람에게 똑같이 해주고 싶겠죠? 하지만 중세시대의 복수의 논리는 하렝이 겪은 고통을 유스타스에게 그대로 전달해야 하는 것이었으므로 정작 복수의 칼날은 유스타스를 향하지 않았습니다.

사위의 끔찍한 행동에 경악한 헨리 1세는 고민에 빠졌습니다. 눈에는 눈, 이에는 이라고 생각했기에 복수라면 유스타스의 자식이 똑같은 일을 당해야 하는 것이었습니다. 내 일 아니라고 쉽게(?) 내릴 수도 있는 결정이었지만 유스타스의 자식이면 줄리아나의 자식이고, 그러면 자신의 손녀들 아닙니까. 왕도 사람인지라 헨리 1세는 한참을 망설입니다. 그리곤 결국 고민 끝에 할아버지로서가 아닌, 왕으로서의 결정을 내립니다. 원하는 대로 하라는 말과 함께 두 손녀를 랄프 하렝에게 내어준 것이었죠.

분노에 피가 끓고 있던 랄프 하렝은 유스타스의 어린 딸들의 눈을 뽑고 코끝을 잘라내어 부모에게 돌려보냈습니다. 장님이 되고 얼굴이 망가져 돌아온 딸들을 본 유스타스는 자신이 한 짓이 있음에도 불구하고 무척 화를 냈습니다. 자, 이제 복수의 칼날은 누구를 향할까요? 랄프 하렝의 복수의 칼이 유스타스 본인을 향하지 않았듯이, 유스타스의 분노 역시 랄프 하렝을 향하지 않았습니다. 유스타스는 랄프 하렝이 그렇게 할 수 있도록 딸들을 내어준 장인어른, 즉 헨리 1세에게 분노했고 결국 헨리 1세를 상대로 전쟁을 일으킵니다.

하지만 얼마 후 헨리 1세가 군대를 이끌고 유스타스의 영토를 공격하기 시작하자 수비전으로 돌입한 유스타스는 자신이 가진 성 가운데 네 곳은 자기가 수비했지만 다섯 번째인 브르퇴이유 성은 아내인 줄리아나에게 맡겼습니다. 브르퇴이유 성을 수비하러 간 줄리아나를 포위한 이는 헨리 1세, 그녀의 아버지였죠. 운명의 장난이네요. 부녀가 이렇게 군대를 끌고 싸우는 것을 본 백성들은 여러모로 생각했을 때 굳이 한 나라의 왕인 헨리 1세에게 반기를 들 생각이 없었기에 줄리아나는 힘이 부족했습니다.

생각 끝에 딸은 아버지에게 사근사근한 편지를 보내 협상하자고 제안합니다. 그래도 자식인지라 마음이 약해졌는지, 아버지는 알겠다며 만나기로 한 장소로 나왔지만 아버지를 보자마자 줄리아나는 들고 있던 석궁을 장전해서 아버지를 정조준하여 힘껏 활시위를 당겼습니다. 화살은 맹렬한 속도로 날아갔지만 아쉽게도(?), 또는 다행히도 빗나갔고, 딸이 자기를 진심으로 죽이려 했다는 것에 충격을 받고 머리 끝까지 화가 난 헨리 1세는 브르퇴이유 성을 포위하고는 성에서 나올 수 있는 다리를 부숴버려 줄리아나를 사실상 자기 집에 갇힌 상태로 만들어버렸습니다. 얼마 후, 군사력도 달리고 백성들에게 지지도 얻지 못하고 식량도 떨어진 줄리아나는 눈물을 머금고 항복합니다.

딸의 항복 선언에도 불구하고 헨리 1세는 딸에게 알아서 성벽 밑으로 내려오라고 전했습니다. 2월의 추운 겨울 날씨에, 곱게 자란 줄리아나는 누구의 도움도 받지 못하고 높은 성벽에서 헐벗은 채로 살얼음 가득한 차디찬 강물로 뛰어내린 뒤 흠뻑 젖은 몸으로 강을 건너 오들오들 떨면서 아버지 앞에 와서 무릎을 꿇어야 했습니다. 그 뒤로 아버지와 딸은 화해를 했다고 하기도 하고 딸이 탈출해버렸다고 하기도 하는데요. 어쨌든 유스타스는 장인어른에게 항복했고 줄리아나는 수녀원에서 삶을 마감했다고 알려져 있습니다. 딸이 아버지를 살해하려고 한 이 사건은 당시에는 '딸이 감히 아버지에게 무기를 들다니! 너무나 충격적이다!' 라는 반응을 이끌어냈습니다. 앞에서는 협상을 하자고 하면서 뒤로는 상대를 죽이려 한 행동은 여성의 악독한 꼼수라고 하기도 했죠.

> "오데릭(이 이야기를 기록한 앵글로-노만 수도사)은 줄리아나의 계략을 두고 '여자의 속임수', '기만하려는 의도' 를 보여주는 '나쁜 여자만큼 나쁜 것은 없다' 는 말의 예시라고 기록했다." 주1

어른들 문제는 어른들끼리 해결하면 될 것이지 멀쩡한 남의 자식 눈을 뽑고, 복수를 하겠다는 사람에게 손녀들을 내어주고, 복수를 위해 아이들의 눈을 뽑고 코를 자르고, 아버지를 죽이겠다고 딸이 석궁을 쏘는 등, 지금이라면 상상도 못할 논리의 복수와 불필요한 전쟁이 벌어졌던 중세가 아닐 수 없습니다.

3. 어머니의 딸, 아버지의 첩, 아들의 약혼녀

– 프랑스 공주 알리스의 기구한 삶

이번 이야기의 주인공은 초상화도 없고 심지어 이름을 정확히 어떻게 쓰는지도 모르는 공주님이랍니다. 역사에 이름을 남긴 사람들과 같은 곳에 살았을 때나 이름 석 자라도(이런저런 식으로 자기들 마음대로 쓴 철자로라도) 남겼지만 그 후로는 어떻게 죽었는지, 언제 죽었는지, 자식은 정확히 몇이나 있었는지조차 알 수 없지요. 그러니 이번 이야기는 '아, 이런 사람도 예전에 살았구나. 정말 이런 삶이었을까?' 하는 마음으로 봐주세요. 이번 이야기는 정말 놀라운 소문이 난무하게 될 테니까요. 물론 어디부터 어디까지가 소문인지는 다 말씀드리겠지만요!

옛날, 아주 먼 옛날, 12세기 유럽으로 가보겠습니다. 프랑스에서 태어나게 될 알리스(Alys of France) 공주님이 이 이야기의 주인공이긴 하지만 알려진 것이 거의 없으니 그보다 훨씬 먼저 태어났고 훨씬훨씬 더 유명한 여인인 아키텐의 엘레오노르(Eleanor of Aquitaine) 이야기부터 할게요.

부와 권력을 타고난 중세 최고의 금수저인 아키텐의 엘레오노르.

엘레오노르는 1122년쯤에 태어난, 12세기 중세 유럽에서 가장 부유하고 가장 권력 있는 여성이었답니다. 막강한 권력을 가진 이 아가씨는 겨우 15살쯤에 아버지로부터 아키텐 공국과 푸아티에 백작령을 물려받아 결혼하지 않은 상태로 이미 아키텐 공작부인이었습니다. 당시 엘레오노르가 물려받을 땅은, 조금 과장해서 말하자면 오늘날 프랑스 영토의 40% 정도였습니다. 오른쪽 지도를 참고해주세요.

철부지 10대 소녀가 이토록 엄청난 재산과 지위를 갖고 있으니 그야말로 온 유럽이 잡아먹고 싶어 안달복달하던 신붓감이었던 건 말할 필요도 없겠지요. 이렇게 잘난 아가씨는 과연 누구랑 결혼을 할 것인가, 말하자면 엘레오노르의 재산이 누구 손에 들어갈 것인가는 온 유럽의 관심거리였습니다. 엘레오노르의 아버지 기욤 10세는 건강이 좋지 않

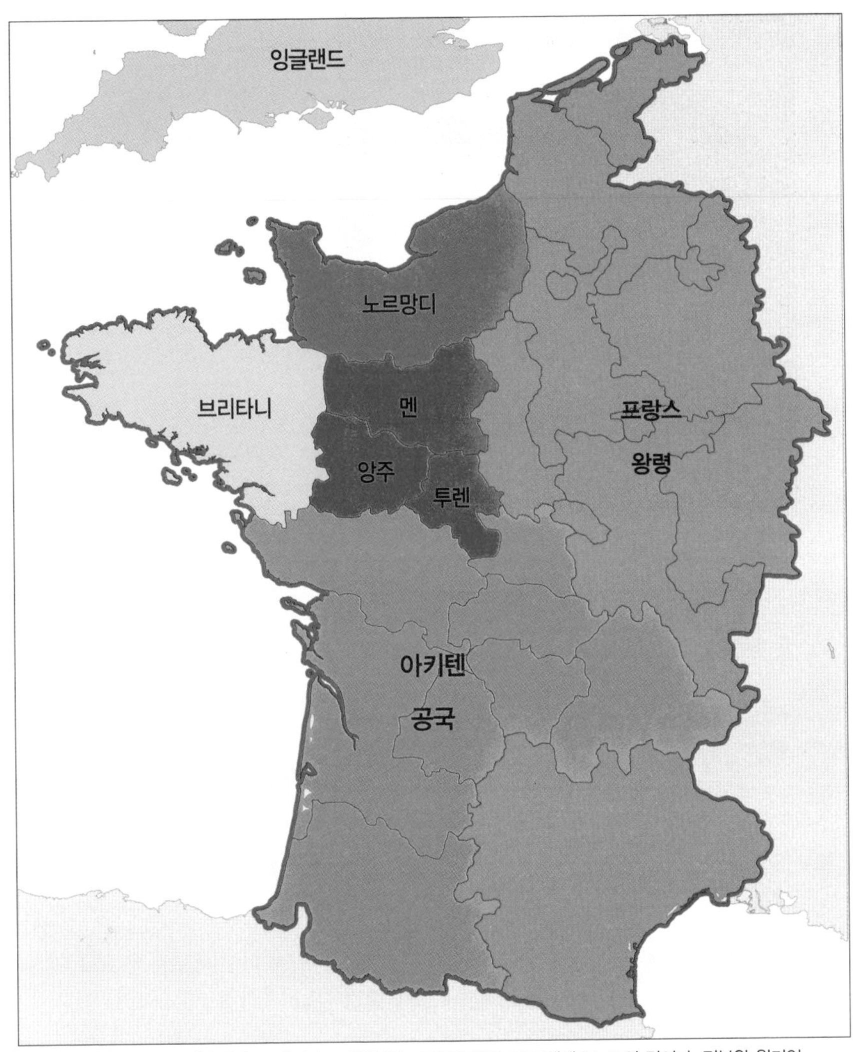

지도 왼쪽 하단에 '아키텐 공국'이라고 씌어 있는 붉은색 땅이 모두 엘레오노르의 것이다. 정복왕 윌리엄이 노르망디 공작령을 가져오고 엘레오노르가 영국 왕비가 되면서 프랑스 영토의 절반(지도에서 붉은 계열 땅)이 거의 다 영국 영토가 된 셈이다.

기욤 10세의 죽음을 묘사한 그림. 아버지 기욤 10세는 죽기 직전까지 홀로 남을 딸 엘레오노르를 걱정했다.

았고 엄청난 재산을 물려받을 어린 딸을 지켜줄 사람이 없는 것이 염려스러웠습니다. 당시에는 돈 많은 처녀를 납치해서 부인으로 삼고는 재산을 몽땅 꿀꺽하는, 그야말로 '보쌈'이 심심치 않게 일어나고는 했거든요. 그래서 엘레오노르의 아버지는 프랑스의 왕인 루이 6세를 딸의 후견인으로 삼았습니다.

그런데 기욤 10세가 죽은 지 얼마 지나지 않아 루이 6세는 자신이 사망하기 전에 엘레오노르를 자기 아들과 결혼시킬 계획을 세웁니다. 딸내미 지켜달랬더니 재산을 자기가 가져갈 셈인 걸까요? 그렇게 엘레오노르는 훗날 루이 7세로 왕위에 오를 왕자와 결혼했고 프랑스 왕비가 되었습니다. 프랑스 왕실에선 금덩어리가 굴러들어왔다 기뻐했겠지만, 딸이 재산을 빼앗길까봐 계속 걱정했던 아버지가 남긴 유언이 이때 빛을 발합니다. 그 유언이란, 엘레오노르가 물려받은 영지와 지위는 남편에게 넘어가지 않고 엘레오노르의 상속인에게만 넘어간다는 것으로, 그 덕분에 엘레오노르가 루이 7세와 아들을 낳지 않는 이상 거대한 아키텐의 영토는 엘레오노르에게 귀속되어 있을 수 있었습니다.

그렇게 두 사람은 15년간의 결혼생활을 시작합니다. 루이 7세는 아름다운 아내에게 홀딱 반해 엘레오노르가 원하는 건 다 들어주려 했지만 당시 기준으로 봤을 때 제멋대로였던 엘레오노르를 보고 프랑스의 성직자들과 귀족들은 조신하지 못하다며 수군거렸죠. 제대로 된 교육이랄 것을 받지 못하던 당대의 평범한 여인네들과는 달리 소녀 시절부터 매 사냥부터 별자리, 자수, 라틴어에 이르기까지 다양한 학문을 접하고 음악을 즐겼던 엘레오노르는 그 명민한 두뇌와 감각으로 다양하게 활동하며 제2차 십자군에 참가하기도 했습니다. 하지만 제2차 십자군이 처참하게 끝나는 바람에 엘레오노르는 엘레오노르대로, 루이는 루이대로 서로를 탓하며 기분 나빠했고 싸움에는 불이 붙었죠.

결국 엘레오노르는 당대 여성으로서는 참으로 드물게도 남편과의 혼인을 무효로 하고 싶다고 본인이 교황에게 청했습니다. 물론 거절당했지만 애초에 12세기 여성이 남편이랑 같이 살기 싫다고 공개적으로 말하는 것 자체가 놀라운 일이었죠. 교황은 그러지 말고 잘 지내보라며 두 사람을 다독였지만 그 후 임신한 엘레오노르에게서 딸이 태어나자 모든 것이 끝장나버렸습니다. 남편인 루이 7세는 두 사람 사이에서 딸만 둘 태어나자 15년간 딸만 둘이라는 결과가 영 마음에 들지 않았던지라 혼인 무효에 동의합니다.

당시 혼인 무효에는 여러 가지 조건들이 필요했습니다. 그래서 이 두 사람의 이혼에는 정말 머리를 쥐어짜서 만들어낸 '근친' 이라는 황당한

프랑스의 왕 루이 7세의 대관식.

이유가 붙었습니다. 사실 두 사람은 10촌지간이라 근친으로 보기는 좀 힘든 편이었습니다. 역사 속에서 유럽 귀족들끼리 10촌을 근친으로 보면 아무도 결혼 못합니다만, 유럽에서 손에 꼽는 권력자 둘이 같이 살기 싫다는데 어쩌겠습니까. 어떻게든 떨어져 살게 해줘야죠. 그렇게 두 사람은 갈라섰습니다.

자, 돌아온 싱글로 다시 결혼시장에 등장한 엘레오노르는 곧바로 납치 위험에 직면합니다. 돈도 많고 땅도 많은데 일단 결혼하면 남편 말대로 해야 하는 여자인데다 심지어 (권력자에 대한 아부도 많이 끼어 있었겠지만) 엄청난 미녀였다니, 최적의 사냥감인 셈이었으니까요. 위험을 잘 알고 있던 엘레오노르는 이혼 8주 만에 서둘러 노르망디 공작 앙리와 결혼했습니다. 번갯불에 콩 볶듯 한 결혼이라 제대로 된 결혼식이고 뭐

순식간에 부자 마누라 생긴 앙리.

고 없었습니다. 게다가 혼인 무효의 이유였던 10촌 근친이 무색하게도 앙리와 엘레오노르는 루이 7세보다도 가까운 친족 사이였죠.

'노르망디 공작 앙리를 어디서 보지 않으셨나요?' 라고 하면 누가 기억하겠습니까만, 『스캔들 세계사』 1권에서 등장했던 〈화이트십〉 침몰 사건 기억하시죠? 그때 후계자가 죽어버리면서 마틸다 황후와 배에 안 탔던 스티븐이 영국 왕위를 가지고 치고 박고 싸우고 난리가 났었죠. 마틸다와 스티븐은 결국 스티븐이 왕 노릇 다 하고 나면 마틸다의 아들에게 왕위를 물려주기로 하고 평화에 접어들게 되는데요. 거기 나온 마틸다의 아들이 바로 노르망디 공작 앙리입니다. 즉, 엘레오노르와 결혼하게 된 앙리, 그의 어머니는 마틸다이며 마틸다의 아버지이자 앙리의 외할버지는 영국 왕 헨리 1세이고 앙리의 아버지는 앙주 백작인 조프리 플랜태저넷인 것입니다.

헨리 1세는 정복왕 윌리엄의 아들이니 그 말인즉, 앙리는 정복왕 윌리엄의 외증손자가 되는 셈이죠. 그와 더불어 앙리의 아버지 성이 플랜태저넷이니 앙리는 영국 왕위의 후계자인 앙리 플랜태저넷이 됩니다. 결국 스티븐이 죽고 앙리가 헨리 2세로 영국 왕위에 즉위한 것이 장미전쟁이 날 때까지 지속된 영국의 플랜태저넷 왕가의 시작입니다.

이런! 우리의 주인공 알리스는 태어나지도 못한 채로 잊혀져가고 있군요. 아무튼 엘레오노르와 결혼한 앙리는 헨리 2세로 왕위에 올라 플랜태저넷 왕가의 시작을 알립니다. 그리고 헨리 2세의 아내로 영국 왕

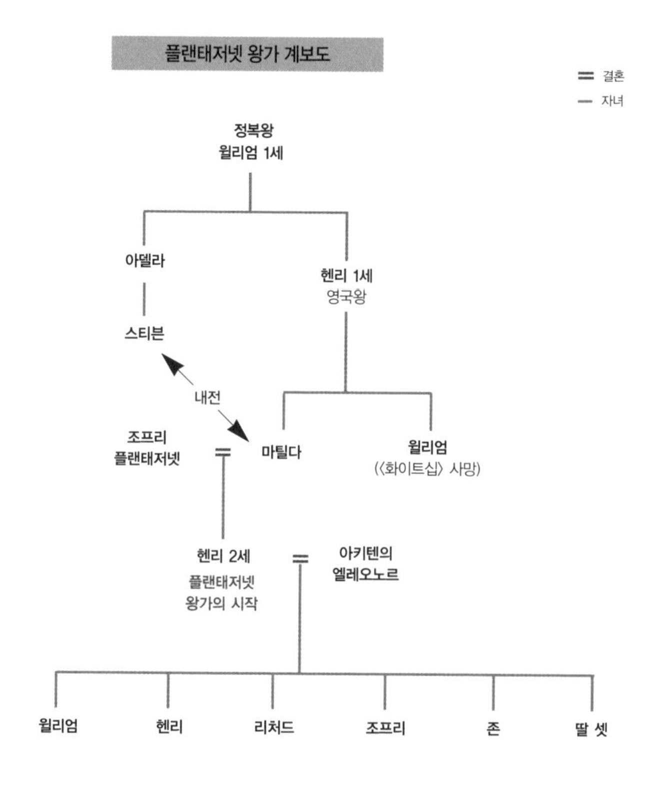

프랑스 왕과 헤어지고 영국 왕과 결혼한 엘레오노르는 헨리 2세와 여러 자녀를 두었다.

비가 된 엘레오노르는 프랑스에서 아들 못 낳은 설움을 만회라도 하려는 듯, 헨리 2세와의 사이에 무려 아들 다섯, 딸 셋을 낳습니다. 아들들은 윌리엄, 헨리, 리처드, 조프리, 존이었는데 장남인 윌리엄은 3살 때 죽었으므로 둘째아들 헨리가 왕위를 물려받을 수 있는 장남이 되지요. 이 무렵 엘레오노르의 전 남편 루이 7세도 새 장가를 듭니다. 상대는 카스티야에서 온 콩스탄스 공주였죠. 루이 7세의 새 장가 역시 엘레오노르처럼 10촌보다 가까운 사이인 공주와 한 것이었습니다. 그런데 두 번째 아내 역시 딸만 둘을 낳았는데 둘째 딸을 낳다가 사망합니다. 어머니의 죽음과 함께 태어난 이 둘째 딸이 이번 이야기의 주인공 알리스 공주입니다.

아들이 너무나 필요했던 루이 7세는 두 번째 아내가 죽은 지 약 5주 만에 서둘러서 세 번째 부인을 들이는데요. 세 번째 부인이자 상파뉴 백작의 딸이었던 아델라가 기다리고 기다리던 떡두꺼비 같은 아들을 낳아줍니다. 이때 태어난 아들 필립은 나중에 필립 2세로 프랑스 왕위에 오르죠.

자, 드디어 우리 주인공이 태어났습니다! 초상화도 없고 아무것도 없지만 적어도 우리는 알리스 공주의 생일은 압니다. 1160년 10월 4일이죠. 알리스 공주는 루이 7세의 딸이니 엘레오노르 입장에서는 전 남편의 새 부인의 딸이고, 엘레오노르가 루이 7세와 낳은 두 딸과는 이복자매가 됩니다. 혈연관계는 아니지만 생판 남이라고 하기에는 뭔가 연결이 된 느낌이군요. 새 딸이랄까요. 이쯤에서 복잡하니까 계보도로 한번 정리해봅시다.

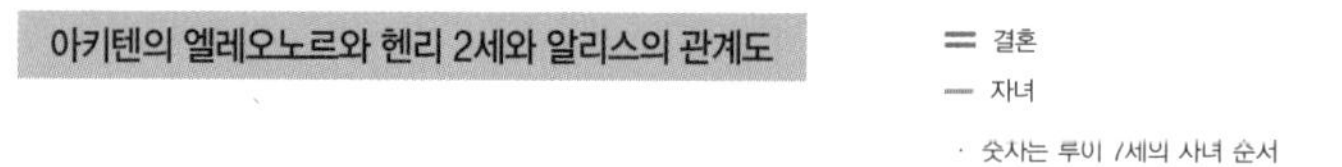

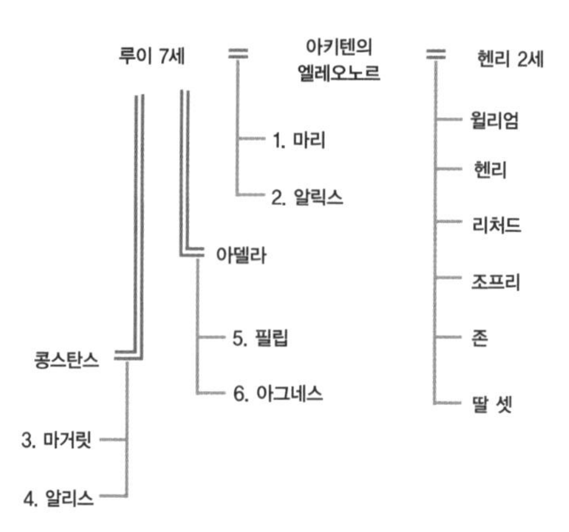

헨리 2세의 불만 가득한 차남인 젊은 헨리.

루이 7세의 넷째 딸인 알리스는 8살의 나이로 엘레오노르의 셋째 아들인 리처드 왕자와 결혼하기 위해 약혼녀 자격으로 영국으로 가게 됩니다. 아버지의 전 부인의 아들과 어머니의 전 남편의 딸이 만나는 것이네요. 알리스 공주는 그곳에서 예비 시어머니 엘레오노르의 교육 아래 자라나게 되었습니다. 그럼 쑥쑥 자라는 알리스는 열심히 공부하라고 잠시 내버려두고 그 사이에 영국에선 무슨 일이 있었는지 알아볼까요.

아들이 너무 없어 걱정이던 루이 7세네와는 달리 헨리 2세네는 아들이 너무 많아 누구에게 뭘 줘야 할지 걱정입니다. 고민 끝에 헨리 2세는 후계자 문제에 잡음이 없도록 자신이 살아 있는 상태에서 아들 헨리에게도 왕관을 씌워줍니다. 아버지와 이름이 똑같아 '젊은 헨리(Henry the Young)' 로 불린 아들은 사실 정치에는 크게 관심이 없었다지만 그래도 이름은 왕인데 아버지의 존재 때문에 왕노릇을 제대로 할 수 없는 것이 불만이었습니다. 게다가 아버지는 젊은 헨리에게는 재산도 별로 주지 않으면서 예뻐하는 막둥이 존에게는 자신의 성들 가운데 좋은 성을 3채나 안겨주기까지 했죠.

열이 뻗친 젊은 헨리를 보고 주변에선 다독이기는커녕 신이 나서 부추깁니다. 기존 왕인 헨리 2세의 통치가 맘에 안 들었던 영국 내의 귀족들은 물론이거니와 자기 전 부인이랑 새로 결혼한 헨리 2세가 아들이

사슴 사냥 중인 존. 훗날 영국의 존 왕이 된다. 「로빈 훗」을 본 독자들에게는 아주 낯익은 이름이다.

많은 것이 맘에 안 들었는지 루이 7세도 가담했고, 심지어 어머니인 엘레오노르 역시 아들인 젊은 헨리 편을 들죠. 게다가 동생들인 리처드와 조프리도 형과 함께했습니다. 심지어 리처드는 어머니가 부추겨서 형의 편을 든 것이니, 아버지인 헨리 2세 입장에선 마누라와 자식들에게 그야말로 뒤통수를 제대로 맞은 셈이었죠.

다섯이나 되는 아들 가운데 일찍 죽은 첫째를 제외하면 아버지한테 반기 안 들고 얌전히 옆에 남아 있던 것은 막내둥이 존뿐이었습니다. 그러니 헨리 2세가 그렇잖아도 편애하던 존을 더욱 더 예뻐한 건 당연한 일이겠죠. 여러 지방 사람들과 귀족들, 거기에 프랑스와 스코틀랜드 왕들까지 끼어들었던, 스케일이 대륙급인 이 가족 싸움은 얼마 후 아버지와 아들들이 서로 땅과 재산에 합의를 보면서 일단락되는 것 같았습니다. 물론 자기 새끼들한테나 자비로웠던 것이고 스코틀랜드의 왕이나 다른 귀족들은 감금되거나 벌금을 물어야 했으며 부인인 엘레오노르에겐 가장 가혹해서 엘레오노르는 무려 16년 동안이나 탑에 갇혀서 살게 되었죠.

이러는 사이 우리의 주인공이자 리처드 왕자의 약혼녀인 알리스 공주는 영국에서 잘 자라고 있었습니다. 그런데 뭐랄까, 지나치게 잘 자라서(?) 약혼자도 있는 공주님이 남자친구까지 생겼다는 소문이 솔솔 들려오기 시작합니다. 그런데 그 남자친구가 바로……, 예, 여러분이 이미 짐작하셨듯이, 남자친구는 바로 예비 시아버지인 헨리 2세였다고 합니다! 그렇다보니 1177년에 교황 알렉산더 3세가 '헨리 2세야, 약혼한 애들 빨리빨리 결혼시켜라' 라고 명령해도 알리스와 리처드는 결혼하지 않았습니다. 아들이 아버지의 애첩과 결혼할 수는 없잖아요?

1189년에 헨리 2세가 죽을 때까지 그의 첩이었다던 알리스 공주는 단순히 첩일 뿐만 아니라 헨리 2세의 자식도 낳았다는 소문이 요란했습니다. 그러니까 자기 아빠의 전 부인의 새 남편이자 약혼자의 아버지인 예비 시아버지와 그렇고 그런 사이였다는 것이죠. 아이고, 복잡해라! 거의 800년 전 이야기라 연애편지 같은 물적 증거는 남아 있지 않지만 예비 며느리와 예비 시아버지가 연애를 하고 있다는 소문은 끊이지 않았습니다.

"알리스는 사실상 헨리 2세의 궁정에서 자랐고 헨리는 1176년에 애첩 로사문드가 사망하자 예쁘장한 16살짜리 프랑스 공주에게 눈길을 돌렸다. 1169년에 프랑스의 루이 7세와 한 협약도, 리처드가 이 문제에 대해 가질 법한 감정도 완전히 무시한 채, 헨리는 알리스를 '훔쳐' 서 자신의 첩으로 만들었다." 주2

아직 헨리 2세가 죽기 전인 1180년대에 셋째 아들 리처드는 아키텐 공작 작위를 받았고 넷째 아들 조프리는 브르타뉴 공작이 되었습니다. 헨리 2세가 제일 편애하는 막내 존은 이미 아일랜드를 통치하고 있었죠. 그런 상황에서 둘째 아들이자 후계자인 젊은 헨리는 노르망디 공작 작위를 원했습니다. 그래도 명색이 영국 왕인데(역시 한 나라에 왕이 둘인 건 싸움만 나는 지름길이네요!) 그 정도는 있어야 하지 않겠냐면서 말이죠. 하지만 헨리 2세는 용돈이나 좀 올려주겠다며 거절합니다.

이에 젊은 헨리가 화를 내자 헨리 2세는 리처드와 조프리를 보고 "니들이 형한테 공물을 좀 주도록 해라."라고 명령하죠. 젊은 헨리는 동생들한테 받는 건 필요 없다고 거절하면서 결국 집안 싸움이 또 다시 전쟁으로 번지게 됩니다. 하지만 얼마 후, 허무하게도 젊은 헨리가 전투 중에 병에 걸려 세상을 떠나자 헨리 2세의 새 후계자가 누가 될 것이냐가 다시 한 번 문제가 됩니다(참고로, 젊은 헨리를 헨리 3세라고 하지 않는 이유는 젊은 헨리는 진짜 왕이라기보다는 왕 이름을 단 세자로 살다가 세자로 죽었기 때문입니다).

셋째인 리처드는 살아 있는 아버지 밑에서 아무 힘도 못 쓰는 영국 왕은 되고 싶지 않았습니다. 특히 자기가 영국 왕(이라고 쓰고 세자라고 읽는다)이 되면 자기 맘에 아주 쏙 들던 아키텐 공작 작위를 아빠가 만날 '우쭈쭈 내 새끼' 하는 동생 존에게 넘겨줘야 한다는 말을 듣자 더더욱 싫어서 '나 영국 왕 안 해! 너나 해! 난 싫어!' 하게 되었죠.

자식들이 많아 바람 잘 날이 없었던 헨리 2세와 아키텐의 엘레오노르.

하지만 결국 엘레오노르와 헨리 2세가 함께 가서 '너 왕자리 안 가지면 네 동생 조프리한테 줄 거야. 세자에게만 주는 노르망디 공작 작위도 조프리한테 줄 거야' 라며 협박을 했고, 리처드는 울며 겨자 먹기로 일단 아키텐 공작 작위를 아버지에게 돌려줍니다. 그런데 얼마 후 넷째 아들 조프리도 마상시합 도중에 사망하면서 아들부자였던 헨리 2세에게는 다섯이나 있던 아들 중에 리처드와 존, 단 둘만 남게 되었죠. 헨리 2세는 마음 같아서는 셋째 리처드는 한쪽 구석에 치워버리고 막내인 존한테 곧바로 왕위를 물려주고 싶었을 것입니다. 그래서 누가 후계자가 될 것인지를 정확하게 정하지 않고 질질 끌었죠.

이러는 사이에 프랑스에서는 루이 7세가 사망하고 새로운 왕 필립 2세가 등장합니다. 우리가 아까 얘기한 루이 7세의 외동아들 필립이 그 사이 쑥쑥 자라 왕이 되었네요. 필립 2세는 왜 알리스와 리처드를 결혼을 안 시키냐며 다시 한 번 투덜거리는데요. 사실 필립 2세 입장에선 충분히 시집가고도 남을 처녀인 공주가 멀쩡히 있어서 정치적으로 써먹어야 하는데 영국에선 '결혼시킬 거야, 시킨다니까?' 하면서 애를 붙잡고만 있으면서 결혼도 시키지 않고 놔주지도 않으니 짜증 날 만하죠. 게다가 영국 왕이 될 가능성이 가장 높아진 리처드와 어릴 때부터 약혼한 상태였으니, 그냥 이웃 나라 셋째 아들과 결혼시키려 했던 평범한 넷째 딸이 얼떨결에 영국의 왕비가 되기 직전의 상황이기도 하고요.

1188년, 필립 2세는 빨리빨리 리처드 왕자를 후계자로 정하고 알리스와 결혼시키라고 다시 한 번 헨리 2세에게 압박을 가합니다. 그래도 헨리 2세는 미적거리지요. 리처드 왕자는 알리스 공주한테는 별 관심이 없었지만 필립 2세의 말에 고개를 끄덕이며 자기를 빨리 후계자로 인정하라고 합니다. 그래도 헨리 2세는 '노 코멘트' 입장을 고수하죠. 이러다 아무것도 못 얻고 자기가 멀쩡히 살아 있는데 동생인 존이 왕위에 오르는 꼴을 보게 되는 것은 아닌가 걱정이 된 리처드 왕자는 필립 2세와 손 잡고 죽기 직전인 아버지 헨리 2세를 공격합니다.

의자에도 겨우겨우 앉아 있을 수 있는 정도의 건강 상태였던 헨리 2세는 아들의 공격에 기겁을 하며 그야말로 속수무책으로 당하고 말았고 결국 알리스는 리처드와 결혼할 것이고 리처드는 다음 영국 왕이 될 것이라고 약조하고는 프랑스 왕에게 경의를 표하고 배상금까지 지불하겠다고 합니다. 고개 숙인 아버지가 되었네요.

그렇게 힘들어하던 헨리 2세를 더욱 더 괴롭힌 소식은 따로 있었습니다. 바로 '어화둥둥 내 새끼' 하던 막내 존이 알고 보니 형 리처드와 같은 편이 되어 자기한테 반기를 들었다는 것이었죠. 이제 아버지 편에 남아 있는 아들이 하나도 없네요. 인생 참 허무하다고 느꼈는지, 헨리 2세

우여곡절 끝에 대관식을 치르는 리처드 1세.

는 그 길로 고열에 시달리다가 사망합니다. 헨리 2세가 사망하자 영국의 새로운 왕으로 즉위한 리처드 1세는 곧바로 어머니 엘레오노르를 감금에서 풀어주고 영국의 통치를 맡긴다는 편지를 보냅니다.

그러나 아버지 헨리 2세가 사망한 지 2년이 지나도 리처드 1세는 알리스 공주와 결혼하지 않습니다. 계속 약혼만 한 채로 있다가 1191년, 나바라 공주인 베렝가리아와 결혼해버렸죠. 결혼하는 순간에도 리처드 1세는 알리스 공주와 약혼은 파기하지 않은 상태였습니다. 옛 유럽에서 약혼은 결혼만큼의 무게를 가졌기 때문에 A와 약혼한 채로 B와 결혼하면 A측에서는 B와의 혼인 무효를 요구할 수 있었습니다. 하지만 리처드가 알리스 공주와의 약혼을 파기하며 알리스 공주의 평판이 아주 망가져 있기 때문에 결혼하지 않겠다고 말하자, 필립 2세는 누나를 영국 왕비로 만들 수 있는 상황임에도 불구하고 순순히 약혼 파기를 받아들였습니다. 헨리 2세와 알리스 공주의 소문이 얼마나 널리, 공공연하게 퍼져 있었는지 짐작할 수 있겠죠?

일반적으로 리처드 1세는 정치에 능수능란하진 않아도 기사의 전형을 보여준 인물로, 사자심왕이라는 별명답게 용맹하고 자신이 맹세한 것은 지키는 왕이었다는 평을 듣습니다. 그런데 그 많고 많은 맹세 중에 어릴 때부터 약조한 결혼의 맹세는 지키지 않는다? 그것도 대신 선택한 여자가 사랑하는 여자도 아니고 단순히 정략결혼인 상대다? 이런 점 때문에 알리스 공주가 헨리 2세의 첩이었을 것이라는 의심은 더더욱 커질 수밖에 없습니다. 만약 알리스 공주가 정말로 헨리 2세의 첩이었다면 리처드는 아무래도 아들로서 아버지의 첩과 결혼할 수는 없었을 터이니 말이죠.

리처드 1세와 베렝가리아 공주 사이에서는 자식이 하나도 태어나지 않았습니다. 여기에는 2가지 설이 있는데, 하나는 리처드 1세가 동성애자였기 때문이라는 설이고, 다른 하나는 베렝가리아 공주가 불임이었기 때문이라는 설입니다. 베렝가리아 공주가 불임이었는지는 알 수 없으나 리처드 1세가 동성애자였다는 설은 굉장히 많은 관심을 받아온 주제입니다. 리처드 1세에게는 서자가 1명 있었기 때문에 동성애자가 아

영국 왕 리처드 1세와 결혼한 베렝가리아 공주. 1890년 무렵의 상상화다.

니라는 측과 자식 없는 결혼과 당대 역사가들이 기록한 리처드 1세가 듣고는 했던 '소돔의 죄(동성애)'를 주의하라는 말 등을 예시로 들어 리처드 1세가 동성애자였다고 주장하는 측들이 나뉘고는 합니다. 또는 자녀가 있었으니 양성애자가 아니었겠냐는 주장도 있죠.

만약 리처드 1세가 동성애자였다면 그는 약혼녀였던 알리스 공주의 남동생이자 루이 7세의 아들인 필립 2세와 연인관계였다는 주장도 있습니다. 그 증거로 리처드 1세와 필립 2세가 같이 있을 때면 옆에 딱 붙어 앉아 같은 접시에서 밥을 먹고 잠도 같이 잤다는 점을 들기도 합니다. 그러나 연인이라고 보기에는 당시에는 같은 접시에서 밥을 나눠먹는 것도 같은 침대에서 잠을 자는 것도 신뢰와 우정의 표시이기도 했고 정치적 상징이기도 한 흔한 일이었고, 연인이 아니라고 하기에는 당시 역사가에 따르면 "프랑스의 왕은 자신의 영혼처럼 리처드를 사랑했다."고 하고 두 남자 사이에는 아주 정열적인 사랑이 불타올랐다고 하니, 이걸 연애로서의 사랑으로 해석하느냐 아니면 프랑스랑 영국이 그렇게 사이가 좋았다고 해석하느냐에 따라 한 남자의 성적 정체성이 왔다 갔다 하네요.

> "12세기의 역사가 호베든의 로저에 의하면 29살의 리처드와 22살의 필립 사이에서는 정열적인 사랑이 싹텄다고 한다. '아키텐의 공작이자 영국 왕의 아들인 리처드는 프랑스의 왕인 필립과 함께 있었다. 필립은 매일 같은 식탁 위의 같은 접시에서 밥을 먹고 같은 침대에서 떨어지지 않고 잠을 잠으로써 리처드를 영광되게 하였다. 그리고 프랑스 왕은 리처드를 자신의 영혼처럼 사랑하였다. 둘은 서로를 너무나 사랑하여 영국의 왕(헨리 2세)은 이들 사이의 사랑에 놀라며 감탄하였다.'" 주3

게다가 당시엔 잠옷이란 개념이 별로 없었기 때문에 두 남자는 발가벗고 침대에 있었다는 얘기가 됩니다. 그렇다보니 1940년대부터 '사자심왕 리처드가 동성애자였대!'라는 이야기가 퍼지기 시작해서 지금은 중세 역사 속 동성애자의 아이콘이 되어버리기도 하였습니다.

군주보다는 기사로 용맹을 떨친 사자심왕 리처드 1세. 19세기에 그려진 상상화다.

리처드 1세가 베렝가리아 공주와 결혼하자 알리스 공주는 있을 곳이 없어집니다. 그러자 필립 2세는 대신 존 왕자와 결혼을 시키려고 듭니다. 어떻게든 영국이 프랑스에 갖고 있는 땅을 빼앗고, 자기 말을 잘 듣는 사람을 영국 왕위에 올리고 싶었던 필립 2세는 존 왕자와 손을 잡고 리처드도 없애고 알리스와 결혼도 시키는 일석이조를 노렸습니다. 하지만 거기엔 약간(?)의 문제가 있었으니,그것은 존이 이미 결혼을 한 상태라는 것이었습니다. 물론 아직 같이 하룻밤을 보내지는 않아 완전한 결혼이라고 말하긴 어려웠지만 말이죠.

그래도 땅이 탐난 존은 어떻게든 일단 결혼부터 하고 보려고 드는데 그걸 알게 된 어머니 엘레오노르가 버선발로 쫓아와서 '네가 필립 2세와 사돈을 맺는 순간 너의 전 재산을 몰수해버릴 테다!' 라고 협박합니다. 어머니의 반대로 결국 존은 알리스 공주도 포기하고 형한테도 싹싹 빌게 되지만 영국 왕이 되고 싶다는 야심은 버리지 못했고, 형인 리처드 1세가 자식 없이 죽은 후에 그토록 바라던 영국 왕위에 오르게 됩니다. 자식들이 하나씩 죽는 것을 지켜봐야 했던 엘레오노르는 막내 아들인 존 왕이 영국을 다스리는 것까지 보고는 1204년에 82살의 나이로 사망했습니다.

그러는 사이 1195년에 알리스 공주는 결국 프랑스로 돌아옵니다. 8살의 나이에 영국으로 들어가 결혼은 하지 못한 채로 살다가 35살의 나이로 돌아온 것이죠. 기억도 가물가물할 고향으로 돌아온 알리스는 이후 자기보다 18살이나 어린 퐁티외 백작과 결혼합니다. 아쉽게도 그 후 알리스 공주가 어떤 삶을 살았는지는 확실히 알려져 있지 않습니다.

다만 알리스 공주가 낳은 딸인 마리는 훗날 퐁티외 백작부인이 되었고 이 마리가 낳은 후아나는 훗날 카스티야의 왕비가 되었으며 후아나가 낳은 딸 엘레오노르는 훗날 에드워드 1세의 아내가 되어 영국 왕비가 되었으니, 어떻게든 영국 왕실에 자기 누나를 밀어 넣으려 했던 필립 2세의 소원은 100여 년 뒤에 누나의 후손을 통해 겨우겨우 이루어진 셈이네요!

4. 왕비가 되지 못한 왕의 아내

– '글로스터 백작부인' 이사벨라의 놀랍고도 평범한 결혼생활

2015년 6월 15일은 마그나 카르타가 800주년이 되는 날이었습니다. 절대적인 권력을 휘두르던 군주도 법의 아래에 있음을 명시하여 영국 민주주의의 시발점으로 보기도 하는, 수업 시간에 나왔다 하면 무조건 시험에 등장하는 바로 그 마그나 카르타에 영국의 존 왕이 서명한 날이 1215년 6월 15일이었기 때문입니다. 이번 이야기는 이 대단한 문서에 억지로 서명했던 존 왕과 그 첫째 부인에 관한 것입니다. 존 왕의 부모님 이야기는 앞의 알리스 공주님 이야기에 등장했지요.

앞에서 이야기했듯이 영국 왕 헨리 2세는 아키텐의 엘레오노르와 결혼을 했습니다. 두 사람은 아들 다섯과 딸 셋을 낳았고 다섯 아들 중 막내가 바로 존이었죠. 사실 앞의 아들들은 존이 왕이 되었을 즈음에는 별로 중요하지 않습니다. 중요한 건 아버지인 헨리 2세가 막내둥이 존을 엄청 아꼈고 왕비인 엘레오노르와 존의 형들은 짝짜꿍 손잡고 아버지 헨리 2세에게 반역을 저질렀다는 것이죠. 마지막엔 막내 존까지도 아버지에게 반기를 들고 말이죠.

그럼, 이제 이번 이야기의 주인공인 이사벨라 이야기를 해봅시다. 저번 이야기의 알리스 공주처럼 이사벨라도 많은 것이 알려져 있지 않습니다. 애초에 우리가 이야기하고 있는 시대가 12세기 무렵이기도 하고 이 시기에 여자는 그저 재산에 불과한 존재들이었기 때문이었죠. 이사벨라는 심지어 이름이 이사벨라인지조차 확실하지 않습니다. 알려져 있는 이름만 해도 이사벨, 이사벨라, 조안, 엘레오노르, 아비사, 하드와이즈, 하와이즈, 하드와이사 등이 있답니다. 왠지 당시 유행했던 이름은 다 가져다 붙여놓은 것만 같습니다. 이사벨라는 1160년~1173년쯤에 태어났을 것으로 추측됩니다. 탄생 연도가 무려 13년이나 차이난다는 데에서 이사벨라에 대해 얼마나 알려진 것이 없는지 알 수 있죠. 아버지가 당대 손꼽을 정도의 재력과 권력을 가졌음에도 불구하고 이사벨라는 태어난 날이나 이름조차 제대로 기억되지 못한 것입니다.

이사벨라의 아버지는 글로스터 2대 백작인 윌리엄이었고 이사벨라의 할아버지는 글로스터 1대 백작인 로버트 피츠로이였습니다. 피츠로이! 어디서 많이 들어본 성이죠? 피츠로이는 어떤 경우에 주어지는 성이었는지 『스캔들 세계사』 1권을 보신 여러분은 이미 알고 계시죠?

그렇습니다. 피츠로이는 왕의 서자에게 주어지는 성이었죠. 로버트 피츠로이는 영국 왕 헨리 1세의 서자였습니다. 헨리 1세가 누구냐, 오늘 이야기랑 뭔 상관이냐를 물으신다면 족보를 차근차근 살펴보아야하겠지요.

옛날 옛날 영국에 정복왕 윌리엄이 있었습니다. 윌리엄에게는 아들 헨리 1세가 있었죠. 헨리 1세에게는 수많은 서자도 있었지만 부인에게 난 자식으로는 딸 마틸다와 아들 윌리엄이 있었어요. 그런데 윌리엄이 글쎄 배에 탔다가 빠져 죽지 않겠어요? 그걸 바로 〈화이트십〉 사건이라고 부릅니다. 후계자가 익사했으니 딸 마틸다와 헨리의 외조카인 스티븐은 치고 박고 격렬하게 싸웠습니다. 마틸다는 앙주 백작인 조프리 플랜태저넷과 결혼해 아들 앙리를 낳았습니다. 결국 스티븐이 죽으면 마틸다의 아들인 앙리 플랜태저넷이 헨리 2세가 되어 영국 왕위를 갖기로 합의를 봤죠.

헨리 2세는 왕위에 올라서 플랜태저넷 왕조를 열었고 아키텐의 엘레오노르와 결혼합니다. 그들에겐 아들이 다섯 있었으며 아들들의 이름은 어쩌고저쩌고 그리고 막내둥이는 존이었다는 우리 이야기 처음으로 돌아가게 됩니다.

바다에 빠져 죽은 윌리엄의 아버지 헨리 1세는 부인이랑은 애를 둘밖에 못 낳았지만 밖에서는 씨농사가 아주 풍작이었습니다. 서자들이 사방에 넘쳐났죠. 그중 하나가 이번 이야기의 주인공인 이사벨라의 할아버지 로버트 피츠로이인 것입니다. 로버트 피츠로이는 헨리 1세의 수많은 서자 중에 장남이었고 그렇기 때문에 헨리 1세는 로버트를 특별히 예뻐했습니다. 로버트는 결혼도 잘해서 부인이 글로스터 지방의 커다랗고 비옥한 영지를 가져왔는데 이를 본 헨리 1세는 로버트를 글로스터 제1대 백작으로 임명해줍니다. 게다가 헨리 1세가 사망 후, 로버트는 잠깐이긴 하지만 사람들 사이에게 차기 왕 후보로 입에 오르내리기도 했죠. 물론 서자라서 제외됐지만요. 그만큼 왕족들과 가까웠던 로버트는 부유하고 권력 있는 집안의 가장이었고, 이는 로버트의 첫째 아들 윌리엄에게도 그대로 물려집니다.

로버트의 첫째 아들이자 이사벨라의 아버지인 윌리엄에게는 딸만 셋 있었습니다. 아들이 하나 있긴 했는데 아주 어렸을 때 죽었죠. 그래서 이사벨라와 두 언니는 비록 출생 연도도 제대로 알려져 있지는 않지만, 글로스터 백작 작위와 엄청난 재산을 물려받게 될 상속녀들이었습니다. 그중 결혼하지 않은 유일한 딸은 이사벨라. 그러니 주변에서 호시탐탐 이사벨라를 노린 것은 당연한 일일 것입니다.

그런 이사벨라를 보고 제일 잽싸게 행동하여 성공한 것은 바로 영국 왕실이었습니다. 때는 1176년, 영국 왕 헨리 2세는 자기가 제일 예뻐하는 아들인 존과 이사벨라를 약혼시키겠다고 발표합니다. 만약에 이사벨라가 1160년에 태어났다면 당시에는 이미 결혼하고도 남았을 나이인 16살이었을 것이고 1173년에 태어났다면 아장아장 걷고 있을 3살이었겠죠.

헨리 2세는 가장 아끼던 아들인 존에게 최고의 결혼 조건을 주기 위해 이사벨라의 아버지 윌리엄에게 결혼 계약 조건을 내겁니다. 영국 왕실에 깊은 충성심을 갖고 있던 윌리엄이 동의하여 성사된 그 조건은 이사벨라 언니들 입장에서는 기가 막히고 코가 막혔을 내용인데요. 바로 존은 이사벨라와 결혼하는 동시에 글로스터 백작 작위의 후계자가 된다는 것으로, 원래는 세 딸들이 3분의 1씩 사이좋게 나눠가져야 할 유산이 전부 취소되고 존이 글로스터 백작령을 통째로 가져가게 된 것입니다. 게다가 언니들은 이미 결혼도 한 상태였으니 사위들도 미치고 팔짝 뛸 노릇이었겠죠. 심지어 이사벨라의 아버지인 윌리엄이 설령 아들을 또 낳더라도 그 아들이 모든 것을 물려받는 것이 아니라 존과 반반씩 나

뤄야 했습니다.

자, 헨리 2세 입장에선 다 좋은데, 딱 한 가지 아주 소소한 문제가 있습니다. 그것은 바로 귀요미 아들 존도, 돈 많이 가져올 예비 며늘아기 이사벨라도 모두모두 헨리 1세의 귀여운 손주들이라는 것이었습니다. 오호라, 이것은 바로 근친이군요! 물론 훗날에는 삼촌과 조카나 사촌들 간의 결혼이 아주 흔해졌지만 이때까지만 해도 이 정도로 가까운 사이는 근친이라 하여 결혼이 절대로 성사될 수 없었습니다.

하지만 딱 한 가지, 결혼을 성사시킬 수 있는 방법이 있었으니 바로 교황의 특별 허가였죠. 교황의 말은 바로 법이었니까요! 물론 교황의 특별 허가를 받기는 결코 쉽지 않았기 때문에 고군분투하던 헨리 2세는 윌리엄을 달래기 위해 만약 둘의 결혼이 성사되지 않는다면 자기가 책임지고 이사벨라를 꼭 좋은 곳에 시집보내주겠다고 약속하기도 했습니다. 그 말을 듣고 안심했는지 윌리엄은 1183년에 사망합니다. 그리고 이사벨라는 아직 결혼하지 않은 상태로 자신의 권리에 따라 글로스터 백작부인이 되었죠.

결혼하지 않은 아가씨가 자신의 권리로 아버지의 지위를 물려받아 백작부인이 되었다고 하니 멋져 보이지만, 사실 말만 그렇고 이사벨라는 헨리 2세의 '보호' 아래 들어가게 됩니다. 헨리 2세는 이사벨라를 챙긴다는 명목으로 이사벨라의 재산을 곶감 빼먹듯 쏙쏙 빼먹었죠. 얼마 후 헨리 2세의 아들이자 존의 형인 리처드가 왕위에 오르고 나서야 이사벨라와 존은 드디어 결혼하게 됩니다. 이때는 1189년이었습니다.

이사벨라와 결혼한 존은 부인 잘 둔 덕분에 드디어 글로스터 백작이 됩니다. 이제 행복할 일만 남은 신혼부부인 것 같지만 사실 아주아주 큰 문제가 남아 있었습니다. 바로 교황으로부터 특별 허가를 받지 못한 상태에서 결혼을 했다는 것이었죠. 이 사실을 안 캔터베리 대주교는 노발대발하며 존을 소환했지만 존은 코웃음을 쳤고, 대주교는 존의 영지를 파문해버렸습니다. 곧 교황은 파문을 취소하고 결혼도 허가했지만 그 대신 부부관계를 갖는 것은 금했습니다. 이때는 오로지 후계자를 보기 위해 결혼하는 일이 많았는데 부부관계를 금하는 것은 사실상 결혼을 무의미하게 만드는 것이었습니다.

이에 가장 어처구니없어 해야 할 사람은 후계자가 필요한 존이었겠지만 존은 별로 신경 쓰지 않았습니다. 왜냐면 이미 유부남이었음에도 불구하고 벌써 존은 권력 있고 땅 많은 집안의 다른 여자, 알리스 공주와 결혼하고 싶었거든요. 헨리 8세 때도 그랬듯이, 유럽에서 남자가 아내를 두고 다른 여자와 결혼하려면 맨 먼저 할 일은 일단 원래 부인을 치워놓는 것이었습니다. 하지만 이전 편에서 얘기했듯, 존의 계획은 이루어지지 못했죠.

그때부터 아내인 이사벨라를 장애물이라고 생각했던 모양인지 1199년, 존은 왕위에 오르자 곧바로 재혼을 하기 위해 결혼 무효를 받아냈습니다. 이유는 뻔하겠죠? 근친이니까요! 저번에 결혼 허가를 해줄 때 그냥 말로만 허가를 해주었으므로 공식 문서는 없다는 핑계로 이번에는 혼인무효를 해버린 것입니다. 이사벨라는 결혼 무효에 별다른 말을 하지 않았다고 하는데, 뭐라고 말을 할 처지도 아니었을 것입니다. 자신이 가진 모든 것이 남편의 소유가 되어버렸기에 결혼 무효가 되자 이사벨라는 남편도 없고 아버지가 남겨주었던 땅도, 재산도, 지위도 없는 그야말로 탈탈 털린 알거지가 되어버렸으니 말이죠. 결국 교황에게까지

무능과 탐욕의 대명사로 '결지왕'이라 불린 존 왕. 20세기에 그려진 상상화다.

근친을 눈 감아달라고 부탁하며 이사벨라에게서 지위와 재산을 가져간 뒤 근친을 이용해 이사벨라는 쏙 빼서 내쳐버리니 이사벨라는 존 왕에게 그야말로 철저히 이용만 당한 것입니다.

당시 존 왕은 오늘날까지도 무능하다고 비웃음을 당하고 '결지왕(缺地王)'이란 별명을 얻는 일에 휘말리게 됩니다. 당시 프랑스 왕이었던 필립 2세는 영국 왕실이 프랑스에 갖고 있는 거대한 영토를 빼앗고 싶어서 안달이 나 있었고, 그걸 위해 영국 왕실 내부에서 계속 싸움이 나도록 뒷공작을 해왔습니다. 그 예가 바로 우리가 앞에서 본, 아버지 헨리 2세를 상대로 아들들이 계속해서 문제를 일으킨 것들이었죠.

그러다 리처드가 왕위에 오른 후, 필립 2세는 틈을 노리다가 리처드가 신성로마제국의 황제인 하인리히 6세의 인질이 되자 리처드의 동생인 존을 프랑스 왕궁으로 불러들였습니다. 거기서 존과 필립 2세는 쑥덕거리며 새롭게 음모를 꾸몄죠. 필립 2세는 하인리히 6세에게 자기가 리처드를 사고 싶다고 제안하며 리처드의 땅이었던 노르망디 지역을 점령해 나가기 시작했습니다. 그 꼴을 가만두지 말았어야 할 존이었지만 필립 2세가 '네가 형 왕좌 차지할 수 있도록 내가 도와줄게!' 라고 꼬드기자 왕좌를 향한 꿈에 젖어 그러라고 승낙합니다.

하지만 그 꿈도 잠시, 이제는 일흔이 넘은 늙은 어머니 아키텐의 엘레오노르가 노구를 이끌고 아들을 구하려 동분서주하자 곧 15만 마르크만 내면 리처드가 풀려날 수 있다는 이야기가 들려옵니다. 다급해진 존과 필립 2세는 자신들이 더 큰돈을 지불할 테니 리처드를 계속 잡고 있어달라고 부탁했지만 이 제안은 거절당했고 리처드는 곧 풀려납니다. 리처드가 집으로 돌아간다는 걸 알게 된 필립 2세는 공범을 위해 미리 그 슬픈 소식을 편지로 알렸습니다.

> "몸조심 해. 악마가 풀려났다." 주4

리처드가 돌아온다는 소식은 영국과 프랑스를 흔들어놓았습니다. 심지어 존의 편을 들었던 한 영주가 그 소식을 듣고 공포에 질려 죽었다는 얘기까지 전해질 정도였죠. 하지만 아무리 무시무시한 왕일지라도 자기 막둥이 동생에겐 다정했던 모양인지, 리처드는 노르망디에 숨어 있다가 슬슬 형 앞에 기어와서는 눈물 콧물 찔찔 흘리며 무릎을 꿇은 존을 용서하며 "존, 무서워하지 말렴. 넌 아직 어린애잖니. 못된 친구를 두었을 뿐이야."[주5]라고 말했다고 기록되어 있습니다. 그리곤 뭘 좀 먹으라며 그날 진상된 싱싱한 연어를 존을 위해 요리해주라고 명령했죠. 이때 존의 나이가 무려 27살이었으니 어린애라고 하기엔 영 무리가 있는 것 같지만 형의 눈엔 막내동생은 언제나 아기 같았던 모양입니다. 낼모레면 서른인 아기네요!

그 다정하던 형은 노르망디를 두고 필립 2세와 전쟁을 계속하다가 화살에 맞은 상처가 곪아 세상을 떠났습니다. 그러자 필립 2세는 이번엔 왕이 된 존을 상대로 계략을 꾸밉니다. 사실은, 존이 왕위에 오를 때 살짝 문제가 있었는데, 그것은 바로 형인 조프리에게 아들 아서(1187~1203)가 있다는 것이었습니다. 조프리는 왕자일 때 마상 시합에서 죽었지만, 아들을 두고 죽었으니 막내인 존보다는 존의 형의 아들이 왕위 계승 순위에서 앞서게 되는데요. 하지만 존은 코앞까지 온 왕위를 어린 조카 때문에 놓치고 싶지 않았고, 결국 존은 프랑스 왕 필립 2세가 지지하는 어린 조카 아서와 왕좌를 두고 싸우게 됩니다.

그런 사이에 존은 우리의 주인공인 이사벨라와 혼인 무효를 선언하더니 앙굴렘의 이사벨이라는 어린 소녀와 1200년에 재혼합니다. 앙굴렘의 이사벨의 약혼 상대인 뤼지냥 백작 가문에서는 프랑스 왕인 필립 2세에게 눈 뜨고 약혼녀를 빼앗겼다며 억울함을 호소했고 필립 2세는 이 기회를 냉큼 잡아 1202년에 존을 소환합니다. 이게 가능했던 이유는 존이 영국의 왕이면서 프랑스의 귀족이기도 했기 때문인데, 프랑스의 귀족인 이상 프랑스 왕의 소환에 응해야 했기 때문입니다. 하지만 존은 자기가 명색이 영국 왕인데 프랑스 왕이 부른다고 쪼르르 달려가기는 뭐했는지 결국 가지 않았습니다. 물론 존이 오지 않을 것을 예상하고 있었던 필립 2세는 덩실덩실 춤을 추며 존 왕의 영토인 노르망디, 앙주, 멘, 두렌 지방을 몰수해버렸습니다. 프랑스 왕실의 영토가 순식간에 2배로 불어나는 사이, 존은 '무딘 검' 이라는 비아냥을 들으며 영국 왕실이 대대로 지켜왔던 대륙의 영토가 눈앞에서 사라지는 걸 지켜봐야 했습니다.

아서의 이야기는 나중에 좀 더 상세히 다루고자 하니 긴 이야기를 짧게 하고 넘어가자면 결국 존은 군사들을 48시간 만에 무려 130킬로미터를 이동시켜 아서를 붙잡는 데 성공했습니다. 하지만 곧 상황은 존에게 나쁘게 돌아갔죠. 아서가 감옥에 들어간 뒤 실종되자 사람들은 모두 존이 조카를 잔인하게 죽인 것이 틀림없다 욕했고 군사의 사기는 저하되었으며 존을 지지하는 이들도 썰물처럼 사라지기 시작했습니다.

이후로 존은 잃은 땅을 되찾기 위해 계속해서 전쟁을 벌였습니다. 전쟁만큼 비싼 사치도 없으니 존은 온갖 창의적인 방법으로 세금을 새롭게 부과하고 기존 세금과 벌금을 늘렸습니다. 만약 세금을 못 내면 잔인하게 처벌했으니 존 왕에 대한 지지율이 바닥을 친 것은 당연한 수순이었죠.

게다가 새로운 캔터베리 대주교가 임명될 때, 존 왕은 자신이 원하는 후보가 임명되도록 압박을 가했습니다. 하지만 이 이야기를 전해들은 교황 인노첸시오 3세는 다 취소하고 자신이 원하는 스티븐 랭턴을 자리에 올렸죠. 그러자 존 왕은 랭턴이 마음에 들지 않는다면서 꿍얼거리더니 랭턴이 아예 영국에 입국하는 것을 막아버렸습니다. 땅도 잃고 국민

교황권의 전성기를 이룩한 제 176대 교황 인노첸시오 3세. 고집쟁이에 건방진 존 왕 길들이기도 성공했다.

의 사랑도 잃고 있는 마당에 교황한테까지 덤비다니, 아무래도 오늘만 사는 남자인 모양이죠?

교황은 존을 설득하려 했지만 존이 꿈쩍도 하지 않자 영국 전역에 성사 금지 명령을 내렸습니다. 성사 금지란 장례도 예식에 따라 치를 수 없고 세례도 받지 못한다는 소리였으니 영국 국민들이 얼마나 분통이 터졌겠습니까. 하지만 고집불통 존은 들은 척도 하지 않았고 교황은 결국 존을 파문까지 시켰지만 존은 콧방귀만 뀌었습니다. 존은 자신에게 반기를 드는 것을 막기 위해 귀족들의 사내들을 인질로 잡았고, 교황 편을 드는 수도승을 잔인하게 처형하며 국민을 공포로 찍어 눌렀습니다.

그 꼴을 본 교황은 영국 국민에게 '존 왕은 영국의 왕이 아니니 앞으로 필립 2세를 왕으로 섬기라' 고 선언합니다. 교황의 말을 듣고 필립 2세가 신나게 달려오는 장면이 눈에 선했던 존 왕은 그제서야 교황 앞에 무릎을 꿇고 싹싹 빌며 스티븐 랭턴을 받아들이고, 수도원으로부터 압수한 토지를 돌려주고, 매년 영국 왕실에서 교황청에 1,000마르크를 바칠 것을 맹세했습니다. 그렇게 스티븐 랭턴은 캔터베리 대주교가 되었습니다. 랭턴의 이름은 기억해두세요.

다시 돌아와서, 존 왕은 혼인 무효 이후 이사벨라에게 종종 호화로운 선물을 내리곤 했다는데, 솔직히 그 선물이 호화로워봤자 궁궐이나 성을 통째로 주는 것도 아니고 아버지의 아버지와 어머니로부터 물려 내려온 재산과 지위를 뺏긴 데에 비하면 새발에 피겠지요. 심지어 존 왕은 결혼 무효를 받아낸 바로 다음 해에 새 아내와 결혼해서 알콩달콩 살고 있었으니 말이죠. 왕의 눈에 쏙 들어와 새 왕비로 들어앉은 앙굴렘의 이사벨은 고작 12살 정도였습니다. 어린애와 자기 전 남편이 신혼생활을 즐기는 꼴을 봐야 하는 것은 물론, 심지어 2년쯤 같이 살아야 했던 이사벨라도 속이 말이 아니었겠죠.

혼인 무효가 선언되고도 15년이나 지난 1214년, 존 왕은 자신의 옛 부인을 이용할 대로 이용해 먹을 심산이었습니다. 돈이 필요해졌기 때문이었죠. 존 왕은 자신의 사랑하는 친족(?!)인 이사벨라와 결혼할 남자를 찾는다는 소문을 냈고 청혼을 해온 에섹스 백작 조프리에게 이사벨라와 글로스터 백작 작위, 영지 등을 팔아넘겼습니다. 이사벨라의 의견을 물어봤냐구요? 에이, 그럴 리가 있나요.

다행히 이사벨라는 두 번째 결혼에선 18살쯤 연하인 남편과 마음이 잘 맞았던 모양입니다. 남편도 이사벨라에게 잘해주었던 듯하고요. 물론 자기를 몇 번이나 이용해먹고 버린 존 왕처럼 못된 남자를 만나면 그 다음에 누굴 만나든 그보단 잘해주기가 어렵진 않을 것 같지만요. 존 왕은 영지와 전(前) 부인을 넘겨주는 대가로 너무 많은 돈을 요구했고 어린 신랑 조프리 백작은 도저히 그 돈을 다 낼 수가 없었습니다. 말도 안 되는 돈을 요구하는 왕, 나의 아버지의 땅을 빼앗고 날 이용하고 버린 왕, 이 왕을 싫어하는 부부의 마음은 찰떡궁합이라, 두 사람은 1215년에 일어난 존 왕에 대한 남작들의 반란에 동참하게 됩니다.

존 왕에 대한 이 반란은 앞에서 등장한 스티븐 랭턴 대주교의 주도 아래 귀족 가운데 가장 낮은 지위인 남작들이 모여서 일으킨 것이었는데요. 이 남작들의 반란은 성공하여 우리가 역사 시간에 꼭 배우곤 하는 마그나 카르타(대헌장)에 존 왕이 서명하도록 만들었습니다. 마그나 카르타는 왕은 법 아래에 있으며, 기본적으로 의회의 동의 없이 세금을 인상시킬 수 없고, 교회는 왕으로부터 자유롭다는 등의 내용이었습니다. 사실 당시에는 별로 민주적인 것은 아니었고 귀족 대 왕의 싸움일 뿐이었지만 역사가 진행됨에 따라 마그나 카르타에 대한 해석이 점점 넓어지면서 결과적으로는 민주주의의 시발점이 되었습니다.

물론 존 왕은 이후 분노로 파들파들 떨며 교황의 지지를 받아내어서는 귀족들과 싸움을 2년 동안이나 계속했지만 그 이야기는 나중에 하기로 하고, 마그나 카르타 이야기하느라 구석에 밀려나 있던 우리의 이사벨라 이야기로 돌아가보겠습니다. 이사벨라와 쿵짝이 잘 맞았던 조프리 백작은 아쉽게도 결혼 2년 만에 마상대회에서 입은 부상이 악화되어 사망합니다. 그리고 7개월 후 존 왕은 이질이 옮아 복통으로 고생하다 사망하죠. 이사벨라의 삶에서 이 2명의 남자가 사라지자 이사벨라는 난생처음 '완전한' 자유를 누리게 됩니다.

한 남자의 아내로서가 아니라 자신의 권리로 글로스터와 에섹스의 백작부인인 이사벨라는 아주 부유한 귀족 부인으로 1년 정도 즐겁게 살았습니다. 왕의 죽음과 새 왕의 즉위로 세상이 불안정한 동안 이사벨라는 기부도 하고 교회도 도우면서 지냈죠. 하지만 이처럼 부유한 귀부인은 모든 귀족 남자들의 구미를 당기게 하는 존재였습니다. 결국 다시 한 번 이사벨라의 의사와는 전혀 상관없이, 이사벨라의 영토는 새로 즉위한 헨리 3세의 최측근 신하인 휴버트 드 버그에게 주어졌고 왕에게 다시 한 번 충성을 맹세한 이사벨라는 그와 결혼하게 됩니다. 자신의 뜻과는 상관없는 삶을 살던 동시대의 다른 여인들과 마찬가지로 순종만 하며 살아온, 이제는 나이가 쉰이 넘은 이사벨라는 세 번째 결혼을 한 지 한 달여 만에 사망했고 그녀의 모든 재산과 지위는 결혼한 지 한 달 된 새신랑에게 넘어가고 말았습니다. 마지막까지도 내 것이 내 마음대로 되지 않았네요.

평생 더 힘센 자들에게 휘둘려 자신의 것도 큰소리 내어 주장하지 못했던 이사벨라의 삶은 그 시대 여성들이 겪었던 기구하고도 평범한 일생과 크게 다를 것이 없어 더더욱 가슴 답답하고 안타깝습니다.

5. 왕이 사랑한 남자, 왕이 살해한 남자

– 중세 카스티야 왕국의 숨은 권력자 알바로 데 루나의 일생

이번 5장과 다음의 6장, 7장은 모두 15세기 초의 카스티야 왕국과 아라곤 왕국 이야기로 서로 얼기설기 얽혀 있으므로 이 세 이야기는 하나의 덩어리로 생각하고 읽는 것이 이해하기 쉽답니다. 더군다나 이름이 비슷하다 못해 뒤에 붙는 숫자까지 똑같은 경우도 있으니 정신을 바짝 차리고 가계도를 짚어가며 읽어야 이해하기 편합니다!

이번 이야기의 주인공은 머리 위에 왕관이 올려진 적은 한 번도 없었지만 손아귀에 왕국을 틀어쥐고 있었던 남자, 서자로 태어나 멸시받았으나 일인지하 만인지상의 위치에 올라섰던 그 남자의 이름은 알바로 데 루나(Alvaro de Luna, 1388 무렵~1453). 중세 카스티야 왕국을 쥐락펴락했던 권력자랍니다.

지금으로부터 600여 년 전인 1405년 3월 6일, 이베리아 반도에 위치한 카스티야 왕국은 왕자의 탄생에 축배를 들고 있었습니다. 카스티야

21개월짜리 어린 아들 후안을 남기고 27살의 나이로 사망한 카스티야의 왕 엔리케 3세.

의 왕 엔리케 3세는 아직 25살이라는 창창한 나이의 왕인데다가 두 딸에 이어 아들 후안까지 보았으니 나라의 미래는 밝고 기운차게 빛나는 것 같다고 기대할 법도 했을 것입니다. 하지만 아들이 태어났을 무렵, 엔리케 3세는 이미 좋지 않은 건강 탓에 권력을 동생 페르난도에게 대부분 넘긴 채로 죽어가고 있었습니다. 회복될 기미는 영 보이지 않는 채로 세월은 흘러 27살이 된 지 겨우 두 달이 지난 1406년 12월, 엔리케 3세는 이제 막 몇 가지 단어를 말하기 시작한 어린 아들 후안을 남겨두고 세상을 떠나고 맙니다. 그리고 태어난 지 겨우 21개월 된 어린 후안은 후안 2세(Juan II de Castilla, 1405~1454)로 카스티야 왕국의 왕위에 오르게 되었죠.

엔리케 3세가 아들이 너무 어릴 때 사망했기 때문에 엔리케 3세의 동생인 페르난도(Fernando I de Aragon, 1380~1416)는 이전까지 그러했던 대로 후안 2세가 성인이 될 때까지 섭정을 시작하였습니다. 『스캔들 세계사』 1권에서 만났던 런던탑 실종사건의 에드워드 5세나 우리나라의 단종을 보면 작은아버지들과 어린 조카는 권력 앞에서 영 좋은 궁합이 아니지만, 카스티야의 후안 2세는 에드워드 5세나 단종보다는 그나마 운이 좋았는지, 늘 모든 권력을 다 휘두르지는 못했더라도 왕위에서 쫓겨나거나 죽거나 실종되지 않고 무려 49년간 무사히 왕국을 통치할 수 있었습니다.

작은아버지인 페르난도가 카스티야 왕위를 탐내지 않은 것은, 어쩌면 형에 대한 의리 때문이 아니라 곧 자신도 한 왕국의 왕이 되었기 때문일지도 모릅니다. 후안이 후안 2세로 왕위에 오른 지 3년이 좀 지났을 무렵인 1410년, 아라곤의 왕이자 페르난도의 외삼촌인 마르틴 1세(Martin I)는 살아 있는 적통 후계 없이 사망합니다. 아라곤 왕국은 2년 동안 왕좌를 비워둔 채 격렬한 권력 투쟁을 벌였고 결국 1412년에 아라곤, 발렌시아, 시칠리아, 카탈루냐의 귀족들이 카스페에 모여 카스페 타협(Compromiso de Caspe)을 맺었습니다. 여기서 투표를 통해 페르난도는 외삼촌의 왕위를 물려받아 아라곤의 왕이 되었죠(페르난도는 마르틴 1세의 여

여러 귀족들이 합의하여 아라곤의 새 왕을 투표로 선출한 카스페 타협에서 페르난도는 아라곤의 왕으로 선출되었다.

동생에게서 난 카스티야의 왕자이자 후안 2세의 작은아버지입니다). 조카는 카스티야 왕이고 자신은 이웃 나라인 아라곤의 왕이 되었으니 이로 인해서 이베리아 반도 내에선 포르투갈과 남부의 그라나다 왕국을 제외하고는 카스티야 왕국도, 아라곤 왕국도, 심지어 바다 건너의 영토까지 모두 카스티야의 트라스타마라 왕가가 통치하게 되었습니다.

후계자 걱정이 끊이지 않았던 다른 왕들과 달리 페르난도는 건강한 자식들을 많이 두었습니다. 그들은 알폰소, 마리아, 후안, 엔리케, 레오노르, 페드로, 산초, 모두 일곱으로 이들은 '아라곤의 아이들(Infantes de Aragon)' 이라고 불립니다. 남의 말에 쉽게 동요하고 귀가 얇아 팔랑팔랑거렸다는 후안 2세의 통치 기간 동안, '아라곤의 아이들' 은 어린 사촌인 후안 2세 곁에서 권력 투쟁을 이끌어나갔습니다.

이 정도면 가벼운 배경 설명이 된 것 같으니 우리 주인공 이야기를 시작해볼까요. 1388년부터 1394년 사이에 태어난 것으로 짐작되는 알바로 데 루나의 원래 이름은 페드로였습니다. 아버지는 돈 알바로 데 루나로, 카스티야의 왕인 엔리케 3세 밑에서 술관원(술 관리를 하는 고위 관리)을 하는 귀족이었고 어머니는 마리아 데 카네테라는 평민 여인이었습니다. 페드로 데 루나는 그런 어머니와 아버지 사이에 서자로 태어났죠. 친척에게 맡겨져 자라던 페드로가 7살이 되어 견진성사를 받을 때 교황은 아이의 이름을 알바로라고 다시 지어주었습니다. 알바로가 18살 정도일 무렵, 알바로의 친척은 후안 2세의 가정교사와 잘 아는 사이임을 이용하여 알바로가 왕궁으로 들어가 어린 왕의 곁에서 지낼 수 있도록 하는 데 성공합니다. 이 무렵 후안 2세는 겨우 3살 정도였죠.

알바로 데 루나는 타고난 궁정귀족이었습니다. 물 흐르듯 자연스러운 고급 예의범절을 갖추고 아름다운 목소리로 노래를 하고 악기를 연주했으며 승마며 사냥이며, 누구에게도 뒤지지 않았죠. 더군다나 얼굴도 잘생기고 사교적인 성격인지라 궁중의 숙녀들은 물론, 어린 왕까지 그의 매력에 푹 빠져서 헤어 나올 줄 몰랐습니다. 1410년에 후안 2세의 시종이 된 알바로 데 루나는 4년 만에 시종장 자리까지 올라갑니다. 왕이 15살이 되어 슬슬 어른 취급을 받기 시작한 1420년쯤에는 알바로 없이는 아무 데도 가지 않을 정도로 둘의 관계는 끈끈해졌습니다.

어린 나이에 왕이 되었지만 정치에는 무관심했던 후안 2세. 19세기 무렵에 그려진 상상화다.

이렇게만 보면 알바로 데 루나와 후안 2세가 하하호호 즐겁게 하루하루를 보내고 있었을 것 같지만, 사실 어린 왕을 만만하게 본 귀족들의 권력다툼은 날이 갈수록 심해졌고 그 중심에는 후안 2세의 사촌들, 즉 작은아버지인 페르난도의 일곱 자식(아라곤의 아이들)이 버티고 있었습니다. 1420년 7월의 어느 날, 작은아버지 페르난도의 셋째 아들인 엔리케(아라곤의 아이들4)는 카스티야 왕국을 손아귀에 넣기 위해 사촌동생 후안 2세가 잠자고 있던 토르데시야스 성을 급습합니다.

아직 어린 후안 2세는 사촌형의 시퍼런 칼날 아래 무릎을 꿇고 엔리케를 자신의 후견인으로 인정해야 했죠. 후안 2세를 꼭두각시로 부릴 수 있게 된 엔리케는 왕을 달래기 위해서라도 알바로 데 루나가 왕의 곁에 남아 위안이 될 수 있도록 했고, 그리하여 알바로 데 루나는 추밀원의 일원이 되었습니다.

엔리케는 카스티야에서 자신의 영향력을 더욱 공고히 하고 가문에 힘을 실어주기 위해서 자기 누이인 마리아(아라곤의 아이들2)를 후안 2세와 결혼시킵니다. 후안 2세의 의견은 상관없이 결혼식은 아주 서둘러서, 아주 조용히 치러졌습니다. 신랑보다 10살쯤 많은 신부는 카스티야의 왕비가 되었음에도 불구하고 말 그대로 '아라곤의' 마리아였던지라, 늘 아라곤과 자기 형제들 편만 들었기 때문에 후안 2세와의 사이는 영 좋지 않았습니다.

후안 2세는 아라곤의 마리아와 25년 동안 결혼생활을 하며 여러 자녀를 두었지만 그중 무사히 어른으로 성장한 것은 아들 엔리케 하나뿐이었습니다. 그러는 동안 후안 2세의 사촌형인 아라곤의 엔리케(아라곤의 아이들4)는 얼마 후 후안 2세의 작은누나인 카탈리나와 결혼을 하면서

기도하는 알바로 데 루나. 카스티야의 왕 후안 2세가 가장 총애하던 측근은 무엇을 소원했을까.

카스티야의 사위가 되었고 후안 2세의 큰누나인 카스티야의 마리아는 페르난도 1세의 장남인 알폰소(아라곤의 아이들1, 훗날 알폰소 5세)와 결혼하였습니다. 이를 통해 페르난도의 셋째 아들인 엔리케의 힘은 더더욱 강해졌죠.

그런 사이 알바로 데 루나는 후안 2세 곁에서 둘도 없는 충신으로 왕과 떼려야 뗄 수 없는 사이가 되어갔습니다. 알바로 데 루나는 후안 2세가 결혼한 지 석 달 정도 만에 엔리케의 감시에서 후안 2세를 빼내어 함께 다른 성으로 도망치기도 하고, 후안 2세가 포로로 붙잡혔을 때 협상을 통해 그를 구해내기도 했습니다. 그렇잖아도 친한 사이였는데 자신을 감옥에서 구해내기까지 했으니, 알바로 데 루나에 대한 후안 2세의 총애는 하늘을 뚫을 듯했습니다(둘이 지나치게 친했다는 이유로 알바로 데 루나와 후안 2세가 동성애 관계를 나눈 연인 사이이며 그런 후안 2세의 성향은 그의 장남인 엔리케 4세에게 물려 내려갔다는 설도 전해질 정도였죠). 후안 2세는 정치에는 별 관심이 없었고 궁정에서 벌어지는 유희에만 관심을 쏟았기 때문에 알바로 데 루나의 권력은 하루가 다르게 커져갔습니다. 왕은 알바로 데 루나가 내미는 서류에 그저 서명할 뿐, 모든 실질적인 권력은 알바로 데 루나에게 있다는 수군거림이 커져갔고 실제로도 왕이 내리는 관직과 명령들은 왕의 입과 서명을 통할 뿐, 알바로 데 루나가 내리는 것이나 마찬가지였습니다.

1420년부터 1445년까지의 카스티야는 그야말로 혼돈의 도가니였습니다. 엔리케와 그의 형제들(아라곤의 아이들)이 왕국의 권력을 휘어잡고 뒤흔드는가 하면 카스티야에서 쫓겨나기도 했고 알바로 데 루나를 유배시켰다가 그가 없으니 나라꼴이 엉망이 되어 다시 불러들이기도 했죠. 후안 2세는 제 뜻대로 군림하는 왕이었다가 사촌형의 손에 놀아나는 꼭두각시가 되기도 하는 등 세월은 정신없이 흘러갔습니다.

어린 사촌동생을 위협하여 권력을 잡았던 사촌형 아라곤의 엔리케의 권력은 1445년 벌어진 올메도의 전투에서 끝이 납니다. 물론 살아서 권좌에서 내려온 건 아니었죠. 후안 2세의 아들(카스티야의 엔리케 왕자)과 알바로 데 루나의 군사에 밀린 아라곤의 왕자 엔리케(아라곤의 아이들4)는 전투 중 입은 부상으로 인해 사망했고 그의 형인 후안(아라곤의 아이들3,

훗날 아라곤의 후안 2세)은 나바라 왕국으로 달아났죠. 전투가 벌어지기 몇 달 전 아라곤에서 왔던 마리아 왕비도 사망했으니 이제는 완전한 알바로 데 루나의 세상이 펼쳐지는 듯했습니다. 마리아 왕비가 사망한 것에 대해 자연사가 아니라 누군가 아라곤의 힘을 줄이고 자신의 힘을 키우기 위해 그녀를 살해한 것이라는 의심도 존재합니다. 그 누군가가 누구일지는 누구나 짐작할 것입니다.

아라곤의 엔리케 것이었던 산티아고 기사 단장 자리까지 받게 된 알바로 데 루나는 비어 있는 카스티야의 왕비 자리에 자신이 원하는 사람을 앉히고 싶어 후보를 물색하기 시작했습니다. 적의 적은 나의 친구이니 오른쪽에 위치한 아라곤을 견제해야 하는 카스티야 왕국에 있어 가장 좋은 동지는 왼쪽에 있는 포르투갈이었습니다. 그렇게 알바로 데 루나는 포르투갈의 왕 주앙 1세의 조카이자 포르투갈군 최고사령관의 딸인 포르투갈의 이사벨과 후안 2세의 결혼을 성사시키는 데 성공합니다. 알바로가 추천하는 여자를 후안 2세가 거절하는 일은 없었죠.

알바로 데 루나는 자신 덕분에 한 나라의 왕비가 되었으니 이사벨이 자기에게 아주 고마워할 것이라고 생각했지만 그것은 커다란 착각이었습니다. 후안 2세보다 23살이나 어렸던 이사벨은 남편보다도 나이가 훨씬 많은 알바로 데 루나보다는 또래의 젊은 귀족들과 어울렸고 알바로 데 루나를 견제하는 젊은 귀족들의 영향으로 알바로 데 루나를 적으로 여기게 됩니다.

얼마 후 후안 2세와의 사이에서 딸 하나 아들 하나를 둔 포르투갈의 이사벨 왕비는 이제 병들고 쇠약해진 후안 2세의 마음에 가장 가까이 다가갈 수 있는 사람이 되었습니다. 알바로 데 루나에 대한 험담을 자

카스티야 왕국 최고의 권력자로 군림하던 알바로 데 루나는 목이 달아나는 참수형으로 최후를 맞이했다.

주 늘어놓던 이사벨 왕비는 후안 2세에게 왕을 꼭두각시처럼 다루는 이에게 언제까지 휘둘릴 거냐고 다그쳤고 이에 넘어간 후안 2세는 결국 왕을 조종하고 왕의 권력을 탐한 죗값을 알바로 데 루나에게 묻게 됩니다. 그리하여 왕과 같은 힘을 가졌다던 카스티야의 권력자 알바로 데 루나는 왕의 눈 밖에 난 지 얼마 지나지 않은 1453년 6월 2일, 바야돌리드에서 처형당했습니다. 알바로 데 루나의 목숨은 그렇게 찰나의 순간에 사라졌지만 그가 남긴 기억은 남겨진 이들이 죽을 때까지 유령처럼 따라다니며 괴롭혔습니다. 알바로 데 루나와 평생을 함께하다시피 했던 후안 2세는 알바로 데 루나가 사망한 후, 죽는 날까지 후회의 눈물을 흘리며 알바로의 이름을 불렀습니다. 정신병이 있었던 이사벨 왕비는 후안 2세와 전처인 아라곤의 마리아의 아들 엔리케가 엔리케 4세로 카스티야의 왕이 된 후, 은거하기 시작하면서 정신병이 점차 악화되어 말년에는 궁 안을 헤매고 다니며 알바로의 이름을 부르고 '잘못했다, 미안하다' 며 용서를 빌었다고 합니다.

왕의 사랑을 받았으나 왕에 의해 처형된 알바로 데 루나가 후안 2세에게 진정한 사랑과 충성을 바쳤던 충신인지, 아니면 권력을 탐하며 왕을 꼭두각시처럼 부렸던 악인인지에 대한 평가는 서로 갈리지만 적어도 한 가지는 분명하지요. 한 시대를 풍미한, 중세 스페인 역사에서 손꼽는 최고의 권력자의 목숨도 왕의 변덕 앞에선 바람 앞의 촛불이라는 사실!

6. 계모를 만난 백설왕자

– 후계자로 태어났지만 모든 것을 빼앗긴 카를로스 왕자

이번 이야기의 주인공을 만나기 위해서 600여 년 전 이베리아 반도로 슝~ 날아가 보겠습니다. 15세기의 아라곤 왕국이 저 멀리 보이지만 도착하기 전에 카스티야 왕국의 후안 2세 이야기 살짝 되짚고 갈게요.

1405년에 태어나 1406년에 21개월의 어린 나이로 왕이 된 카스티야의 후안 2세 곁에서는 측근인 알바로 데 루나와 일곱 사촌들인 '아라곤의 아이들'이 피 터지는 권력 다툼을 벌이고 있었습니다. 이번 이야기는 그 아라곤의 아이들 중 첫째인 알폰소에서 시작합니다. 카스티야의 후안 2세의 작은아버지 페르난도가 카스페 타협에서 투표를 통해 아라곤의 왕이 되었다는 것 기억나시죠? 어느덧 세월은 흘러 아라곤 왕국은 페르난도의 장남인 알폰소가 알폰소 5세로 왕위에 올라 다스리고 있었습니다.

아라곤의 알폰소 5세는 카스티야의 후안 2세의 큰누나인 마리아와

이탈리아를 사랑하고 문화와 예술을 발전시킨 아라곤의 왕 알폰소 5세.

결혼했지만 자식이 없었습니다. 그래서 알폰소 5세의 동생 후안(아라곤의 아이들[3])이 후계자가 되었지요. 이 후안이 이번 이야기 주인공의 아버지입니다. 자, 이 아버지 이야기부터 시작해보겠습니다.

1419년, 아라곤 왕국의 후계자로 지내고 있던 21살 청년 왕자 후안은 32살의 나바라의 블랑카와 결혼하게 됩니다. 여성이 11살이나 연상인, 당시 흔치 않은 결혼이 성사된 이유는 블랑카가 나바라 왕국의 후계자였기 때문입니다. 나바라 왕국의 왕 카를로스 3세에게 건강하게 잘 자란 자녀는 딸들뿐이었고 그중 첫째가 1413년에 사망하면서 둘째인 블랑카가 나바라 왕국의 후계자가 되었죠. 후안은 첫 결혼인데 반해, 블랑카는 15살일 때 28살의 남편과 결혼해 갓난아기일 때 사망한 아들도 두었던 적이 있었습니다.

두 사람이 결혼하고 1년 뒤에 블랑카는 아들 카를로스를 낳았습니다. 드디어 주인공이 세상에 태어났네요. 블랑카는 카를로스를 낳은 뒤로 딸을 셋 낳았는데 그중 1살 반 정도 만에 사망한 후아나, 그리고 다음 편에 다시 등장할 딸 블랑카(훗날 카스티야의 왕비가 됨)를 낳았을 때쯤에는 1425년이었습니다.

1425년 9월, 블랑카의 아버지인 나바라의 왕이 사망하면서 블랑카는 왕위를 이어받아 나바라의 여왕 블랑카 1세가 되었습니다. 그러자 블랑카의 남편인 후안은 나바라의 왕이자 아라곤 왕국의 후계자가 되었고, 첫째 아들인 카를로스는 아라곤과 나바라 왕국의 후계자가 되었으며 후계자로서 비아나 대공, 기로나 대공, 간디아 공작, 세르베라 백작이 되었습니다(여기서 비아나 대공은 블랑카의 아버지가 특별히 손자 카를로스에게 주려고 만든 작위로, 이후 나바라의 왕세자들은 비아나 대공 작위를 받게 되었습니다). 여기서 중요한 것은, 블랑카가 나바라의 진정한 '왕'이고 후안은 블랑카의 남편으로서 왕의 '칭호'를 받은 것에 불과하며, 자기 권리로 왕이 된 것은 아니라는 점입니다.

나바라 왕국과 아라곤 왕국 모두에게 귀한 후계자인 카를로스는 18살이 되었을 때 클리브스의 아그네스와 결혼합니다. 참고로 클리브스의 아그네스는 훗날 영국의 헨리 8세의 4번째 아내가 되는 클리브스의 앤의 대고모입니다. 『스캔들 세계사』 1권에서 만났던 헨리 8세! 죄다 연

아주 오래오래 살면서 아들 카를로스를 끝없이 질투했던 '좀스러운' 왕 아라곤의 후안 2세(1398~1479).

결된 동네라 복잡하게 느껴지실 수 있지만 익숙해지면 오히려 다 가족이라 외국 와서 친구 만난 기분이 들기도 해요. 클리브스의 아그네스는 결혼한 지 8년 만에 고작 26살로 사망했고 그 뒤로 카를로스는 새 아내를 찾아 헤매게 되었습니다.

나바라의 왕 블랑카 1세는 막내딸 레오노르를 1426년에 낳고 장남이 결혼하는 것도 본 2년 뒤, 1441년에 사망합니다. 그리고 나바라 왕위 계승 문제를 둘러싸고 잡음이 일기 시작하지요. 후안과 블랑카의 결혼 계약대로라면, 블랑카 1세가 나바라의 왕일 때는 남편인 후안도 나바라의 왕으로 대접받을 수 있었지만 블랑카가 죽으면 카를로스(블랑카의 아들이자 나바라의 왕 카를로스 3세(블랑카의 아버지)의 손자)가 엄마의 뒤를 이어 나바라의 왕, 카를로스 4세가 되어야만 했습니다. 카를로스가 어머니인 블랑카 1세보다 먼저 사망할 경우에도 아버지 후안은 쏙 빼놓고 카를로스의 여동생인 블랑카, 레오노르 순으로 왕위 계승 순위가 내려가야만 했습니다. 나바라 왕국의 왕위 계승 문제에서 후안은 그야말로 찬밥 신세였던 거죠.

하지만 후안은 아내가 사망했다고 해서 왕 자리를 순순히 아들에게 내어주고 아라곤의 후계자 자리로 돌아갈 마음이 없어보였습니다. 후안은 아들에게 가야 할 나바라 관련 재산과 권리를 다 뺏고 자기가 그걸 계속 갖고 있겠다고 합니다. 카를로스도 아버지에게 당장 내놓으라고 요구할 수도 없었던 것이, 이런 사태가 일어날 줄 몰랐던 순진한(?) 블랑카 1세가 사망하면서 "물론 우리 아들이 받아야 하는 왕위지만 그래도 아빠 체면이 있으니까, 아빠의 허락을 받고 왕위를 받으렴."이라는 쓸데없는(?) 말을 남겼기 때문이었습니다. 아빠랑 아들이 사이가 좋고 아빠가 약속을 지킬 마음이 있었다면 하하호호 웃으면서 형식적으로 진행되었겠지만 아버지가 아들에게 왕위를 넘길 생각이 전혀 없었다는 데에서 비극의 싹이 텄습니다.

카를로스는 차마 아버지에게 항의하지 못하고 아버지의 후계자로 남는 것에 동의했고 후안은 아들 카를로스가 지위는 왕이 아니지만 나라를 다스리도록 했습니다. 그래서 카를로스의 공식 작위는 비아나 대공이지만 종종 '나바라의 카를로스 4세'라고 부르기도 합니다.

당시 아라곤의 왕이자 후안의 형인 알폰소 5세(아라곤의 아이들1)는 나

남편이 아들을 얼마나 구박할지 알지 못하고 세상을 떠난 나바라의 여왕 블랑카 1세. 자신이 죽은 후에 왕국이 돌아가는 꼴에 무덤에서 속이 터졌을 것이다.

폴리를 정복하겠다며 떠나더니 나폴리를 정복하고는, 이탈리아의 기후와 음식, 문화에 푹 빠져서 본국으로 돌아올 생각을 하지 않고 있었습니다. 그러니 후안은 나바라를 다스리는 것보다는 아라곤의 왕 자리에 앉아 형 대신에 카스티야와 아라곤에 영향력을 행사하는 데 더 관심이 많았죠.

카를로스의 아버지인 후안은 아내 블랑카도 사망했겠다, 슬슬 재혼을 생각합니다. 그리고 카스티야에서의 영향력을 더 늘리기 위해 1444년에 카스티야의 귀족 여성과 결혼합니다. 그녀의 이름은 후아나 엔리케즈(Juana Enriquez)로, 카스티야 왕실의 방계 가문 출신이었습니다. 후안의 새 아내는 후안보다 무려 27살이나 어렸고, 장남인 카를로스보다도 4살이나 어렸습니다. 후안 아저씨도 참 주책이네요. 후안은 태어날 때부터 왕의 후계자이자 국민들에게 아주 인기가 많았던 아들 카를로스를 무척 질투하고 싫어했다고 하는데, 새 부인 후아나 엔리케즈는 남편의 마음을 금세 눈치 채고 여기에 솔솔 부채질을 해대기 시작합니다. 전 부인 블랑카가 이 꼴을 봤다면 속이 터져서 무덤 속에서 제 가슴을 쳤겠죠.

후안은 원래 아들의 것인 왕좌를 가로채고 왕의 칭호도 갖고 있었지만 영 만족하지 못했습니다. 아들 카를로스가 실질적으로 나바라를 통치하는 것조차 마음에 들지 않았던 후안은 카스티야 출신의 새 아내 후아나 엔리케즈에게 나바라의 권력의 절반을 나눠주려고 후아나 엔리케즈를 나바라로 보냅니다. 이처럼 아버지의 아들에 대한 미움과 질투, 그리고 후아나 엔리케즈가 나바라 정치에 관여하려 드는 상황은 결국 4년에 걸친 나바라 내전(1451~1455)을 불러왔습니다.

이 내전에서 아들은 카탈루냐 지방의 지지를 받아 새어머니와 아버지에 맞섰고, 아버지 후안은 아들을 상대로 새 아내를 구하러 달려와서는 아들과 칼을 겨누며 전쟁을 벌였습니다. 아버지의 군대는 수적으로는 아들에게 밀렸지만 전투력은 훨씬 뛰어났고, 결국 1452년 아이바 전투에서 패한 카를로스는 포로가 되어 무려 2년 동안 감옥에서 썩게 됩니다. 그러나 카를로스를 풀어주라는 백성들의 목소리가 점점 커지자 후안은 어쩔 수 없이 '아버지가 살아 있는 동안에는 왕이 되지 않겠다'는 약속을 받아내고는 아들을 풀어주었습니다.

새로운 아내 후아나 엔리케즈는 아버지와 아들이 내전을 벌이는 동안 자식을 둘 낳았는데 그중 첫째가 하필 아들이었습니다. 자기와 27살이나 차이 나는 늙은 왕자에게 시집왔던 후아나, 이제는 아들 페르난도를 낳은 데다 곧 아라곤의 왕비까지 될 터이니 그렇잖아도 눈엣가시 같

19세기 화가 호세 모레노 카르보네로가
그린 카를로스의 상상화.

던 카를로스 때문에 속이 더더욱 불편해지기 시작합니다. 눈에 넣어도 아프지 않을 내 아들 페르난도가 남편의 모든 지위를 물려받으면 좋겠는데, 남편한텐 전 부인과의 사이에서 낳은 아들 카를로스가 떡하니 버티고 있으니까요! 그래서 늦둥이를 본 즐거움에 어쩔 줄 모르는 남편 눈앞에 귀여운 페르난도를 들이대고 카를로스를 험담하면서 두 사람이 함께 장남인 카를로스를 장애물로 여기고는 미워했습니다.

후안은 자기가 죽은 후에라도 아들 카를로스가 뭐가 됐든 받는 것이 너무나 싫었는지 아예 카를로스와 둘째 딸인 블랑카를 훌쩍 뛰어넘어 막내딸인 레오노르에게 불법적으로 나바라의 후계자 자리를 넘기려고 합니다. 정말로 어처구니없는 상황이죠.

시절이 시절이다보니 나바라 왕국은 그쪽 집안 대대로 남자에게 왕위가 내려와야 하는 나라였는데 딸밖에 없으니까 블랑카 1세의 아버지가 예외를 둬서 딸이 낳은 손자에게 왕관을 주려고 사위한테 잠깐 왕관을 씌워준 거였으니까요. 그런데 사위가 멋대로 손자 왕관을 뺏더니 손녀한테 왕관을 줘버립니다. 그러면 이게 결국 사위의 사위한테, 그것도 아라곤의 왕도 아닌 웬 백작 가문으로 왕관이 흘러가게 되는 것입니다. 멀쩡한 장자가 떡하니 있는데 막내에게 후계자 자리를 넘기다니, 후안의 장인어른이자 블랑카 1세네 아빠가 봤으면 뒷목 잡고 거품 물 상황이네요.

이런 어이없는 상황에 너무나 황당해진 카를로스는 지원군을 찾기 시작합니다. 아, 나폴리로 떠난 큰아버지가 있었네요! 카를로스의 큰아버지이자 현 아라곤 왕인 알폰소 5세는 1453년에 나폴리를 정복하러 떠난 후 여전히 나폴리에서 따뜻한 이탈리아의 햇살을 즐기며 원격 통치

인생에서 힘든 일은 죄다 아빠 때문인 불쌍한 카를로스.

를 하고 있었습니다. 카를로스는 큰아버지에게 가는 길에 들른 유럽 각국의 궁정들에서 동정과 지지를 받습니다. 큰아버지를 만난 카를로스는 아버지가 도대체 왜 저러냐고 하소연을 했고 알폰소 5세가 봐도 상황이 너무나 기가 막히니 동생과 조카를 화해시키려고 하죠.

하지만 세상 모든 일은 타이밍에 달려 있는 법. 알폰소 5세는 협상을 하려던 와중, 기가 막히게 나쁜 타이밍에 사망합니다(알폰소는 나폴리에서 무려 23년 동안을 머물렀고 다시는 아라곤으로 돌아오지 않았습니다). 카를로스는 허탈했겠지만 아버지 후안은 형의 이런 타이밍 좋은 죽음 앞에서 순식간에 기다리고 기다리던 아라곤의 왕관을 머리에 쓰고 나바라, 아라곤, 시칠리아와 발렌시아, 마조르카, 바르셀로나, 사르디니아의 왕 후안 2세가 되었습니다(나폴리는 알폰소 5세의 서자에게 넘어갔습니다).

이제 눈치 볼 사람도 없겠다, 후안 2세는 대놓고 막내딸 레오노르를 나바라의 후계자로 삼고 나바라 관리를 맡깁니다. 심지어 후안 2세가 왕 자리를 비울 때 자기 대신 정치하고 군사를 관리할 사람은 법적으로 당연히 카를로스였는데, 후안 2세는 카를로스 대신 어린 아내 후아나 엔리케즈가 관리하도록 하게 하려 합니다. 해도 해도 너무한 처사에 참다 못한 아라곤 사람들은 '아니, 아들이 죽은 것도 아니고 미성년자도 아닌데, 이게 무슨 듣도 보도 못한 해괴한 짓이냐?' 며 격렬히 항의했고 결국 파렴치하기 짝이 없는 후안 2세도 그것만은 눈물을 머금고 포기할 수밖에 없었습니다.

휴식이 필요했던 카를로스는 상황이 복잡하게 돌아가는 이베리아 반도를 떠나 시칠리아에서 머물고 있었습니다. 시칠리아 사람들은 카를로스를 무척 좋아했고 어머니 블랑카에 대한 좋은 기억도 남아 있었기에 후안 2세가 아닌 카를로스가 시칠리아의 왕이 되는 것이 좋겠다고 대표단을 보내 제안하지만 카를로스는 아버지와 화해하고 싶은 마음에 거절합니다.

이제 38살이 된 카를로스에게는 결혼 문제가 시급했습니다. 그래서 주변에 결혼할 만한 여자를 찾다가 옆 나라인 카스티야 왕국의 이사벨 공주가 아주 좋은 신붓감이라고 생각하고 청혼합니다. 이사벨의 이복오빠 엔리케 4세는 전 부인의 아버지, 즉 전 장인어른인 아라곤의 후안 2세를 매우 싫어하고 있었으므로 후안 2세가 싫어하는 아들인 카를로스와 자신의 이복동생인 이사벨의 결혼에 긍정적이었습니다.

> "카스티야의 왕, 엔리케는 매우 활발히 카를로스와 이사벨의 결혼을 추진했다. 이유 중 일부는 총애하는 아들 페르난도와 이사벨을 결혼시키고 싶어하는 전 장인어른 후안 2세의 계획을 망침으로써 복수하고자 했기 때문이었다." 주6

카스티야와 아라곤 왕가 계보도

카스티야
아라곤
= 결혼
— 자녀
· 숫자는 아내들 순서

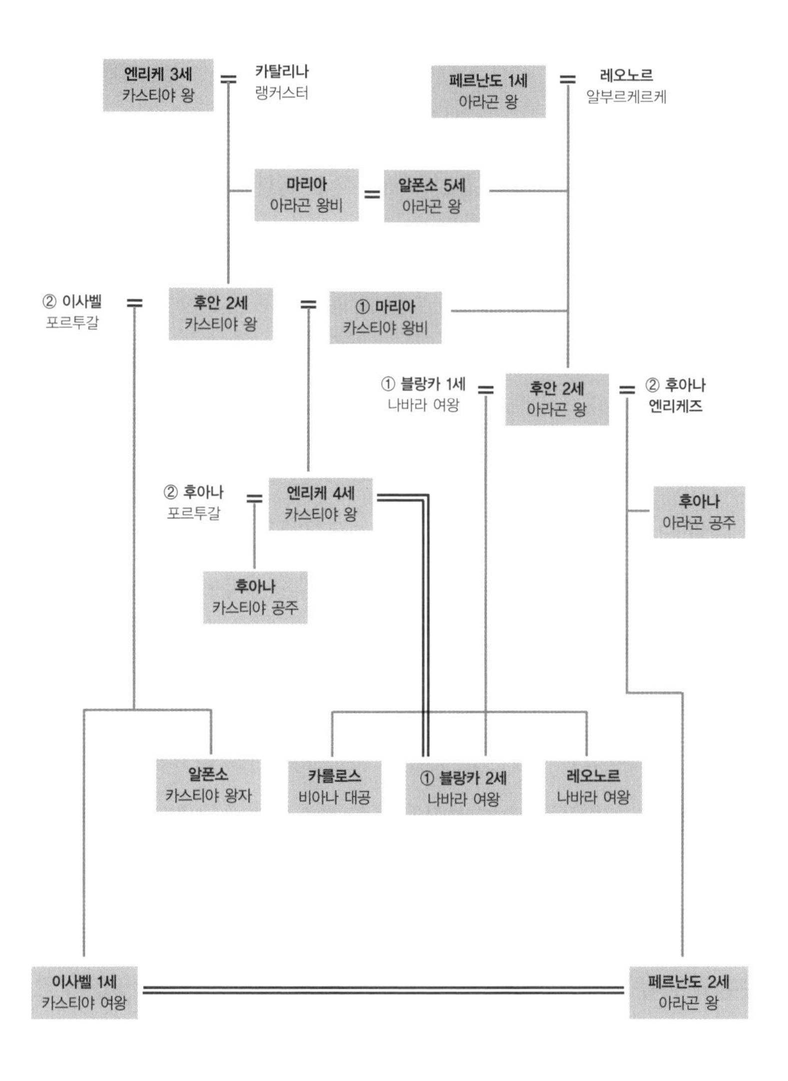

자기 아들 페르난도에게 카를로스보다 더 멋진 미래를 만들어주고 싶었던 후아나 엔리케즈는 카를로스와 이사벨의 결혼 얘기가 오간다는 소식을 듣고 분노가 폭발하여 비명을 질렀습니다. 이사벨은 카스티야 왕위 계승 서열 3위인 공주인데다 페르난도와 나이도 1살밖에 차이가 나지 않았죠.

후아나 엔리케즈는 그런 이사벨이야말로 완벽한 며느릿감이라고 내심 탐내고 있었고, 이사벨과 결혼한다면 자기 아들이 카스티야의 왕이 될 수도 있을 거라며 혼자 핑크빛 꿈을 꾸고 있던 참이었습니다. 게다가 카스티야 출신인 후아나 엔리케즈는 아들을 카스티야 왕국의 후계자인 공주와 결혼시키는 게 평생의 소원이었죠.

쑥쑥 자라나고 있는 카스티야의 공주 이사벨은 지위, 가문, 나이, 교육 수준, 물려받을 재산 등등 객관적으로 누가 봐도 완벽한 신붓감이었기 때문에 한때는 영국의 왕비 후보로도 점쳐지던 소녀였습니다. 당시 영국에서 왕위에 올랐던 에드워드 4세는 키가 크고 잘생긴데다 용맹한 1등 신랑감이었기에 카스티야 왕국의 후계자인 이사벨에게 딱 좋은 상대로 여겨졌지요.

하지만 『스캔들 세계사』를 읽어오셨다면 기억나시겠지만, 에드워드 4세는 나무 밑에서 만난 아리따운 여인, 엘리자베스 우드빌에게 홀딱 반해 카스티야의 공주고 뭐고 생각도 하지 않고 엘리자베스 우드빌과 결혼을 해버립니다. 에드워드 4세는 몰랐겠지만, 영국의 왕비가 되어 멋진 남편과 함께 한 나라를 통치할 꿈을 꾸던 13살 이사벨은 무척 실망했다고 합니다.

그런 귀하디귀한 신붓감이 다른 남자도 아니고 하필 카를로스와 결

어른이 된 카스티야의 이사벨 1세. 스페인의 융성기를 이끈 여왕으로 역사에 남는다.

혼을 한다니! 후아나 엔리케즈는 후안 2세의 곁에서 '이건 도저히 있을 수 없는 일'이라고 눈물을 펑펑 쏟으며 저주를 퍼부었고, 결국 후안 2세는 자기 아들을 집으로 불러들이더니 다시 차디찬 감옥으로 던져 넣었습니다.

카를로스가 아무 이유 없이 또 감금되었다는 소식이 들리자 국민들, 특히 카탈루냐 지역에서 크게 반발하였습니다. 후안 2세는 자신의 후계자는 페르난도뿐이라고 선언했지만 카탈루냐 사람들은 카를로스의 이름을 계속 외쳤습니다. 결국 후안 2세는 아들을 풀어주고 카탈루냐 지역의 관리자이자 아라곤의 후계자로 인정할 수밖에 없었습니다.

거의 장님이 된데다 나이도 많은 후안 2세가 곧 이빨 빠진 호랑이가 되어 세상을 떠날 것이라고 생각한 카를로스의 지지자들은 이제 조금만 기다리면 카를로스도 고생 끝 행복 시작일 것이라고 철석같이 믿었습니다. 하지만 후안 2세는 당시로서는 끔찍하게 위험한 눈 수술까지 감행하면서 시력을 회복했고 일찍 죽을 기미는 전혀 보이지 않았죠. 반면, 카를로스는 그 오랜 싸움 끝에 내가 드디어 후계자가 됐구나 하고 한숨 돌렸겠지만 그의 인생에는 다시 한 번 암울한 기운이 감돌고 있었습니다.

1461년 9월 23일, 바르셀로나에 있던 건강하고 잘생기고 성격 좋고(아빠랑 새엄마 빼고) 모두에게 사랑받던 카를로스가 급작스럽게 사망합니다. 고작 마흔 살밖에 되지 않은 앞날 창창한 왕자가 사망하자 당연하게도(?) 후아나 엔리케즈가 독살한 것이라는 소문이 파다하게 퍼졌습니다. 왕자가 병사한 것인지, 아니면 정말로 새엄마나 친아빠가 독살한 것인지는 알 수 없지만, 카를로스의 죽음 덕분에 후안 2세와 후아나 엔리케즈는 그토록 바라던 대로 아들 페르난도를 후계자로 삼을 수 있었습니다.

하지만 독살 소문 탓에 분위기가 얼마나 안 좋았던지 후아나 엔리케즈는 히로나로 도망가서 그곳 주교의 보호를 받아야 했습니다. 카를로스가 세상을 떠나자 앓던 이 빠진 듯 후련해하던 후아나 엔리케즈였지만 그녀는 그토록 바라던 아들의 결혼도, 아들의 왕위 계승도 보지 못하고 유방암으로 사망했습니다.

카를로스와 결혼할 뻔했던 이사벨은 결국 후아나 엔리케즈의 바람대로 페르난도와 결혼합니다. 이사벨은 왕위 계승 서열 3위였지만 이복오

레콘키스타가 완성될 무렵(15세기 중반) 이베리아 반도의 왕국들.

빠와 남동생이 모두 자식 없이 사망하면서 이사벨 1세로 카스티야 왕국의 왕위에 오르고, 아들 카를로스를 드디어 치워버린 후안 2세는 귀염둥이 늦둥이 아들 페르난도에게 왕위를 물려주어 페르난도는 페르난도 2세로 아라곤의 왕이 됩니다. 그렇게 스페인의 아주아주 유명한 왕 부부, 이사벨 1세와 페르난도 2세가 만들어지고 카스티야 왕국과 아라곤 왕국이 결합하면서 오늘날 우리가 알고 있는 스페인 영토의 모양이 얼추 갖춰지지요.

이사벨 1세와 페르난도 2세의 주요 업적은 카스티야와 아라곤이 있는 이베리아 반도에서 이슬람과의 오랜 전쟁에서 승리하며 이베리아 반도를 가톨릭교로 통일시킨 레콘키스타와 콜럼버스를 후원하여 미 대륙을 (유럽 입장에서) '발견'한 일입니다.

이제 아라곤과 카스티야는 평화로운 왕가를 가질 수 있을까요? 그럴 리가요! 페르난도와 이사벨이 아이들을 낳고, 이사벨이 먼저 사망하면서 다시 한 번 비슷한 상황이 벌어집니다. 누가 아빠 아들 아니랄까 봐 방금 우리가 한 얘기와 똑같은 상황이 페르난도네 집에서도 벌어지게 되는데요. 역사는 되풀이된다는 말을 다시 한 번 실감하게 되네요. 『스캔들 세계사』 1권에 이미 등장했던 이야기라 간단히 이야기하자면, 이사벨과 페르난도가 낳은 자식들 가운데 어머니와 아버지의 모든 지위를 물려받아서 아라곤과 카스티야의 후계자가 된 딸은 셋째인 후아나였습니다.

당시 법에 따르면 엄마인 이사벨 1세가 사망하는 순간, 결혼 덕분에 카스티야의 왕이었던 페르난도는 물러나고 딸인 후아나가 카스티야의 여왕이 되어야 하며, 페르난도는 아라곤만 다스려야 했습니다. 아버지인 페르난도가 사망하면 후아나는 아라곤의 여왕도 겸하는 것이었구요. 하지만 배운 게 도둑질이라고 페르난도는 딸 후아나는 제쳐놓고 사위와 피터지게 권력 싸움을 벌였고, 사위가 죽자 자기 딸을 미치광이로 몰아 감금해버리고는 자기가 계속 아라곤과 카스티야의 왕으로 권력을 휘둘렀습니다. 『스캔들 세계사』 1권에 등장하는 '미친 여왕 후아나'가 바로 이 딸이지요.

페르난도 2세가 죽고 난 뒤에 드디어 풀려나나 싶었을 후아나였지만 후아나의 장남인 카를로스는 엄마와 아빠의 모든 지위를 차지하기 위해서 엄마가 죽을 때까지 성에 감금해두죠. 그야말로 3대가 하는 짓이 똑같네요. '이 집안 왜 이래?' 싶으시다면 이 집안뿐만 아니라 인류의 역사를 살펴보면 됩니다. 피는 물보다 진할지 모르지만 피보다 진한 것이 권력이지요!

7. 바람난 왕비, 조카와의 전쟁을 부르다

– 후아나 공주와 이사벨 공주의 스페인 왕위 계승 전쟁 원인은?

앞서 '왕이 사랑한 남자, 왕이 죽인 남자' 편에서 우리는 알바로 데 루나와 카스티야의 왕 후안 2세 이야기를 했습니다(정확히 어느 나라의 후안 2세인지도 기억해두는 것이 좋답니다. 왜냐면 앞의 '계모를 만난 백설왕자' 편에서 만난 또 다른 후안 2세와 헷갈리니까요). 그 이야기에 이어 여기서는 후안 2세의 장남인 엔리케 4세와 그의 아내를 만나보겠습니다.

아주 살짝 복습을 해보자면, 카스티야의 왕인 후안 2세는 생후 21개월의 어린 나이에 왕위에 올라 최측근인 알바로 데 루나와 '아라곤의 아이들'이라 불린 일곱 사촌들과의 권력 다툼 속에서 나라를 통치했습니다. 후안 2세는 사촌누나이자 아라곤의 공주인 마리아(아라곤의 아이들 2)와 결혼해서 큰아들 엔리케를 두었고 마리아가 죽자 포르투갈 왕의 조카인 이사벨과 결혼하여 딸 이사벨과 막둥이 아들 알폰소를 봄으로써 유아기를 넘어 생존한 3명의 자녀를 두었습니다. 아라곤의 마리아와

'불능왕' 에 동성애 소문에까지 시달렸던 카스티야 왕 엔리케 4세.

의 사이에 낳은 큰아들 엔리케가 이번 이야기의 주인공입니다.

첫째인 엔리케 왕자는 아들인지라 1425년에 태어나자마자 바로 위 누나인 엘레노어가 갖고 있던 후계자 자리를 차지합니다. 엔리케가 태어나고 얼마 지나지 않아 2살도 채 안 된 누나 엘레노어가 사망하면서 엔리케는 당시에는 유일무이한 후계자로서 아주아주 귀하신 몸으로 성장하게 되었죠. 엔리케의 어린 시절, 카스티야는 알바로 데 루나의 손아귀에 있었기 때문에 엔리케의 교육과 친구 역시 알바로가 모두 정해주었습니다. 하지만 알바로와 어릴 적부터 함께 자라서 알바로의 말이라면 무조건 신뢰하는 '카스티야' 의 후안 2세와는 달리, 반항적인 아들이었던 엔리케는 알바로가 모든 것을 좌지우지하는 것이 영 못마땅했죠. 그렇게 카스티야의 왕자님은 알바로 데 루나를 싫어하고 반대하는 이들과 어울려 다니기 시작했습니다.

그런 사이 엔리케 왕자가 10살 무렵이 되자 카스티야 왕국은 왕자님에게 걸맞은 신붓감을 찾기 시작합니다. 1436년, 이베리아 반도 북동쪽에 위치한 나바라 왕국은 카스티야와 평화협정을 맺으면서 나바라 왕국의 후계자 중 하나인 블랑카와 카스티야의 엔리케를 결혼시키는 데 동의했고 그로부터 4년 뒤, 15살의 엔리케 왕자와 16살의 나바라의 블랑카는 결혼하였습니다(이 블랑카가 누구냐면, '계모를 만난 백설왕자' 편의 주인공인 카를로스의 동생이자 '아라곤의' 후안 2세와 그의 첫 부인인 나바라의 블랑카 1세 사이에서 태어난 딸이랍니다. 85쪽 가계도를 다시 한 번 보시면 아랫부분에서 쉽게 찾으실 수 있으실 거예요).

10대의 어린 신랑 신부는 알콩달콩 행복하게 살았을까요? 아쉽게도 동화 같은 결말은 현실에는 흔치 않은 법이죠. 두 사람이 결혼한 지 13년이 지난 1453년이 되자 엔리케는 부인과 합법적으로 헤어질 궁리를 하고 있었습니다. 1453년이면 새어머니인 포르투갈의 이사벨 왕비가 알바로 데 루나를 거의 없애버리는 데 성공한 참이고 '계모를 만난 백설왕자' 편에서 이야기했던 카를로스 왕자의 아버지인 '아라곤의' 후안 2세가 나바라의 왕위를 놓아줄 생각이 없음이 확실해졌기 때문에 블랑카가 나바라의 왕위를 차지할 가능성은 그다지 없는 듯했습니다. 더군다나 13년의 세월동안 엔리케와 블랑카 사이에서는 단 1명의 아이도 태어나지도, 생기지도 않았죠.

엔리케는 자신은 어서 아빠도 되고 싶고, 카스티야 왕국을 위해서도

나바라의 블랑카, 카스티야의 왕세자비.

왕위를 계승할 후계자를 낳아야 하는데 자식이 생기지 않으니 혼인 무효를 요구하겠다고 했는데, 이를 보고 당대 사람들은 혹시 블랑카가 불임인 것이 아니라 엔리케가 성불구인 것 아니냐고 수군거렸습니다. 엔리케는 이 소문도 잠재우고 블랑카와도 헤어지기 위해 초강수를 두었습니다. 바로 그가 실은 아주 끔찍한 저주에 걸린 것이라, 다른 여자들과는 성관계를 잘만 하지만 블랑카하고만(!)은 부부관계가 도저히 불가능하다는 것이었습니다. 엔리케는 자신은 교회에서 시키는 대로 3년간 블랑카와 부부관계를 맺기 위해 매우 노력했지만 모두 저주 때문에 불가능했다고 주장했습니다.

지금의 우리가 보기에는 어처구니가 없는 설명이지만 당시에는 그의 이러한 변명을 받아들였고 블랑카는 그녀가 정말로 성관계를 한 번도 하지 않은 몸인지 확인하는 신체검사까지 받아야만 했습니다. 사실 이렇게 대놓고 부부관계가 13년간이나 없었다고 말하는 건 예나 지금이나 아무래도 많이 민망한 사안이다 보니 엔리케에게 있어 가장 사용하기 쉬웠을 핑계는 성불구 저주가 아니라 근친이라는 이유였을 것입니다. 그런데 왜 쉬운(?) 이유인 근친 카드를 내밀지 못했을까요? 그건 블랑카를 버리려고 고심하는 동안, 새어머니인 포르투갈의 이사벨이 엔리케에게 추천한 새로운 부인 감이, 블랑카만큼이나 가까운 친척 관계였기 때문입니다.

1453년 6월 2일, 혼인무효와 관련된 재판 결과는 엔리케의 손을 들어주었고 교황도 '저주로 인한 성불구'를 받아들여 11월 13일에 엔리케와 블랑카의 결혼을 완전히 무효로 선언하였습니다. 엔리케가 정말로 저주로 인해 블랑카하고만 성관계가 불가능했다는 것을 믿은 것이 아니라면, 아무래도 아버지인 후안 2세 때부터 지속되어온 아라곤의 영향력을 줄이기 위해 블랑카와의 결혼을 끝낸 것이라 짐작할 수도 있습니다. 정말로 블랑카하고만 관계를 갖지 않았다면 일부러 훗날을 위해 그런 것일 수도 있겠죠. 어찌되었든 그렇게 나바라의 블랑카는 남편에게 쫓겨나 친정으로 돌아가야 했고 어머니도 죽고 없는 친정에 돌아온 블랑카를 본 아버지, 아라곤의 후안 2세는 블랑카의 결혼이 끝난 탓에 카스티야에 영향력을 행사할 수 없게 되었으므로 돌아온 딸을 그다지 반기지 않았습니다. 카스티야의 여론은 이유 없이 쫓겨나 갈 곳 없어진 블랑카를 안쓰러워했지만 왕자의 선택은 번복되지 않았습니다.

알바로 데 루나가 처형되고 난 후, 후안 2세는 후회의 눈물을 흘리다가 1년 여 만인 1454년에 마흔아홉의 나이로 알바로의 뒤를 따라갑니다. 그 뒤를 이어 후안 2세의 첫째 아들인 엔리케가 엔리케 4세로 왕위에 올랐죠. 왕위에 오른 엔리케는 기다렸다는 듯이 새어머니 이사벨과 이복동생들을 아레발로 성으로 사실상 유배시켜버렸습니다. 쫓겨난 세 사람은 아레발로 성에서 이전과는 아주 다른, 혹독한 삶을 살게 됩니다. 새어머니 이사벨은 유전되어 내려온 정신병이 발현되었고(이 정신병은 이후 손녀인 '미친 여왕' 후아나에게 물려 내려간 것으로 짐작됩니다) 엔리케 4세의 이복동생이자 이사벨의 딸인 이사벨 공주는 종교에 매달려 견뎌내면서 신실한 가톨릭 신자가 되었습니다.

아버지가 세상을 떠나고 1년 뒤, 엔리케 4세는 새로운 아내인 포르투갈의 후아나와 결혼식을 올렸습니다. 포르투갈의 후아나와 엔리케는 외사촌이자 그 위로도 조상을 공유하는 사이인 친척관계였지만 카스티야와 포르투갈의 동맹을 가져왔으니 그 정도 근친혼은 다들 눈을 감고 지나갔습니다. 카스티야의 왕비가 된 후아나는 좋게 말하면 사교적이고, 나쁘게 말하면 문란했다고 전하는데 그런 그녀의 성격과 맞물려 이번 이야기에서 아주 중요한 소문이 시작됩니다.

아버지가 평생 알바로 데 루나에게 휘둘리는 모습을 보아온 엔리케 4세는 어릴 적부터의 측근인 후안 파체코를 멀리하고 새로운 신하인 벨트란 데 라 쿠에바(Beltran de la Cueva), 제1대 알부르케르케 공작을 아꼈습니다. 그러자 평생을 공을 들이며 엔리케가 왕이 되는 것만 기다려온 후안 파체코는 이를 갈았죠. 소문에 의하면 젊고 잘생긴 벨트란이 엔리케 4세의 새 아내인 후아나와 눈이 맞았다고 합니다. 후아나는 자신보다 14살이나 많은 남편보다 연하의 벨트란을 총애했고 벨트란과 후아나는 점차 가까워졌습니다. 두 사람의 눈빛이 심상치 않았는지 궁정 사람들은 벨트란이 후아나의 연인이라며 수군거렸죠.

엔리케 4세의 측근이었으나 왕의 새 아내 후아나와 눈이 맞았다는 소문이 무성했던 벨트란 데 라 쿠에바.

그런 사이, 후아나와 엔리케 4세의 결혼 6년 만에 드디어 카스티야 왕국에 왕비의 임신 소식이 들려왔습니다. 임신이라니! 후아나 입장에서는 결혼 6년 만이지만 엔리케 입장에서는 결혼 19년 만의 임신 소식이네요. 카스티야 왕국은 드디어 후계자가 태어나는 것인가 싶어 무척 반겼고 후아나는 얼마 후 건강한 공주님을 출산하였습니다. 아이의 이름은 엄마와 똑같은 후아나였죠.

하지만 공주님의 탄생에 기뻐해야 마땅할 카스티야의 귀족들은 가자미눈을 뜨고 수군덕거림을 멈추지 않았습니다. 왜인지 짐작이 가시나요? 여기저기서 슬금슬금 새어나오고 있던 소문은 바로, 엔리케 4세는 성적인 부분에서 불능이므로 후아나 왕비의 딸인 후아나는 엔리케 4세의 딸이 아니라 이제는 산티아고 기사단장으로 폭풍 승진을 한 벨트란의 딸이라는 것이었습니다. 엔리케 4세가 정말로 불능이었는지는 알 길이 없지만 그가 수많은 연인들과 2명의 아내를 두고도 결혼 19년 동안, 그리고 30대 후반의 나이가 되도록 자식이 후아나 공주를 제외하면 서자조차 없다보니 그런 의구심이 들 만도 하죠. 그와 더불어 엔리케 4세에게는 동성애자라는 소문도 꼬리표처럼 함께 붙어 다녔습니다.

엔리케 4세는 갓 태어난 후아나 공주가 100일이 되기도 전에 성직자들과 귀족들에게 후아나 공주를 카스티야의 후계자로 인정하고 충성을 맹세하라고 명령하며 후아나 공주가 진정한 자신의 딸이라고 하였습니다. 하지만 그런 노력에도 불구하고 엔리케는 불능이며 그의 아내가 불륜을 저지른 것이라는 소문은 끝없이 재생산되었죠. 죽은 지 500년 가까이 흐른 지금까지도 엔리케 4세에게는 여전히 '불능왕(El Impotente)'이라는 별명이 붙어 다니고 엔리케가 성불구였을 수도 있다는 의심은 끈질기게 엉겨 붙어 있습니다. 어떤 역사가는 엔리케 4세가 유환관증(고환 발육 부전에 의한 남성 호르몬 결핍증)을 겪었을 것이라고 추측했고, 다른 역사가는 엔리케 4세가 말단비대증을 겪었을 것이라 짐작하는 등, 엔리케 4세가 정말로 불임 또는 성불구였는지는 늘 커다란 관심의 대상입니다.

사람들이 왜 그토록 엔리케 4세가 불능인지에 관심이 많냐면, 그건 후아나 왕비는 후아나 공주를 낳은 뒤 다시는 '엔리케 4세의 아이'를 낳지 않았고 결국 엔리케 4세의 유일한 자식이자 후계자는 후아나 공주뿐이었기 때문입니다. 이 유일무이한 후계자가 사실 벨트란 데 라 쿠에바의 딸이라는 소문이 얼마나 널리널리 퍼졌던지 곧 후아나 공주에게는 '벨트란의 딸'이라는 뜻의 '라 벨트라네하(la Beltraneja)'라는 별명이 따라붙었습니다. 아까부터 이를 갈고 있던 후안 파체코는 후아나 공주가 아니라 엔리케 4세의 이복동생 알폰소(후안 2세와 포르투갈의 이사벨 왕비의 둘째)가 진정한 후계자라고 주장하며 반란을 주도하기 시작했고 결국 엔리케 4세는 귀족들의 압박에 못 이겨 후아나와 알폰소를 결혼시킨다는 전제 아래 알폰소를 후계자로 정하겠다고 하게 됩니다.

하지만 얼마 후, 알폰소가 아주 수상쩍게 급사하면서 모든 일이 물거품이 되고 말았죠. 이런 상황이다 보니 엔리케 4세와 후아나 왕비는 더 이상 결혼 생활을 유지할 수 없게 되고 결국 후아나 왕비는 알라에호스(Alaejos) 성에 유배되었습니다. 후아나 왕비가 벨트란과 정말로 불륜을 저질렀는지는 알 수 없지만 적어도 유배지에서 그녀가 한 짓은 사람들이 딸 후아나의 생부를 더욱 의심하도록 만들어버렸습니다. 후아나 왕비는 이 곳에서 자신을 감시하던 주교의 조카와 사랑에 빠져버렸거든요. 그리곤 그 남자와의 사이에서 쌍둥이 아이들, 페드로와 안드레스를 낳았습니다.

그런 사이에 카스티야 왕국에서는 왕위를 물려받을 수 있는 1, 2순위의 후계자로 여성만 남게 됩니다. 엔리케 4세의 딸(?), 후아나 '라 벨트라네하' 와 엔리케 4세의 이복동생인 이사벨 공주(후안 2세와 포르투갈의 이사벨의 첫째)가 왕위를 노리게 된 것이었죠. 죽은 알폰소를 지지했던 귀족들은 이제 이사벨 공주 편으로 우르르 몰려갔고 엔리케 4세는 다시 한 번 이복동생의 손을 들어주며 1468년에 이사벨을 후계자로 인정했습니다. 조건은 단 한 가지, 이사벨이 결혼할 때는 반드시 자신의 동의를 얻어야 한다는 것이었습니다.

이사벨은 앞에서는 알겠다고 순순히 고개를 끄덕였지만 뒤로는 그럴 생각이 전혀 없었습니다. 이사벨은 아라곤의 후안 2세의 늦둥이 아들인 페르난도와 결혼하기 위해 이미 아라곤과 결혼 일정에 관해 입을 다 맞춰둔 다음, 이복오빠인 엔리케 4세에게 동생 알폰소의 무덤에 가겠다며 허락을 구했고 엔리케 4세는 이사벨을 보내주었습니다. 이사벨은 거짓말을 하고 도망치고 페르난도는 상인으로 변장하고 몰래 여행하여 1469년 10월 19일, 두 사람은 바야돌리드에서 결혼식을 올립니다. 이사벨은 뜻한 바를 이루었지만 이복여동생에게 속은 것을 안 엔리케 4세는

레콘키스타의 완성으로 가톨릭 왕이라 불리는 아라곤의 페르난도(왼쪽)와 카스티야의 이사벨(오른쪽).

펄펄 뛰었습니다. 이사벨이 계약을 위반했다고 생각한 엔리케 4세는 그녀가 왕위에 오르지 못하도록 하기 위해 1470년, 후아나를 공식 후계자로 선언했습니다.

하지만 사실 엔리케 4세가 후아나를 공식 후계자로 선언을 하든 말든 그건 전혀 중요하지 않았습니다. 귀족들은 여전히 후아나의 아버지가 누구인가에 대해 의심을 품고 있었고 게다가 공주의 어머니 후아나 왕비가 유배지에서 딴 남자의 쌍둥이 자식을 낳았다는 건 후아나 공주에게 그다지 도움이 되는 소식이 아니었죠.

이런 상황에서 엔리케 4세가 1474년에 사망합니다. 그러자 기다렸다는 듯이 이사벨은 바로 다음 날 자신이야말로 카스티야의 진정한 왕이

나이 어린 조카 후아나와 결혼하며 카스티야를 탐했으나 목표를 이루지 못하자 혼인 무효를 해버린 포르투갈 왕 아폰수 5세.

라고 선포했습니다. 고모의 주장을 들은 조카 후아나 공주도 가만히 있을 수 없지요. 후아나의 외가인 포르투갈에서는 아버지가 누구든 어쨌든 후아나는 포르투갈의 후아나의 딸이니 조카를 카스티야의 왕위에 올려놓을 가능성을 놓치고 싶지 않았습니다. 결국 1475년, 조카인 13살짜리 후아나 공주와 외삼촌인 43살의 포르투갈 왕 아폰수 5세(Afonso V)가 결혼하게 됩니다.

그렇게 후보자들이 등장하고 지지자들이 모였으니 카스티야 왕위 계승을 놓고 전쟁이 벌어집니다. 고모와 조카의 전쟁은 엎치락뒤치락 양측 모두 큰 승리와 큰 패배를 경험하면서 무려 4년 동안이나 이어졌습니다. 양측이 워낙 팽팽했던 전쟁이었지만 포르투갈은 결국 두 손을 들었고 1479년 9월, 평화협정(알카소바스 조약)을 맺었습니다. 평화협정의 결과는 사실상 이사벨의 승리였습니다. 이사벨과 페르난도는 카스티야의 여왕과 왕으로 인정받았고 엔리케 4세의 유일한 딸인 후아나는 카스티야 왕위 계승권을 모두 포기하고 수도원에 들어가는 것으로 합의를 보았죠. 비록 모든 권리를 빼앗기고 수도원으로 들어가야만 했지만 후아나는 죽는 날까지 자신이야말로 진정한 카스티야의 여왕이라고 생각했습니다.

> "패배한 후아나는 여생을 포르투갈에서 보내며 모든 서류에 '여왕 본인(Yo, La Reina)' 이라고 서명하였다." 주7

후아나 라 벨트라네하는 정말로 벨트란 데 라 쿠에바의 자식이었을까요? 사실 그건 아무도 알 수 없습니다. 후아나의 시신을 찾을 수 없기 때문에 더더욱 알 수 없죠. 역사는 승자의 기록이고, 이 경우에 승자는 후아나가 절대로 엔리케 4세의 자식이 아니어야만 정통성을 얻을 수 있던 고모였기 때문에 엔리케 4세의 성불구와 관련된 이야기도, 후아나 왕비의 문란함과 관련한 소문도 더욱 부풀려진 이야기일 수도 있습니다. 아버지가 의심스럽다는 이유로 날 때부터 보장받을 수 있었던 왕좌에 오르지 못한 후아나, 만약 그녀가 카스티야의 여왕이 되었더라면 또 다른 역사가 쓰였을 수도 있겠지요.

8. 폴란드 왕, 비밀 결혼식을 올리다

– 야기에워 왕조의 마지막 왕 지그문트 2세 아우구스트의 전설적인 사랑

그 누구도 거역할 수 없는, 한 나라를 다스리는 왕과 사랑에 빠진다는 것은 어떤 느낌일까요? 잘생긴 왕자님이나 멋진 왕과의 사랑은 동서고금을 막론하고 마음을 설레게 하고 책으로 드라마로 생명을 얻고는 하는 소재죠. 하지만 현실적인 측면으로 보자면 왕족의 결혼은 결국은 정치의 일환이므로 정치적 이득 없이 사랑만으로 이루어진 결혼은, 적어도 왕족에게 있어서는 감당할 수 없는 사치인 경우가 많았습니다. 이번 이야기 역시 사랑하는 사람과의 결혼이라는 사치를 부리려 했던, 그 탓에 눈물을 떨구며 고통에 몸부림쳤지만 그래도 행복했던 연인의 이야기입니다.

이번 이야기의 무대인 16세기 폴란드는 야기에워 왕조의 지그문트 1세가 다스리고 있었습니다. 야기에워 왕가는 옛날 옛적 리투아니아의 대공이었던 브와디스와프 야기에워와 헝가리 출신의 폴란드 여왕인 야

야기에워 왕조를 연 리투아니아의 브와디스와프 2세와 폴란드의 야드비가 여왕.

드비가가 결혼하면서 시작된 왕가입니다. 이때 만들어진 결혼 협정으로 폴란드와 리투아니아는 연합국이 되었죠.

야기에워 왕가는 자식 복이 그리 많지 않았는지 형제끼리 왕위 계승이 많았습니다. 이번 이야기의 주인공의 아버지인 지그문트 1세 역시 형의 죽음으로 왕이 되었습니다. 왕위에 오른 지그문트 1세는 첫 번째 아내가 사망한 후 1518년에 두 번째 장가를 듭니다. 이번 상대는 보나 스포르차. 신성로마제국 황제의 조카딸이자 스포르차 가문의 딸이었습니다.

스포르차 가문은 이탈리아 밀라노를 중심으로 위세를 떨쳤던, 속된 말로 '방귀깨나 뀌었던' 가문이었습니다. 보나 스포르차의 아버지인 잔 갈레아초 스포르차는 어린 나이에 아버지를 잃고 공작 작위를 받았습니다. 그리고 언제나처럼 어린 조카가 높은 지위에 오르니 작은아버지가 그 자리를 탐냈고, 자신이 섭정을 하겠다고 나섰죠. 작은아버지 루

지그문트 1세(왼쪽)와 그의 아들이자 후손이 귀한 야기에워 왕가의 유일한 희망이었던 지그문트 2세 아우구스트(오른쪽).

도비코 스포르차가 섭정을 한지 얼마 지나지 않아 잔 갈레아초는 25살의 젊은 나이에 세상을 떠났습니다. 흠, 수상쩍군요. 조카가 사망하자 잽싸게 밀라노 공작 자리를 꿰찬 작은아버지 루도비코를 두고 사람들은 작은아버지가 조카를 독살한 것이 틀림없다며 수군덕거렸습니다. 루도비코 스포르차, 어디선가 들어본 이름 같다구요? 바로 레오나르도 다빈치를 후원했던 것으로도 유명한 인물이랍니다.

이탈리아에서 폴란드로 시집온 보나는 요리사와 정원사를 함께 데려와 폴란드에 이탈리아 요리와 식재료를 소개했습니다. 보나가 얼마나 많은 채소를 가져왔는지 폴란드어로 당근, 파, 파슬리 따위의 채소들을 뭉뚱그려 뜻하는 단어(włoszczyzna)에는 '이탈리아에서 온 것' 이라는 뜻이 담겨 있죠.

보나 스포르차와 지그문트 1세 사이에는 딸 넷과 아들 하나가 태어났

지그문트 1세의 두 번째 왕비가 된 보나 스포르차. 깐깐해 보이는 인상이다.

습니다. 지그문트 1세가 아들을 낳았으니 이름은 뭐였을까요? 그동안 『스캔들 세계사』 시리즈를 읽어오신 여러분들은 다 맞추실 수 있겠지요. 네, 그렇습니다. 지그문트의 아들은 지그문트였습니다. 폴란드 야기에워 왕조의 후계자였던 지그문트 아우구스트(Zygmunt II August, 1520~1572)는 아버지의 뒤를 이어 폴란드의 왕이 될 재목으로 건강하게 자라났습니다. 보나 스포르차는 지그문트 이후에도 아들을 가진 적이 있었으나, 사냥에 따라갔다가 뛰쳐나온 곰에 놀란 말에서 떨어지면서 유산을 했고 그 뒤로 다시는 임신하지 못했으므로 하나뿐인 후계자 지그문트는 더더욱 금이야 옥이야 키워졌습니다.

아들 지그문트가 누구의 반발도 받지 않고 무사히 왕위에 오르기를 바란 부모님은 9살 꼬맹이 지그문트에게 리투아니아 대공 작위를 내려주고 1530년, 아버지와 함께 공동 통치자로 만들기 위해 힘을 썼습니다.

지그문트 2세의
첫 번째 부인 엘리자베타.

아버지와 아들의 공동 통치라니! 이전에는 단 한 번도 없었던 일이었기에 불안해진 귀족들이 반발하자 지그문트는 다시는 이런 일을 반복하지 않겠다고 약속해야 했죠.

앞으로 왕이 될 아들을 위해 지그문트 1세와 보나 스포르차는 아들에게 아주 훌륭한 아내를 붙여주기 위해 애를 씁니다. 물론 이 '훌륭함'에는 신부의 성격이나 신랑과의 궁합은 크게 중요하지 않았습니다. 그보다는 신부의 가문과 신부가 가져올 돈과 권력 등이 훨씬 중요했죠. 그렇게 지그문트 아우구스트 왕자는 할머니의 집안이었던 합스부르크 가문에서 온 엘리자베타와 결혼을 하게 되었습니다. 가계도를 좋아하시고 『스캔들 세계사』도 읽은 분들을 위해 살짝 복잡한 보너스를 하나 드리자면, 이 엘리자베타는 『스캔들 세계사』 1권에서 사랑에 정신을 놓았던 스페인의 후아나 여왕의 손녀입니다.

그렇게 정략결혼으로 맺어졌던 지그문트 아우구스트와 엘리자베타의 결혼 생활은 2년 정도 만에 엘리자베타가 18살의 나이로 사망하면서 끝이 났습니다. 합스부르크 가문에서 엘리자베타를 결혼시키며 약속한 지참금을 전부 보낸 지 얼마 지나지 않아 사망한 것이었기에 돈만 받고 살해한 것 아니냐는 소문이 돌기도 했죠. 엘리자베타의 죽음을 슬퍼하는 것도 잠깐, 야기에워 왕조의 마지막 남자인 지그문트 아우구스트 왕자는 다시금 아들을 낳기 위한 의무전에 돌입해야 했습니다. 영국 튜더 왕조의 헨리 8세나 오스트리아 합스부르크 왕가의 신성로마제국 황제 카를 6세(마리아 테레지아의 아버지)와 비슷한 상황입니다.

그래서 지그문트 아우구스트의 부모님은 새로운 며느리를 찾기 위해 고민하기 시작합니다. 특히 지그문트 아우구스트의 어머니인 보나 스포르차는 폴란드와 야기에워 왕조 모두에게 도움이 될 수 있도록 유럽 각국의 기세등등한 왕가들을 생각하고 있었습니다. 하지만 혈기 왕성한 우리 왕자님의 생각은 달랐습니다. 어머니가 혈통만 따지며 먼 곳에 있는 미혼 여성들을 고르고 있는 사이에 젊은 지그문트의 마음을 홀라당 앗아가버린 '돌싱' 귀족 여성이 가까이에 있었으니, 그녀의 이름은 바르바라 라지비우였습니다.

아주 아름다웠다는 바르바라는 지그문트와 배우자를 잃은 적이 있다는 공통점이 있었습니다. 바르바라는 1542년에, 지그문트는 1545년에 각각 배우자를 잃었죠. 엘리자베타가 살아 있을 때부터 두 사람이 이미 연인 관계였다는 설도 있지만 엘리자베타가 사망한 뒤부터 두 사람이 연인이었던 증거가 나오기 때문에 정확히는 모를 일입니다. 바르바라의 집안인 라지비우 가문은 리투아니아에서 손꼽히는 명문가로, 바르바라의 아버지는 폴란드-리투아니아 연합군 사령관을 맡은 대단한 군인이었습니다. 바르바라는 162센티미터 정도의, 당시 기준으로는 훤칠한 키와 얄상한 얼굴, 호리호리한 몸매에 화장과 패션에 관심이 많아 늘 아름답게 치장하고 폴란드어를 비롯해 2, 3개 국어를 구사할 줄 아는 여성이었습니다.

두 사람의 사랑은 아주 활활 타올랐고 지그문트는 완전히 사랑에 눈이 멀어 바르바라 뒤만 졸졸 쫓아다녔습니다. 사냥을 간다는 핑계로 밖을 나돌아 다니는 척하면서 바르바라의 거처에 수시로 드나들었고 수많은 편지를 주고받았죠. 하지만 그런 두 사람에게도 현실의 벽은 드높았으니, 지그문트의 부모님은 새 며느리를 찾느라 여념이 없었고 바르바라의 형제와 사촌들은 지그문트가 자꾸 과부인 바르바라에게 접근하

지그문트 2세와 사랑에 빠진 리투아니아의 바르바라 라지비우.

면 바르바라의 정숙한 명예가 바닥을 치게 되어 혼삿길을 막을 테니 바르바라랑 만나지 말든지 결혼을 하든지 둘 중 하나만 하라고 압박했습니다.

그 말을 들은 지그문트는 '그거 참 좋은 생각이다!' 라고 외치며 바르바라를 끌어안고 비밀 결혼식을 올렸습니다. 말 그대로 '비밀' 결혼식이라 식이 언제 치러졌는지 정확히 알 수 없지만 아마도 1547년 무렵이었을 것으로 짐작됩니다. 1548년에 지그문트는 부모님에게 바르바라와 이미 결혼했음을 통보합니다. 통보를 들은 폴란드 왕실은 발칵 뒤집혔습니다. 가문과 왕국에 단 하나뿐인 후계자가 이런 대형 사고를 치다니요! 특히 자기도 모르게 바르바라의 시어머니가 된 보나 스포르차는 분통을 터트리고 소리를 고래고래 지르며 결혼에 반대했고 힘이 강했던 폴란드 의회 역시 왕족이, 그것도 왕실의 후계자가 의회의 동의도 없이 결혼을 하다니 말도 안 되는 일이라고 책상을 두드려댔습니다.

보나 스포르차는 「사랑과 전쟁」 같은 드라마를 열심히 챙겨본 것도 아닐 텐데도 진부하게도 바르바라에게 "네 년이 내 아들에게 꼬리를 쳤구나!"라고 호통을 치며 리투아니아 계집이 자기의 순진한 아들을 주술을 써서 꼬드긴 것이 틀림없다고 주장했습니다. 당시 보나 스포르차는 악명이 아주 높아서 첫 번째 며느리인 엘리자베타가 죽은 이유도 자식을 재깍재깍 갖지 못하는 며느리가 꼴 보기 싫어 시어머니인 보나 스포르차가 독살시켜버린 것이라는 소문까지 돌고 있었습니다.

하지만 사랑에 푹 빠진 아들의 귀에는 어머니의 말이 들리지 않았습니다. 그러자 폴란드 의회에서는 지그문트에게 '바르바라와 헤어지지 않으면 우리는 더 이상 왕에게 충성을 맹세하지 않겠다!'라고 초강수를 두었죠. 그러자 지그문트는 사랑에 반짝이는 눈을 하고는 "모든 이들이 진정한 사랑의 자유를 누릴 수 있길 바라네. 난 내 양심에 가책을 느끼지 않고 이 결혼의 맹세를 깰 수 없네. 이혼을 할 이유가 전혀 없으니까 말이야."라고 대답했습니다.

폴란드의 국민화가 얀 마테이코가 그린 「빌뉴스의 라지비우 궁정에서 지그문트 2세 아우구스트 왕과 바르바라 라지비우」(1867).

대관식을 치른 바르바라.

자, 지그문트가 꿈쩍도 하지 않으니 화살은 바르바라에게 돌려집니다. 사람들은 바르바라에 대해 온갖 악담을 쏟아냈습니다. 마녀다, 창녀다, 몸을 팔던 기술로 왕을 홀렸다더라, 이 결혼은 불법이다, 바르바라를 거쳐 간 남자가 셀 수가 없다, 악마와도 몸을 섞었다, 등등 상상 가능한 악평은 모조리 튀어나와 흘러 다녔습니다. 하지만 그러거나 말거나 지그문트는 바르바라를 향한 사랑을 거두지 않았고 바르바라 역시 지그문트만을 바라보았습니다.

결국 귀족들은 두 손 두 발을 다 들었고 지그문트는 결혼 3년 만인 1550년에 연인을 당당히 폴란드 왕비 자리에 앉힐 수 있었습니다. 하지만 운명은 이 커플에게 그리 자비롭지 못했습니다. 바르바라가 지그문트와 비밀리에 결혼했던 이유로 바르바라가 임신했었기 때문이라고 하기도 하는데, 결혼 얼마 후 바르바라는 유산한 것으로 기록되어 있습니다. 하지만 지그문트가 결국 후계자를 만드는 데 실패한 것으로 보아 어쩌면 바르바라는 유산을 한 것이 아니라 원래부터 몸이 안 좋았던 것일 수도 있겠습니다.

결혼 후 바르바라는 지속적으로 복통을 호소했는데 왕비가 된 뒤로

유제프 시믈레르의 「바르바라 라지비우의 죽음」(1860).

는 더더욱 심해져 결국 고열과 복통으로 자리에서 일어나 앉기도 힘들어 했습니다. 배에는 고름이 가득한 종기가 나기도 했죠. 지그문트는 안쓰러워 어쩔 줄을 모르면서 데려올 수 있는 치료사는 다 불러와서 치료하게 했지만 바르바라의 상태는 나아지지 않았습니다.

1551년 3월 무렵, 잠시나마 나아진 상태 덕분에 바르바라는 자리에서 일어나 시어머니 보나 스포르차가 보내온 사신을 만날 수 있었습니다. 사신은 바르바라에게 보나가 두 사람의 결혼을 인정하겠다고 했음을 알려 바르바라는 고통 속에서 그나마 행복을 맛볼 수 있었습니다. 하지만 그것도 잠시, 바르바라는 정식으로 왕비 자리에 오른 지 5개월여 만에, 지그문트의 정성스러운 간호에도 불구하고 세상을 떠나고 말았습니다. 때는 1551년 5월 8일, 바르바라의 나이는 서른이었습니다. 그렇게 바르바라가 젊은 나이에 사망하자 시어머니 보나 스포르차가 독살한 것 아니냐는 소문이 무성하게 돌았습니다(바르바라의 사망 원인은 암이었을 것이라고 추측됩니다). 만약 보나 스포르차가 정말로 바르바라를 독살한 것이었다면 인생이 참 아이러니한 것이, 보나 스포르차는 자신이 훗날 가장 신임하던 신하에 의해 독살당합니다.

사랑하는 연인이 한창 나이에 허무하게 세상을 떠나자 지그문트는 절망에 빠져 슬픔을 토해냈습니다. 바르바라를 그리며 눈물을 쏟고 죽을 때까지 상복을 입었으며, 방에 어두운 커튼을 달고 파티에는 거의 참석하지 않았습니다.

두 번째 며느리의 죽음에 아들이 너무나 고통스러워하자 어머니 보나 스포르차는 아들에게 세 번째 결혼을 하라고 시켰고 국가를 위해 후계자를 생산해야 한다는 의무감에 지그문트는 세 번째로 결혼을 했습니다. 합스부르크 가문의 카테리나, 첫 번째 부인이었던 엘리자베타의 여동생이었습니다.

하지만 세 번째 결혼은 그야말로 엉망진창이어서 지그문트는 부인에게 전혀 관심이 없었고 자식 역시 하나도 태어나지 못했습니다. 지그문트는 카테리나가 전 부인의 여동생이니 근친이며 아이를 낳지 못하니 불임이고 카테리나에게 간질이 있다는 이유로 이혼을 하고 싶어했지만, 교황청에선 허락하지 않아 부부는 별거한 채로 살게 되었습니다. 그렇게 지그문트는 대를 이을 자식을 단 하나도 낳지 못했고 결국 야기에

합스부르크 가문의 카테리나. 지그문트 2세의 세 번째 부인이다.

워 왕조는 막을 내리게 됩니다.

지그문트는 평생 바르바라를 향한 그리움으로 몸부림쳤고 전해지는 얘기로는 바르바라를 보고 싶은 마음에 주술사를 불러 강령술을 부탁했다고 합니다. 주술사는 영혼을 저승에서 불러올 수는 있지만 그녀의 영혼을 봐도 목소리를 내서도 안 되고 움직여서도 안 된다고 지그문트에게 당부했습니다. 하지만 어찌 그럴 수가 있을까요. 지그문트는 주술

꿈에서 그렸던 내 사랑 바르바라.

사의 주문에 희미하게 나타나기 시작한 바르바라의 모습을 보고 환호성을 지르며 바르바라에게 뛰어갔지만 그 순간 바르바라는 사라져버렸다고 합니다. 당시 주술에 사용되었다고 전하는 거울이 오늘날에도 동폴란드의 벵그루프 지역 교회에 보관되어 있답니다.

지그문트 2세 아우구스트는 바르바라가 사망한 지 21년 뒤에 사망하였습니다. 20년이 넘는 긴 세월동안 상복을 벗지 못한 지그문트는 바르바라의 죽음을 기리며 온통 어둡게 장식해두었던 방안에 누워 마지막

얀 마테이코가 그린 「지그문트 2세의 죽음」.

숨을 쉬었다고 하니 죽을 때까지 바르바라를 그리워했던 지그문트의 마음이 느껴지지요. 이처럼 절절했던 바르바라와 지그문트 2세의 사랑 이야기는 폴란드와 리투아니아에서 굉장히 인기가 높아 수많은 문학 작품과 미술작품, 영화 등으로 재창작되고는 합니다.

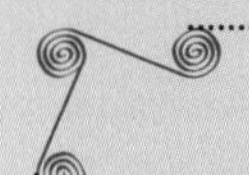

작은 세계사 1

수염을 가진 처녀왕?

아들을 향한 집착으로 아내를 바꾸고 국교까지 바꿨던 영국의 악명 높은 왕 헨리 8세에게는 3명의 아내로부터 얻은 자식이 셋 있었다고 『스캔들 세계사』 1권에서 이야기했었습니다. 그의 금쪽같은 내 새끼였던 아들, 막내 에드워드는 헨리 8세 사망 후 에드워드 6세로 왕위에 올랐지만 15살의 나이에 사망했죠. 에드워드의 큰누나였던 메리는 메리 1세로 왕위에 올라 스페인의 펠리페 2세와 결혼하여 영국을 가톨릭 국가로 되돌리려 노력했지만 결국 4년 만에 자식 없이 세상을 떠났습니다. 그 후 기다리고 기다리던 영국 왕위를 물려받게 된 사람은 바로 그 유명한 처녀왕 엘리자베스 1세입니다.

스페인의 무적함대를 무찌르고 윌리엄 셰익스피어로 대표되는 문화의 황금기를 누렸으나 평생 결혼하지 않아 자녀를 두지 못하고 튜더 왕조의 마지막을 화려하게 장식한 엘리자베스 여왕은 워낙 이름이 질 알려진 인물이다 보니 둘러싼 소문도, 음모론도 다양합니다. 수많은 음모론 중, 여기서 이야기할 것은 바로 '영국의 신부' 였던 이 엘리자베스가 사실 남자였다는 가설입니다. '잉, 무슨 말도 안 되는 소리야!' 싶으시죠? 하지만 모든 음모론들이 그렇듯 얘기를 듣다보면 이것 역시 그럴듯하게 들린답니다.

옛날 옛날 아주 먼 옛날, 1543년 무렵의 일입니다. 당시 런던에는 전염병이 돌았기 때문에 10살쯤 된 꼬마 엘리자베스 공주는 전염병을 피해 런던의 동남쪽에 있는 작은 마을인 비슬리(Bisley)로 가게 되었습니다. 이 평화로운 마을로 딸을 보낸 헨리

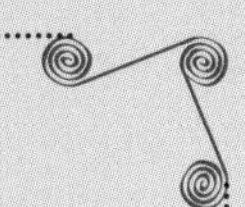

8세는 얼마 후 딸을 보러 방문하겠다고 했고 그동안 엘리자베스는 건강하게 가정교사와 지내고 있으면 될 일이었습니다. 하지만 일은 그리 매끄럽게 흘러가지 않았습니다. 이 음모론에 따르면, 얼마 지나지 않아 순식간에 치솟는 고열에 시달리기 시작한 엘리자베스는 의사들이 달려오기도 전에 세상을 떠나고 말았다고 합니다.

헨리 8세와 앤 불린의 유일한 딸인 엘리자베스를 돌봐왔던 가정교사인 레이디 애슐리는 이 갑작스러운 죽음에 어쩔 줄을 몰랐습니다. 왕은 내일쯤 딸을 보러 도착할 것인데, 제 마음에 들지 않으면 목을 쳐버리기로 유명한 이 왕이 딸의 허무한 죽음을 알게 된다면 자신의 목숨도 사라지게 될 것이라 생각했던 것일지도 모르죠.

당황한 가정교사는 서둘러 마을로 내려가 마을에 있는 10살 정도 된 여자아이란 여자아이는 다 찾아다녔습니다. 하지만 하늘도 무심하시지, 원체 작은 마을이라 10살 정도의 여자아이가 별로 없었을 뿐더러 엘리자베스와 조금이라도 닮은 아이는 단 1명도 없었다고 합니다. 왕의 분노가 두려웠던 가정교사는 손톱을 물어뜯으며 머리를 열심히 굴려 다른 방도를 고민했겠죠. 그런 그녀의 머릿속에 딱! 떠오른 사람이 있었으니 바로 엘리자베스의 동무 역을 맡아 엘리자베스와 함께 공부하고 같이 놀던 남자아이였습니다. 엘리자베스와 같은 붉은 머리에 키도 같았으니 완벽하다고 여긴 가정교사는 남자아이에게 엘리자베스의 드레스를 입혀 헨리 8세 앞으로 데리고 갔습니다. 비록 엘리자베스인 척을 하고 있는 소년은 벌벌 떨며 왕 앞에서 제대로 말도 하지 못했지만 진짜 엘리자베스 역시 아버지를 두려워하고 부끄럼이 많아 아버지 앞에선 늘 조용했고, 헨리 8세 역시 딸과 앉아서 놀 시간이 있는 한가한 왕은 아니었기에 헨리 8세는 '건강하면 됐다!' 라고 생각한 듯 엘리자베스를 확인(?)하고는 금세 떠나버렸습니다.

자, 그런데 문제는 이제부터 시작이었습니다. 헨리 8세에게 있어 병약한 막내아

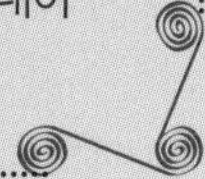

들 에드워드와 사사건건 아버지에게 반대하는 큰딸 메리 사이에 있는, 아버지를 꼭 닮았다는 둘째인 엘리자베스는 앞으로 영국 외교에 사용할 수 있는 귀중한 장기말 중 하나였으니 사실 언제 죽든 헨리 8세의 기분이 좋을 수는 없는 일이었습니다. 그렇게 하루하루가 흘러갔고 결국 어제도, 오늘도 말하지 못한 채로 엘리자베스의 옷을 입은 소년은 나이가 들어갔습니다. 그리고 그렇게 비슬리에서 온 소년은 영국의 여왕이 되었죠.

이 놀라운 음모론은 우리에게 「드라큘라」의 작가로 널리 알려진 브램 스토커가 비슬리 지역에서 벌어지는 5월제에 관심을 가지면서 시작됩니다. 그는 5월의 여왕 역에 반드시 남자아이가 엘리자베스 시대의 옷을 입고 여왕에 오르는 것이 매우 흥미롭다고 생각했고 조사 끝에 이 음모론을 완성시키게 되었습니다. 브램 스토커는 이 이야기를 완전히 믿은 듯한데, 여기에는 그럴듯한 이유가 여럿 존재하니 우리도 한 번 들여다보겠습니다. 일단 엘리자베스 1세는 늘 비밀이 많은 성격이었습니다. 그녀는 곁에 사람을 많이 두지 않았고, 항상 무언가 숨길 것이 있는 듯했죠. 이에 대해 브램 스토커는 이렇게 적고 있습니다.

> "공주가 15살이던 1549년, 로버트 티르위트 경은 소머셋 보호관리자에게 다음과 같은 편지를 보냈다. '마이 레이디(엘리자베스), 레이디 애슐리(가정교사), 토마스 페리 경 사이에는 죽어도 공개하지 않을 비밀스러운 약속이 있다고 추측이 되오.'" 주8

그 비밀이 바로 엘리자베스가 사실 남자라는 것은 아닐까 하는 것이겠죠. 더군다나 엘리자베스는 튜더 왕조가 본인 대에서 끊겨 스코틀랜드의 왕을 다음 후계자로

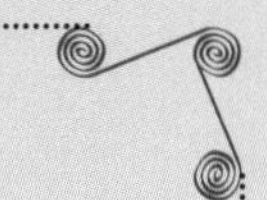

삼아야 하는 상황임에도 불구하고 결혼하지 않았습니다. 남자인 것이 들키면 안 되기 때문이라면 이해가 되겠죠. 엘리자베스가 고작 26살일 때 그녀는 아이를 낳지 못할 것이란 말을 듣기도 합니다.

"페리아의 백작이 1559년 4월에 이처럼 썼다. '만약 제 첩자들이 거짓말을 하는 것이 아니라면, 거짓말을 하는 것이 아님을 확신하며, 이들이 제게 준 어떤 이유로 보건데, 엘리자베스는 아이를 갖지 못할 것이라 생각합니다.'" 주9

이 외에도 엘리자베스 1세가 항상 가발을 쓰고 화장을 아주 진하게 하며 목을 감싸는 드레스를 입은 이유가 실은 남성 탈모를 가리기 위해, 짙은 화장으로 성별을 숨기기 위해, 그리고 목젖을 가리기 위해서였다고도 합니다. 더욱이 엘리자베스는 자기가 믿는 의사가 아니면 결코 자신을 진찰할 수 없게 했으며 죽은 뒤에도 부검을 금했다 하니 죽음 후에도 숨기고 싶었던 비밀이 있었던 것은 아니겠느냐는 얘기가 나옵니다. 그와 함께 엘리자베스가 스페인의 무적함대를 무찌르기 전에 틸버리 지역에 모인 군사들에게 했던 아주 유명한 연설도 엘리자베스가 남자임을 보여주는 증거로 거론됩니다.

"내 비록 보잘것없고 약한 여성의 몸을 가졌으나 나는 왕의, 영국 왕의 심장과 위를 가지고 있다!"

왕의 심장과 위를 갖고 있다는 그녀의 말이 '여자의 옷을 입고 있지만 나는 남자의 심장과 위를 가진 남자다!' 라고 자신의 정체를 밝힌 것이라는 주장입니다.

어떤가요? 그럴듯한가요? 그렇다면 이제 엘리자베스가 남자일 리가 없다고 반박하는 측의 주장을 보겠습니다. 일단, 엘리자베스의 초상화에 목을 감싼 드레스를 입은 것이 많다고 하여 엘리자베스가 가슴을 드러내는 드레스를 입지 않은 것은 결코 아닙니다. 가발과 관련하여 엘리자베스 1세가 남성이고 탈모를 겪었다는 주장을 반박하는 아주 유명한 일화가 있습니다. 엘리자베스 1세가 노년에 접어들었을 적에 에섹스 백작이 급한 일로 여왕의 침실에 뛰어 들어간 일이 있었습니다. 그곳에서 백작은 잠자리에서 막 일어나 머리카락이 부스스한, 가발도 쓰지 않고 화장도 하지 않은 민낯의 여왕을 보고 충격을 받았다고 합니다. 진흙이 잔뜩 묻은 옷차림으로 새벽같이 여왕의 침실 문을 열어젖힌 백작과의 만남은 엘리자베스 1세에게는 그리 유쾌하지 않았겠지만, 덕분에 우린 노년의 엘리자베스의 머리카락이 남아 있었음을 알 수 있겠습니다. 게다가 아무리 딸과 자주 만나지 않는 아버지라고 해도 아빠가 자기 딸이 뒤바뀐 것을 몰랐다는 것은 말이 안 되는 것 같죠?

이를 두고 비슬리 소년 설을 주장한 브램 스토커는 헨리 8세도, 다른 사람들도 알아보지 못한 데는 이 소년의 몸에 튜더 왕가의 피가 흐르고 있었기 때문이라고 이야기합니다. 엘리자베스의 곁에서 함께 놀고 공부한 소년이라면 귀족이나 왕족 가문의 아이일 것이고 헨리 8세가 눈치 채지 못했을 정도로 튜더 가문의 특징을 많이 갖고 있는 아이라면 아이의 아버지는 다름 아닌 헨리 8세의 서자, 헨리 피츠로이일 것이라는 거죠.

『스캔들 세계사』 1권에서 잠시 스쳐지나갔던 헨리 피츠로이는 헨리 8세와 엘리자베스 블런트라는 여성 사이에서 태어난 왕의 서자로, 왕의 아들로 인정받고 리치몬드와 소머셋 공작이 되었습니다. 그런 헨리 피츠로이가 아내 메리 하워드와 낳은 자식이 바로 이 소년이라는 주장인데요. 10대에 사망한 헨리 피츠로이는 메리 하워

엘리자베스 1세는 가슴을 드러내는 드레스도 즐겨 입었다.

드와 결혼 후 공식적으로는 같은 집에서 산 적도, 동침한 적도 없어 이런 아이에 대한 자료는 없지만 만에 하나 아이를 낳았다면 튜더 가문 특유의 붉은 머리와 생김새를 갖고 있을 수도 있긴 하겠죠. 하지만 아무리 닮았다고 한들, 이복고모와 조카인 두 사람이 구분이 안 갈 정도이기는 어렵고, 설령 아버지가 못 알아보았다고 해도 엘리자베스를 아기 때부터 돌봤던 언니 메리 1세는 단박에 알아보았을 것입니다.

두 번째 반박으로는 엘리자베스가 결혼은 하지 않았어도 그녀의 연인으로 짐작되는 이들이 많다는 것입니다. 대표적인 예로 『스캔들 세계사』 2권에서 만났던 로버트 더들리 경이 있죠. 물론 동성애적 관계였을 수도 있으니 확실한 증거가 되기는 어려울 수도 있겠습니다.

세 번째로 엘리자베스가 제대로 생리를 했다는 증거가 있습니다. 스페인의 왕이

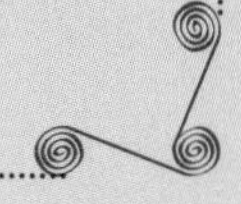

자 엘리자베스의 형부였던 펠리페 2세의 특사는 엘리자베스가 임신이 가능한지 확인하기 위해서 여왕의 세탁물을 담당하는 하녀에게 뇌물을 주었던 적이 있었죠.

"곧 외국 대사들 간에서 여왕의 생리 주기는 뜨거운 주제가 되었다. (중략) 엘리자베스를 담당하는 하인들은 극심한 압박을 받았고 심지어 뇌물까지도 제공되었다. 속옷과 이불 빨래를 담당하는 하녀가 가장 잘 알 것이라 생각한 펠리페 2세는 특사 중 1명에게 엘리자베스의 세탁 담당에게 돈을 주고 엘리자베스의 생리 주기를 알아오라 명령했다. (중략) 세탁 담당 하녀는 자세히 설명하지는 않고 그녀의 주인인 여왕이 여성으로서 제대로 기능하고 있다고 확언할 뿐이었으며 이는 여왕의 허가를 받고 행해졌을 가능성이 있다. 스페인 왕이 이후로도 한동안 엘리자베스를 신붓감 후보로 본 것을 보면 그는 이 대답에 충분히 만족한 듯하다." 주10

물론 피를 묻혀 생리를 조작했을 수도, 하녀에게 그렇게 말하도록 시켰을 수도 있는 일이라는 생각이 들 수도 있겠습니다. 하지만 왕이 여성일 경우에도 본인의 결혼과 출산 능력을 둘러싼 외교를 위해 하녀에게 이렇게 말하라 명령하거나 조작했을 가능성도 얼마든지 있습니다. 엘리자베스 1세가 여성이었다는 것을 가장 확신할 수 있는 이유는 의사들이 엘리자베스의 '임신 능력'을 몇 번이고 확언했기 때문입니다. 카트린 드 메디치의 아들이자 프랑스의 왕인 샤를 9세와의 결혼을 32살의 엘리자베스가 고려했을 때 샤를 9세는 17살이었습니다. 소년과 결혼하게 될 30대의 여왕을 두고 여왕이 임신할 수 있을지 걱정한 프랑스에선 여왕의 몸 상태를 알고 싶어 안달 나 있었죠.

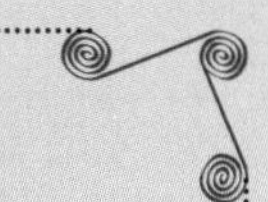

"1566년, 프랑스 대사의 조카는 어의 중 1명에게 여왕이 임신할 수 있는지 물었다. 그는 어의에게 여왕 폐하가 이전에 말하는 것을 들었는데, 의사들이 자신은 불임이라 하였다고 하셨다 말하고는 만약 이게 사실이라면 프랑스 왕실의 일원과 여왕이 결혼하는 것을 원치 않는다며 이게 사실인지 알고 싶다 하였다. 이에 어의는 폐하께서 말도 안 되는 소리를 하고 계시며 종종 폐하께서 변덕으로 이런 이야기를 하곤 하신다고 답했다. 만약 여왕이 정말로 결혼을 한다면 그가 장담컨대, 여왕은 아이를 10명도 낳을 수 있다고 하면서 '이 왕국에서 여왕 폐하의 몸 상태를 나보다 잘 아는 사람은 없소.' 라고 덧붙였다." 주11

엘리자베스 1세가 45살일 적, 그녀는 프랑스 왕 앙리 3세의 25살 난 동생인 알랑송(Alencon) 공작과 결혼하는 것을 진지하게 고려합니다. 영국에서 프랑스에 결혼을 조건으로 한 여러 요구사항을 내놓기 시작하자 엘리자베스가 임신하지 못할 것을 우려한 프랑스 측에서는 이를 확인하고자 하였고, 의사들은 40대의 엘리자베스가 충분히 임신할 수 있다고 답하였습니다. 더욱이 엘리자베스 1세의 궁정에는 사람이 끊임없이 드나들었습니다. 엘리자베스 1세는 늘 사람들에게 둘러싸여 사생활이라곤 없는 삶을 살았죠. 그러니 물론 군주로서 여러 비밀이 있었겠지만 '실은 남자였다!' 정도의 엄청난 비밀이 몇 십 년 동안 지켜지기는 불가능했을 것입니다. 비슬리가 아무리 작은 마을이라고 해도 공주가 그곳에서 죽었고 공주가 실은 남자라는 진실이 새어나가지 않을 정도로 폐쇄적인 곳은 아니었으니까요. 대부분의 음모론들이 그렇듯, 비슬리 소년의 이야기 역시 꼼꼼히 들여다보면 비논리적인 부분이 곳곳에 산재해 있습니다. 하지만 너무나 유명한 공포 소설인 「드라큘라」의 작가 브램 스토커도 푹 빠지게 할 만큼 흥미로운 내용인 것은 틀림없네요.

9. 전하, 제가 요강을 비우겠사옵니다!

– 알고 보면 왕의 최측근 권력자인 '변기 담당관' 이야기

영화관이나 텔레비전에서 우리나라 사극을 보신 분들이라면 왕이 화장실을 가는 일은 전혀 사적인 일이 아니었음을 알 수 있습니다. 어의들이 막 전하의 매화를 들여다본다거나 먹어보는 장면이 종종 나오곤 하죠. 아무래도 현대인이 조선시대로 타임슬립해서 왕 됐다가는 민망함과 부담감에 변비 걸릴 것 같죠?

서양에서도 왕의 대소변은 왕이 직접 처리하지 않고 옆에서 처리해주는 사람이 있었습니다. 차이라면 우리가 직업 얘기만 하면 자주 그렇듯, 우리나라에서는 궁녀나 내시가 하던 것을 서양에선 '전하, 제가 하겠사옵니다!' 하고 달려드는 귀족들이 있었다는 것인데요. 왕의 요강을 비우고 챙기는 일에도 예외는 없었답니다.

아직 수세식 변기가 등장되지 않았던 그 옛날, 위대하신 전하께옵서 평민들이 하듯 푸세식 변기에 쭈그리고 앉아 일을 보실 수는 없는 노릇

부드러운 원단에 호화로운 장식으로 치장한 중세시대 왕의 변기. 엉덩이에 닿는 촉감이 꽤나 보들보들할 것 같다.

이라 생각했는지 요즘 우리 눈에는 요강이나 다름없는 변기를 담당하는 이는 '그룸 오브 더 스툴(Groom of the Stool)'이라고 불렀습니다. 이해하기 쉽게 우린 '변기 담당관'이라고 부르기로 해요.

변기 담당관이 담당하던 왕의 변기는 벨벳과 방석으로 치장된 박스 안에 항아리를 넣은 형태로, 스툴(stool)이라고 불렀습니다. 이는 의자를 뜻하는 말에서 유래된 것이고 지금도 등받이 없는 의자를 스툴이라고 하지만(흔히들 부엌의 아일랜드 식탁이나 술집의 바 앞에 놓이는 의자들을 바 스툴 Bar stool이라고 하죠!) 영국에선 대변을 스툴이라고 부르기도 한답니다. 그래서 인터넷에서 stool이라고 쳤다가는 그리 유쾌하지 않은 사진들을 마주칠 수 있습니다.

그렇다면 변기 담당관은 무슨 일을 했을까요? '왕이 일을 보고 일어나면 대충 요강 닦으면 되는 건가?' 싶겠지만 놀랍게도(?) 변기 담당관이 할 일은 생각보다 많았습니다. 일단 요 시대 옷들을 생각해보면 도대체 어디서부터 입기 시작해야 하고 어디부터 벗기 시작해야 하는지 감도 안 잡힐 만큼 복잡하고 요란하죠. 그렇다보니 하나하나 차근차근 입는 데만 2시간이 넘게 걸리기도 했습니다. 그럼 왕이 화장실 가야 하는데 혼자 벗기는 굉장히 힘들었겠죠?

그러니 변기 담당관은 일을 볼 수 있도록 옷을 벗는 데 도움을 주고 왕이 볼일을 본 뒤에는 주전자와 대야와 깨끗한 천을 가져와 천을 물에 적셔 정성들여 닦아준 뒤 다시 옷을 입는 것을 도와주었습니다. 그리고는 변기 대용 의자를 치우고 항아리와 사용한 천을 가져가라 명했죠. 마치 인간 비데 같네요.

1452년에 발간된 존 러셀의 책 『육성의 서』에 보면 왕이 변기를 이용할 시에 이 변기 담당관이 반드시 명심해야 하는 여러 가지 의무가 잘 적혀 있습니다.

"마음을 편히 하기 위한 사적인 장소(=화장실)가
아름답고 달콤하며 깨끗하게 관리하라.
화장실 벽은 아름다운 색의 천으로 장식하라.
구멍(변기구멍)에는 나무가 전혀 보이지 않도록 하고
아름다운 쿠션을 놓아 대변이 성가시지 않게 하라.
끝나고 나면 닦을 면이나 리넨으로 만든 천을 준비하라.
그분이 부르실 때는 늘 지체 없이 준비된 자세로
물주전자와 대야 및 어깨에 깨끗한 수건을 걸친 채로 임하라." 주12

변기 담당관은 왕이 필요할 때 변기가 딱 준비되도록 하는 임무를 맡았고 왕과 아주 친밀한 사이가 될 수밖에 없었기 때문에(날이면 날마다 엉덩이를 보여주고 눈 마주치며 일을 보다보면 친밀해질 수밖에 없겠죠) 마구간 관리인들이 그러했듯 변기 담당관의 권력 역시 날로 상승하기 시작합니다.

오랜만에(?) 튜더 왕가로 가볼까요. 튜더의 시작은 우리가 여러 번 얘기했듯 헨리 7세로부터 이루어졌습니다. 장미전쟁을 끝내고 왕이 된 헨리 튜더! 왕 됐으니 이제 변기 담당관이 생겼습니다! 변기 담당관의 역사는 꽤나 오래되었다고 하지만 진짜 권력 좀 만져보는 위치가 된 것은 16세기에 들어서였죠. 이들이 권력의 중심에 들어갔다는 것은 헨리 7세 이후 변기 담당관들의 직위들을 보면 알 수 있답니다.

헨리 7세의 변기 담당관은 휴 데니스라는 남자였습니다. 후에 나오는 사람들에 비해 보잘 것 없어 보일 수 있지만 그 역시 귀족으로 장인어른은 남작이었고 부인의 외할머니는 백작 집안의 딸이었죠. 애초에 궁정 내신으로서 왕 옆에서 왕이랑 얘기하면서 왕 몸에 손을 댈 수 있는 사람이니 일단 평범하진 않았겠죠. 초기의 변기 담당관이었기 때문에 훗날의 같은 위치의 사람들에 비하면 직위도 낮았고 왕좌를 만지거나 왕의 침대에 기대거나 왕의 침실 카펫에 발을 올려서도 안 될 정도였지만, 이는 점차 바뀌어갔습니다.

일단 기억해야 하는 것은 물론 현대인에게 있어 왕이건 아니건 남의 엉덩이를 천으로 닦아주고 말려주고 옷 입혀주는 일은 고역이 아닐 수 없겠지만, 옛날 옛날 그 시절에 왕이란 신께서 선택하신 대리인이었다는 것입니다. 왕은 대관식을 치른 순간 신의 가호를 받는 존재였고 그렇기에 왕의 몸에 손을 댈 수 있는 극소수의 사람들에게는 이러한 신의

헨리 7세의 임종 모습. 그림 아래쪽 왼쪽에서 네 번째 사람(단발에 완전 옆모습, 팔은 안 보이는 사람)이 바로 변기 담당관 휴 데니스다.

가호가 글자 그대로 '묻어난다'고 생각했습니다. 그러니 물론 더럽고 물론 냄새도 폴폴 났겠지만 그래도 나보다 신성한 존재의 가장 사적인 공간에서 함께한다는 그런 영광이랄까, 그런 것이 있었던 것이죠. 민, 민주주의 만세……!

옷감과 털에 휩싸여 왕이 고개를 돌려도 잘 볼 수 없는 곳에서 왕의 몸에, 그것도 아주 소중한 곳에 손을 대고 왕의 건강 상태를 매일 확인할 수 있는 위치인 변기 단당관은 왕이 제일 믿을 수 있는 자로 뽑았고 일하다보면 왕이 제일 믿을 수 있는 자가 됐기 때문에 휴 데니스의 권력과 부 역시 날로 쑥쑥 늘어납니다. 왕이 침실에 있을 때 유일하게 침실을 오갈 수 있는 특혜를 받았던 것이 변기 담당관이었고, 다른 귀족들은 왕과 단둘이 이야기할 수 있는 변기 담당관의 입김을 두려워하며 잘 보이기 위해 애를 썼죠.

결과적으로 휴 데니스는 왕의 돈까지 관리했으며 자신의 명의로 7개의 영지와 저택을 구매하기까지 했습니다. 휴 데니스가 애초부터 엄청나게 잘 나가던 가문의 사람은 아니라는 점을 생각하면, 엄청난 성공이라고 볼 수 있겠죠. 휴 데니스는 헨리 7세가 사망할 때 침대 옆 네 번째 자리에 위치해 있을 정도여서 왕이 죽을 때까지도 총애받았음을 알 수 있답니다.

이후로 변기 담당관의 권력은 날로 상승해서 헨리 8세 때는 재위 기간 동안 4명의 변기 담당관이 있었는데 모두 변기 담당관이 되기 전이나 후에 기사 작위를 받습니다. 그리고 한 번 변기 담당관이 되면 모두들 죽기 전까지 임무를 수행했죠.

헨리 8세에 이르러서는 변기 담당관은 이전과는 달리 단순히 변기만 관리하는 것이 아니라 왕의 리넨, 왕의 옷, 보석, 식기(말이 식기지, 모두 번쩍번쩍한 금은보화로 치장된 것이었죠)도 담당했고 왕의 식사, 건강, 편의를 관리하는 변기 담당관이 하는 말은 왕의 명령과 다름없을 정도의 무게를 갖게 되었습니다.

변기 담당관은 왕의 침대 끝에 자리를 펴고 잠을 잤고 아침에 왕이 일어나면 왕이 그날 어디서 밥을 먹고 어디서 사냥을 하고 언제 기도를 하러 갈 것인지에 대한 명령을 받아 시행했습니다. 왕에게 여자들과의 밀회를 주선할 뿐만 아니라 왕과 함께 침실에서 행정 업무를 같이 보기도 했으니 변기 담당관들은 스스로 굉장한 자부심을 가지고 있었고 자신이 하는 일을 전혀 이상하다고 생각하지 않았습니다. 심지어 마지막 변

잊을 만하면 한 번씩 등장하는 죄 많은 남자 헨리 8세. 자신의 변기 담당관이자 친한 친구였던 헨리 노리스를 두 번째 왕비 앤 불린과 바람을 피웠다는 죄명으로 처형시켰다.

기 담당관이었던 안토니 데니는 헨리 8세가 유언장을 작성하는 데 도움을 주고 임종을 지켰으며 평상시에 왕의 옥새를 맡아 들고 다녔으니 우스운 직업이라고 생각했던 변기 담당관이 사실 얼마나 권력 있는 자리였는지 알 만하지요.

역사상 가장 유명한 변기 담당관은 헨리 8세의 변기 담당관 중 하나였던 헨리 노리스로 왕의 친한 친구기도 했지만 왕의 개인사에 깊숙이 관여하고 편을 잘못 들었다가 하필 왕의 둘째 마누라인 앤 불린과 바람을 피웠다는 죄명 하에(아마도 누명이겠지만요) 바로 처형되기도 했으니

헨리 8세의 마지막 변기 담당관이었던 안토니 데니(헨리 하워드의 초상화일 수도 있다).

권력과 너무 가까운 것도 영 살 떨리는 일이 아닐 수 없네요.

헨리 8세가 떠나고 그의 자녀 중 에드워드와 메리도 떠난 후 오랫동안 왕의 자리에 앉은 공주가 있었으니 바로 엘리자베스 1세였습니다. 여기서 이 변기 담당관 자리에 잠깐의 혼란이 생깁니다. 귀하디 귀하신 여왕님의 엉덩이를 남자 변기 담당관이 닦을 수야 없지 않겠습니까? 그래서 엘리자베스 1세의 변기 담당관은 최초로 여성이 맡게 됩니다. 이때 잠시 변기 담당관이란 이름이 사라지게 되는데요. '그룸 오브 더 스툴' 에서 그룸이 남성을 뜻하기 때문이었죠.

결국 엘리자베스 1세의 가정교사였던 캣 애슐리가 침실 내관이 되어 여왕의 침실과 관련된 모든 것을 총괄하게 됩니다. 그래서 영국 최초로 여왕들이 둘이나 있은 이후, 특히 엘리자베스 1세가 여성으로 왕위에

위풍당당한 모습의 이 남자는 조지 3세의 의복 담당관인 존 커 공작이다.

굉장히 오래 있었기 때문에 변기 담당관이라는 게 의미가 퇴색되기 시작하여 튜더 왕가가 끝나고 스튜어트 왕가가 시작될 무렵에는 아마도 화장실을 가는 건 도와줘도 (옷은 여전히 무거웠으니까요) 더 이상 엉덩이를 닦아주는 일은 없지 않았을까 추측되고는 합니다.

이후 변기 담당관의 권력과 힘이 늘어날수록 변기 담당관이란 이름은 영 맞지 않아 보였고 세월이 흐르고 흘러 찰스 1세가 영국 왕위에 오른 후부터는 변기 담당관의 이름은 의복 담당관으로 바뀌게 됩니다. 그 뒤로는 늘 의복 담당관이라고 불렸지만 이름이 어찌됐던 왕의 가장 사적인 일들, 침실에서 일어나는 일들을 관리한다는 것은 변하지 않아 점

영국 역사상 마지막 의복 담당관이었던 제임스 해밀턴, 애버콘 2대 공작.

차 이 직업은 왕의 궁중 말동무들 중에서도 가장 높은 직위가 되었으며 이를 맡는 귀족들의 지위는 남작, 자작, 백작, 후작, 공작 등 다양했습니다. 그러니까 여러분이 만화에서 본 엄청난 미중년 대공작이 사실 매일 매일 왕 엉덩이 닦아주고 있었을지도 모르는 일이겠군요!

지금까지 읽으시면서 '와, 옛날엔 진짜 별 직업이 다 있었구나! 왕 엉덩이까지 닦아줘야 한다니 먼 옛날의 사람들도 먹고 살기 힘들었네!' 라고 생각하셨다면 이 직업은 (물론 더 이상 엉덩이를 닦아주진 않았지만) 무려 20세기까지 존재했답니다. 마지막 '의복 담당관'은 영국 왕 에드워드 7세가 왕세자이던 시절에 임명되었죠.

지금은 어떨까요? 물론 현재 영국 여왕에게는 예복과 침실 상태, 식사 등등을 관리하는 많은 사람들이 있지만 자기 엉덩이는 자기가 닦고 있는 것이 확실합니다. 요즘 영국 여왕의 고용인 중에 우리가 신기해 할 만한 직업이라면 여왕이 행차할 때 발이 편안하도록 새 신발을 미리 신어 길들여놓는 사람이 따로 있답니다.

물론 엘리자베스 2세가 어릴 적에 한 말을 보면 여왕은 똑바른 자세로 굉장히 오래 서 있어야 할 때가 많아 생각보다 힘든 일이라고 하니 이해가 안 되는 것은 아니지만, 보통 내 신발을 신기 편하도록 만들어두는 사람을 고용할 생각을 하긴 어려우니 참 신기하기도 하고 정말 다른 세상 사람이구나 싶기도 하죠.

10. 미국을 시작한 남자, 대서양을 건너다

– 북미 추수감사절의 기원이 된 아메리칸 원주민 스콴토의 파란만장한 삶

우리에게 보름달을 보고 소원을 빌며 송편을 먹고 추석빔을 입는 추석이 있다면, 북미에는 추수감사절(Thanksgiving Day)이 있습니다. 미국의 추수감사절은 우리의 추석처럼 풍성한 수확에 감사하며 배가 터질 때까지 맛있는 음식을 잔뜩 먹기로 유명하죠. 미국인들은 추수감사절에 통째로 구운 황금빛 칠면조, 버터와 우유를 넣고 으깬 감자, 새콤달콤한 크랜베리 소스, 노오란 빛깔의 달짝지근한 호박 파이 등 다양한 음식을 잔뜩 늘어놓고 가족들과 함께 즐거운 하루를 보내고는 합니다. 살이 최소 몇 킬로그램은 늘었을 것 같은 저녁식사를 마치고 나면 바로 다음 날에는 미국 최대의 세일 행사인 블랙 프라이데이(Black Friday)가 벌어지므로 만약 노리고 있는 물건이 있다면 새벽같이 달려 나가 가게 앞에 텐트를 치고 기다려야 하죠.

미국의 첫 추수감사절은 미 대륙으로 이주해 온 유럽인들이 풍성한

미국 화가 제니 브라운스콤이 그린 「플리머스에서의 첫 추수감사절」(1914).

수확에 감사하며 원래 자신들의 땅에 살고 있던 미 대륙의 왐파노아그(Wampanoag) 연맹체의 원주민들과 음식을 나누어 먹었던 날에서 유래되었다고 알려져 있는데요. 전설처럼 전해 내려오는 이야기에 따르면 스콴토라는 이름의 한 원주민이 유럽인들이 정착할 수 있도록 비료 만드는 법, 낚시하는 법, 농사짓는 법 등을 알려주었고 그 덕분에 유럽인들이 살아남을 수 있었다고 합니다.

그렇다면 이 스콴토라는 사람은 누구일까요? 그는 어떻게 유럽인들과 소통하고, 또 지식을 나누어줄 수 있었던 것일까요? 스콴토에 대한 기록은 별로 남아 있지 않기 때문에 그와 관련된 역사에 대한 해석은 다양합니다. 유럽인들에게 우호적인 원주민이었다는 것부터 단지 우호적인 것처럼 이야기가 전해졌을 뿐이라는 것까지 말이죠. 정확한 진실은 알 수 없겠지만, 가장 널리 알려진 버전으로 스콴토에 대해 알아보겠습니다.

오늘날 미국의 매사추세츠주 플리머스 지역 부근은 한때 왐파노아그 연맹체 소속이었던 파투셋(Patuxet) 부족의 영역이었습니다. 그곳에서 우리 주인공인 스콴토(Squanto)는 1582년에서 1592년 사이에 태어났을 것으로 짐작됩니다. 우리에게 알려져 있는 이름은 스콴토, 또는 티스콴텀이지만 이는 성인이 된 다음에 새롭게 이름을 지어주던 당시 부족의 관습에 따라 얻은 이름으로 유추되기 때문에 어릴 적 이름은 알 수 없습니다.

기록되어 있는 역사에 스콴토가 등장한 것은 스콴토가 20~23살쯤이었던 1605년이었습니다. 플리머스 컴퍼니의 요청으로 오늘날 메인 주와 매사추세츠 주의 해안가를 탐험하고 있던 영국인 조지 웨이모스 선장은 몇 명의 원주민과 조우하였죠. 원주민들은 웨이모스 선장과 그의 동료들을 따뜻하게 맞이하였지만 선장은 엉뚱한 생각을 품고 있었습니다. 그는 영국의 투자가들에게 원주민들을 구경시켜주면 더 많은 투자를 받을 수 있지 않을까 생각하여 배를 구경하러 올라탄 스콴토와 4명의 원주민 의견은 묻지도 않고 이들을 납치해서 그대로 영국으로 끌고 갑니다.

얼떨결에(?) 고향을 떠나 검푸른 대서양을 가로지르게 된 스콴토는 플리머스 컴퍼니의 사장인 페르디난도 고지스에게 넘겨졌고 그의 집에 거주하게 되었습니다. 스콴토가 영어에 재능을 보였는지, 고지스 사장은 스콴토를 통역사로 만들어야겠다고 생각하고는 교육시켰다고 합니다. 다만 1605년의 이 납치는 어떤 기록을 믿느냐에 따라 실제로 일어

평화를 기원하며 담배를 함께 태우는 서로 다른 두 세계의 사람들.

났다, 일어나지 않았다 논란의 여지가 있습니다.

스콴토가 1605년에 영국으로 갔다는 전제 아래, 그가 영국에서 어떻게 지냈는지, 영어는 잘하게 됐는지는 알 수 없지만 스콴토가 다시 등장하는 것은 9년 뒤인 1614년의 일입니다. 아마도 통역사로 미 대륙으로 향하는 배에 올라 두 번째로 대서양을 가로지르는 항해를 하게 된 스콴토, 이번에는 훗날 그와 마찬가지로 유명해질 영국인 탐험가 존 스미스와 함께였습니다. 존 스미스는 『스캔들 세계사』 3권의 포카혼타스 이야기에 등장했던 제임스타운을 개척한 인물입니다. 존 스미스가 처형당할 뻔했던 것을 포카혼타스가 온 몸을 던져 구해주었다는 이야기가 전해오죠.

얼마 후 존 스미스는 다시 영국으로 돌아갔고 존 스미스의 자리는 토마스 헌트라는 사람에게 넘어갑니다. 존 스미스는 원주민들과 함께 잘 지내며 무역을 할 수 있기를 희망했지만 토마스 헌트는 전혀 생각이 달랐습니다. 존 스미스가 다져놓은 신뢰와 우호 관계를 이용하여 비버(모피) 무역을 요청한 토마스 헌트는 무역을 위해 배 위에 올라온 24명의 나우셋 부족민과 파투셋 부족민을 납치하여 유럽으로 끌고 갑니다. 그중에는 우리의 스콴토도 포함되어 있었죠.

신뢰를 저버린 헌트의 이런 극악한 행동은 나우셋과 파투셋, 두 부족의 분노를 불러일으켰으며 같은 유럽인인 존 스미스와 고지스 사장 등도 헌트의 행동을 거세게 비난했습니다. 존 스미스는 훗날 헌트의 행동에 대해 기록하며 이렇게 말했습니다.

> "매우 불명예스럽고 비인간적으로, 나와 우리에 대한 그들의 믿음을 악용하여 원주민들을 스페인의 말라가로 끌고가 아주 소소한 이득을 보았다." 주13

또한, 고지스 사장은 이렇게 헌트를 비난했죠.

> "영국의 쓸모없는 일원인 헌트가 욕심에 눈이 멀어 물고기나 평화로운 무역을 통한 상품에 만족하지 못하고 항해하기 직전에 그들보다도 더 야만인스럽게도 우리에게 신뢰를 보여준 불쌍하고 순수한 이들을 붙잡았다." 주14

그러거나 말거나 원주민들을 노예로 팔아넘기기 위해 헌트는 이들을 데리고 스페인의 말라가로 향했습니다. 하지만 이들을 발견한 스페인의 수도사들은 헌트를 맹렬히 비난하며 원주민들을 구출했죠. 그 과정에서 스콴토는 가톨릭교를 알게 되었고 이후 라틴어로 세례도 받았다고 합니다.

다시 한 번 그리운 고향으로 돌아가길 꿈꾸는 스콴토가 스페인에서 스페인어도 배우며 지내고 있을 때 즈음, 대서양 건너에 있는 나우셋과 파투셋 부족들은 매우 분노하고 있었습니다. 부족민들이 자꾸 납치되어 끌려가니 영국인이고 프랑스인이고 유럽인들의 배는 더 이상 환영하지 않겠다는 뜻을 분명히 했죠. 충분히 이해 가는 상황이지만 이런 소식을 전해받지 못한 한 척의 프랑스배가 영문도 모른 채 나우셋 부족의 격한 공격을 받아 배는 불타고 거의 모든 이들이 살해당했으며 몇 사람은 포로로 끌려가게 되었습니다. 헌트와 다른 납치범들의 범죄 행각이 번져나가 엉뚱한 희생자를 낸 셈이었죠.

나우셋 부족과 파투셋 부족의 분노는 겉으로 활활 타올랐지만 유럽인들이 가져온 공포는 조용하고 은밀하게, 그러나 치명적으로 원주민들 사이로 스며들었습니다. 1618년과 1619년 사이에 부족민들 사이에서 끔찍한 전염병이 돌기 시작해 사람들이 수없이 죽어나간 것입니다. 아마도 천연두나 결핵, 또는 렙토스피라증(감염성 질환)이었을 것으로 짐작하는 이 질병 탓에 파투셋 부족은 거의 전멸했고 주변 마을 역시 전염되어 피해자가 속출했습니다.

그런 와중에 유럽에 있는 스콴토는 수도사들을 설득해서 집으로 돌아갈 여정을 시작합니다. 먼저 영국으로 간 그는 런던에 있는 뉴펀들랜드 컴퍼니의 회계 담당자인 존 슬레니와 함께 일하다가 대서양을 건너 뉴펀들랜드 식민지로 가게 되었습니다. 뉴펀들랜드 식민지는 캐나다 맨 동쪽에 있는 지역으로 스콴토의 고향과는 거리가 좀 있는 곳입니다. 그곳에서 스콴토는 토마스 더머 선장을 만났습니다. 더머 선장은 이전에 등장한 페르디난도 고지스 사장 밑에서 일하는 중이었기 때문에 나우셋 부족이나 파투셋 부족과 무역을 재개하는 데 여전히 관심이 많았습니다. 더머 선장은 영어가 유창한 스콴토를 매우 유용하다고 생각했고 비버 무역을 재개하기 위해 스콴토를 이용하자고 고지스 사장에게 제안합니다. 이 제안이 마음에 든 고지스 사장은 이야기를 나누기 위해 대리인을 보냈지만 그는 오던 길에 싸움에 휘말려 사망하고 말았습니다. 대리인도 없겠다, 대화를 하려면 만나야 하는 상황에서 2명은 미 대륙에 있고, 1명은 영국에 있으니 1명이 미 대륙으로 오면 편하겠지만 그 1명이 사장이었기 때문에 감히 오라 가라 할 수 없었기 때문인지, 어쨌든 스콴토는 한 번 더 대서양을 건너 영국으로 향하게 되었습니다.

원주민들과 영국인들 사이에서 다리 역할을 하기로 한 스콴토는 1619년 대서양을 마지막으로 건너 고향으로 돌아옵니다. 고향은 얼마나 변했을까, 모두들 잘 지내고 있을까. 설레는 마음으로 평화협정을 맺고 무역을 재개하려는 계획을 갖고 있었을 스콴토를 반긴 것은 전염병으로 폐허가 되어버린 고향이었습니다. 집도 가족도 친구도 모두 잃은 스콴토를 받아들인 왐파노아그 연맹체 덕분에 스콴토는 지낼 곳을 얻게 되었지만 더머 선장은 포기를 모르는 남자였습니다. 그는 나우셋 부족과는 협상할 수 없으려나 싶은 마음에 홀로 나우셋 부족을 찾아 나섰고 그곳에서 납치까지 당했습니다. 이 소식을 전해들은 스콴토가 그를 구출하러 올 때까지 잡혀 있어야 했죠. 무서울 만한데도 더머는 얼마 후 다시 한 번 스콴토 없이 남쪽을 탐험했고 또 다시 공격당해 부상을 입은 채로 제임스타운으로 겨우겨우 돌아와 사망하였습니다.

그런 와중에 1620년 11월, 수평선 너머로 한 척의 배가 등장합니다. 역사에 길이 이름을 남길 이 배는 신앙의 자유를 찾아 떠난 35명의 분리

주의 청교도 신도들과 새로운 세상을 꿈꾸는 67명의 개척자들이 타고 있던 〈메이플라워〉 호였습니다. 선객 중 청교도는 3분의 1에 불과했지만 이들은 순례자라는 뜻의 필그림이라고 불립니다. 전원이 청교도가 아니었기 때문에 영국에서 미 대륙으로 향하는 66일의 긴 항해 기간 동안 배 안의 사람들은 벌써부터 부딪히기 시작했습니다. 똘똘 뭉쳐도 살기 힘들 개척지에서도 이렇게 싸우다간 모두 죽게 될 것이 자명했기에 미 대륙에 도착하는 날, 살아남은 이들 중 41명의 성인 남성들이 배 위에서 자주적인 정부를 만들고 다수결에 입각하여 사회를 이끌어가겠다는 서류에 서명합니다. 미국 역사상 최초의 성문 헌법인 이 문서는 〈메이플라워〉 호 선상에서 만들어진 서약이므로 '메이플라워 서약'이라고 합니다.

원주민들의 식량창고와 집 심지어 무덤까지 약탈하며 지역을 탐험하던 필그림들은 세 번째 탐험에서 나우셋 부족과 조우하여 전투를 벌이지만 다행히 양측 모두 다친 사람은 없었습니다. 그렇게 주변을 탐험해가던 필그림들은 얼마 후 부족민들이 전멸한 파투셋 부족의 마을을 발견하고 그곳에 정착하기로 결정합니다. 이 지역은 1614년부터 존 스미스에 의해 플리머스라고 명명되었고 오늘날에도 플리머스라고 불리고 있습니다. 전염병에 걸려 전멸한 부족의 영역에 새 거주지를 만든다? 우리가 생각하기엔 약간 이해가 안 갈 수도 있지만 당시 이주민들에게는 그것이 너무나 당연했습니다.

"제국의 천우신조적인 이론을 받아들이며, 영국인들은 이 우연히 일어난 생물학 전쟁을 '약속된 땅'을 청소하시는 신의 뜻이라

"안녕, 영국인들?" 이라고 영어로 외치며 다가왔던 원주민 사모셋.

> 고 생각했다. 이 새로운 이야기 속에서 그들은 스스로를 땅을 선물받은, 신에게 선택된 새 이스라엘인이라고 생각했고 인디언들을 자신들의 것을 차지하고 있는 가난안 사람 취급했다." 주15

필그림들은 12월부터 2월 사이 배와 육지를 오가며 새로운 식민지를 건설하기 시작하다가 3월에는 아예 이주했습니다. 몇 달 동안 교류할 만한 원주민은 만나지도 못한 채로 굶주림과 추위에 죽어가던 필그림들 앞에 원주민이 불쑥 나타난 것은 3월의 어느 날이었습니다. 그들 앞에 불쑥 등장한 원주민 사모셋은 영국인 어부에게 배운 유창한 영어로 "안녕, 영국인들(Hello, Englishmen)?" 이라고 외쳤다고 합니다. 낯선 땅에

이주민들에게 옥수수 경작법을 전해주는 스콴토.

서 낯선 원주민 입에서 갑자기 튀어나온 영어에 영국인들은 얼마나 놀랐을까요? 하지만 사모셋은 1주일 뒤, 자신보다 영어를 더 잘할 뿐만 아니라 심지어 런던과 스페인에서 살다 온 '글로벌 원주민' 스콴토를 데리고 나타납니다. 미지의 미 대륙을 개척하고 있다고 생각하는 이들 앞에 런던의 동네 맛집까지 다 아는 사람이 나타난 꼴이니 필그림들은 놀라 까무러쳤겠죠.

그때부터 스콴토는 필그림들과 왐파노아그 연맹체 원주민들 사이에 평화협정을 맺고 무역을 할 수 있도록 도왔습니다. 더군다나 주변 지역을 알려주고 거머리를 잡는 법, 물고기를 땅에 묻어 비료로 만드는 법, 옥수수 키우는 법 등을 알려주어 필그림들이 다음 겨울을 대비할 수 있도록 도와주었습니다. 이 시기면 이미 함께 배를 타고 도착한 필그림 가운데 절반은 겨우내 추위와 굶주림을 견디지 못하고 사망한 뒤였으니 스콴토의 도움은 하늘에서 천사가 내려온 수준의 기적과도 같았죠.

자신의 도움이 절실히 필요한 필그림들과 자신의 도움 없이는 무역

미국 화가 진 루이스 제롬 페리스가 그린 「첫 추수감사절」(1915).

을 할 수 없는 왐파노아그 사람들 사이에서 권력이 커지게 되자 스콴토는 이 위치를 힘을 키우는 데 사용하려 하기 시작합니다. 양측을 오가며 말을 이상하게 전달하고 이익을 탐하게 되었죠. 하지만 꼬리가 길면 밟힌다고 곧 들통이 난 스콴토는 왐파노아그 사람들에 의해 처형될 위기에 처했습니다.

왐파노아그 측에서 스콴토를 처형하기 위해 내놓으라고 요구하자 필그림들은 스콴토가 잘못한 건 알았지만 그가 너무나 유용했기 때문에 내어주기를 망설였고, 필그림의 지도자는 결국 스콴토를 못 내놓겠다며 거절합니다. 이 때문에 왐파노와그와 필그림들 사이에 금이 가기 시작했죠. 게다가 스콴토에게는 다행히도, 새로운 이주자들은 겨우살이

왐파노아그 원주민들과 이주민들이 함께하는 추수감사절.

대책 하나 없이 계속해서 무작정 동네로 몰려들어왔고 스콴토 없이는 새로운 세상에서 살 줄 모르는 그들 때문에 피곤해질 것이 뻔해보이자 원주민들은 어쩔 수 없이 스콴토를 처형하는 일이 흐지부지되도록 내버려두었습니다. 역시 동서고금을 막론하고 사람은 기술이 있어야 살아남을 수 있네요!

하지만 그런 스콴토의 인생도 끝이 다가오고 있었습니다. 남부를 방문하고 있던 1622년 11월의 어느 날, 스콴토의 코에서 코피가 마구 쏟아지기 시작합니다. 당시 원주민들에게 많은 양의 코피는 죽음의 상징이었으므로 스콴토는 함께 있던 영국인에게 "내가 죽으면 당신네 영국인들 신의 천국으로 갈 수 있도록 기도해줘요."라고 부탁했습니다. 그리고 원인 모를 고열에 시달리다가 며칠 뒤 약 37살의 나이로 사망하였습니다.

필그림이 살아남을 수 있도록 지혜와 기술을 제공했다는 원주민 스콴토의 이야기는 미 대륙에서의 생존과 추수를 감사하는 추수감사절의 기원으로 알려져 있습니다. 지금의 미국인들에게 추수감사절은 매년 11월의 넷째 주 목요일에 전국에서 벌어지는 행사지만 이처럼 전국에서 기념하는 국경일이 된 지는 생각보다 얼마 되지 않았습니다. 우리에게는 '떴다 떴다 비행기'로 알려진 동요 '메리에게는 작은 양이 있었어요(Mary had a little Lamb)'를 작시한 사라 헤일의 오랜 요청으로 링컨 대통령이 1863년 10월 3일에 추수감사절을 국경일로 지정했으니 채 200년도 안 된 명절인 것이죠.

한편, 스콴토와 왐파노아그 연맹의 사람들은 선의에서 필그림들을 도왔을지 모르지만 오히려 그때 도와주었기 때문에 살아남을 수 있었던 이주민들로 인해 미 대륙 원주민의 오랜 학살과 오늘날까지 계속되는 차별의 역사가 시작되었다는 견해도 있어서, 1970년부터 뉴잉글랜드의 미 대륙 원주민들은 추수감사절에 유럽인들의 이주를 기념하지 않으며 이날을 '국가 애도의 날'로 정하고 이주민들에게 학살당한 수백만 원주민들을 추모하고 있답니다.

11. 어느 철부지 애첩의 최후

– 루이 15세의 애첩 오뮈르피는 어떻게 왕에게 버림받았나

옛날 아주 먼 옛날, 프랑스에 뮈르피라는 성을 가진 가족이 살고 있었습니다. 뮈르피는 아일랜드에서 온 머피를 프랑스식으로 부른 것인데요. 머피는 아일랜드에서 가장 흔한 성 가운데 하나로 약 400만 명의 인구 가운데 5만 5,000여 명의 성이 머피라고 합니다. 말하자면 아일랜드의 김 서방……? 이 뮈르피 집안은 왕과 어울리는 우아한 여성이 탄생할 만큼 교양 있다고는 말할 수 없는 집안이었습니다. 도둑, 협잡꾼, 매춘부, 소매치기 등의 다양한(?) 직업군을 가진 이 집안에서 우리의 주인공인 마리 루이즈 오뮈르피(Marie-Louise O' Murphy)는 뮈르피 집안의 열두 아이 가운데 막내로 1737년 또는 1738년쯤에 태어났습니다.

아버지와 어머니가 감옥을 들락날락하는 건 일상이었고, 중고 옷가게를 운영하던 어머니는 다섯 딸들을 데리고 매춘업도 겸했습니다. 막내인 루이즈는 배우이자 화가들에게 전문적으로 모델 서는 일을 겸했

던 언니를 따라다녔죠. 주인공의 어린 시절에 대해서는 당시 기록들도 우왕좌왕하고 있긴 하지만 일단 마리 루이즈가 아주아주 아름답게 자라나고 있었던 것은 확실해 보입니다. 왜냐하면 이름만 대면 누구나 알 만한 유명 인사가 이 마리 루이즈를 보고 아직 어리디 어린 그녀의 아름다움에 감탄하며 자신의 자서전에 그녀의 미모에 대한 예찬을 남겼기 때문입니다. 그 유명인은 바로 희대의 바람둥이 카사노바입니다.

> "카사노바의 친구 파투(Patu)의 정부인 언니 쪽은 그가 '라 뮈르피'라 불렀고 어린 쪽 - 고작 13살의 - 은 '라 프티 뮈르피' 또는 '헬레네' 였다. 그녀의 처녀성을 사기 위한 600프랑을 낼 마음은 없었지만 (카사노바는) 그녀와 25일 밤을 함께하기 위해 여전히 그 절반 가격을 지출했다." 주16

카사노바가 감탄한 미모였으니 아주 놀라운 미인이었을 것이라고 짐작이 되는데요. 그 즈음, 이 예쁜 아이를 보고 감탄한 또 다른 사람이 있었으니, 그는 루이 15세의 왕비 마리 래크쟁스카와 마담 퐁파두르의 사랑을 듬뿍 받았던 당대의 유명 화가 프랑수아 부셰(1703~1770)였습니다. 그의 그림을 보면 알 수 있듯이 부셰는 굉장히 달콤하고 부드러운 분위기의 그림을 주로 그린, 로코코 회화를 대표하는 화가입니다. 마담 퐁파두르의 초상 화가였던 부셰는 마리 루이즈를 보고 자신의 다음 그림 모델로 쓰기로 합니다. 그렇게 탄생한 그림이 미술에 별로 관심이 없는 사람도 한 번쯤은 봤을 법한 부셰의 대표작 중 하나로 1751~1752년에 완성된 「엎드려 있는 소녀」입니다.

부셰의 「엎드려 있는 소녀」.

이 즈음이면 루이즈는 14~15살 정도죠. 이 그림의 특징적인 면은 모델의 얼굴보다는 뽀얗고 아직 어리디 어린, 순수한 소녀의 몸과 포동포동한 엉덩이에 주목하고 있는 데 있습니다. 소녀는 머리에는 예쁜 파란 리본을 장식했지만 정작 몸에는 실오라기 하나 걸치지 않고 다리를 무심하게 두고 있죠.

이 그림의 주인공과 관련하여 전하는 이야기는 몇 가지 버전이 있는데요. 첫 번째 버전은 이 그림을 보고 감탄한 아벨 푸아송 후작이 그림을 구매했다는 것입니다. 당시 왕인 루이 15세에게는 아주 총애하고 총애하는 공식 애첩 마담 퐁파두르가 있었는데, 아벨 푸아송은 마담 퐁파두르의 남동생이었습니다. 누나 덕분에 귀족 작위를 받게 되었지만 원래 평민이었던지라 다른 귀족들로부터 멸시를 당하고는 했죠. 그래서 그런지 늘 비꼬고 비아냥거리는 등, 성격이 그리 좋지는 못했다고 해요. 후작은 이 그림을 루이 15세에게 자랑했고 루이 15세는 소녀의 아름다움에 감탄하여 이 아이를 자기 앞에 데려오라 했다고 합니다. 실제로 만나보니 그림보다 실물이 더욱 아름다워 더더욱 감탄하였다는 이야기입니다.

또 다른 버전은 1753년 무렵부터 어린 여자아이들(성병의 위험을 피하기 위해 대부분 한 번도 성관계를 하지 않은 소녀들)과 왕이 즐길 수 있도록 '사슴 정원(녹원)' 이라는 곳을 만들고 왕이 드나들기 시작했다는 것부터 시작합니다. 사슴 정원 이야기를 하면 아주 화려하고 교태로운 곳을 상상하지만 사실 사슴 정원은 겉보기에는 소박한 집이었다고 해요. 왕의 시종관인 르벨이 발탁한 13~16살 정도의 여자아이들은 엄격한 심사를 거쳐 왕을 만나고는 했는데, 이 어린 여자아이들을 '작은 새' 라고 불렀기 때문에 르벨의 방들은 '새장' 이라고 부르곤 했습니다. 이 새장에서 하룻밤 이상 왕의 흥미를 유지시키면 이들은 새장에서 벗어나 사슴 정원에서 거주할 수 있었죠.

왕의 사랑은 듬뿍 받았지만 선천적으로 몸이 허약하여 밤에 왕의 시중을 들 수는 없었던 퐁파두르 후작부인은 이런 사슴 정원이 존재하는 것은 알았으나 어차피 왕의 마음속 연인은 자기 하나뿐이며 왕의 육체를 달래는 것은 누가 하든 상관없다고 여겼으며 다른 첩들의 존재를 무

마담 퐁파두르의 동생인 아벨 푸아송. 누나 하나 잘둔 덕분에 귀족 작위를 받았다.

시하였다고 합니다. 왕이 루이즈를 보고 맘에 들어서 사슴 정원에 몸소 데리고 왔다고 하기도 하고, 그게 아니라 시종관 르벨이 길에서 루이즈를 보고 너무 예뻐서 발탁해서 데려왔다고 하기도 하며(그야말로 길거리 캐스팅이군요!) 사실은 부셰 그림의 모델이 루이즈가 아닌데 루이즈가 덕을 봤다는 얘기도 있습니다.

어찌 되었든, 이 어린 소녀는 15~16살 정도의 나이에 프랑스의 왕 루이 15세의 사랑을 받아 사슴 정원에 입성하게 되었습니다. 너무나 아름답다 하여 루이즈의 성인 뮈르피를 따서 그리스어로 '아름다운'이라는 뜻의 '오모르피'와 비슷하게 오뮈르피라고 부르게 되었습니다.

게다가 마담 퐁파두르는 그토록 갖고 싶어도 갖지 못했던 왕의 아이를 몇 차례 가진 루이즈는 매우 고통스러운 유산도 경험하지만 건강한 아이도 출산합니다. 루이즈의 자녀 중 가장 잘 알려진 아이는 아가타 루이즈로, 태어난 지 얼마 되지 않아 바로 다른 곳으로 보내졌습니다. 루이 15세는 사슴 정원의 첩들로부터 태어난 아이를 자기 아이로 인정하지 않았기 때문에 공식적인 인정은 없었으나 아가타 루이즈가 결혼할 나이가 되었을 때 귀족 작위와 돈을 내려주어 귀족 남성과 결혼할 수 있도록 도와주었죠.

왕의 사랑을 받으며 사슴 정원에서 풍족하게 살아가던 루이즈는 이전의 다른 여자애들처럼 쓸데없는 욕심에 사로잡혔습니다. '나는 더 젊고, 더 예쁘고, 전하의 아이도 낳았고 더 많이 사랑받고 있는 것 같은데 왜 저 퐁파두르라는 여자는 공식 애첩이고 나는 사슴 정원에 숨어 살아야 하지?' 하는 생각을 한 것입니다. 후작부인인 마담 퐁파두르와 달리 루이즈는 작위도 없었고 베르사유 궁에 거처도 없었으니 왕의 사랑을 받을 때마다 입이 삐죽삐죽 튀어나오는 것은 어쩔 수 없던 모양입니다.

그래서 이 철부지 아가씨는 감히(!) 마담 퐁파두르를 끌어내리려고 시도합니다. 프랑스의 육군사관학교를 만드는 데에도, 세브르 도자기를 만드는 데에도 영향을 미치고 백과사전 편찬에 도움을 주며 외국 대사들까지도 그녀의 영향력을 고려하고 행동하는 바로 그 마담 퐁파두르를 말이죠.

"늙은 여자."

전하는 얘기로는 루이즈가 마담 퐁파두르를 '늙은 여자'라고 부르며 오만하게 굴었다고 하는데요. 루이즈는 자기가 왕의 마음에서 대단한 위치를 차지했다고 생각했을지 모르지만 사실 루이 15세에게 마담 퐁

부셰가 1760년에 그린 마담 퐁파두르.

파두르는 훨씬 더 중요한 사람이었던 모양입니다.

고작 2년여 총애받은 어린 아이가 자기 자리를 넘보고 왕에게 칭얼거린다는 이야기를 듣게 된 마담 퐁파두르는 루이 15세에게 넌지시 말을 건넸고 그 말 한마디에 루이 15세는 자신의 아이들까지 낳고 2년 간 총애하던 루이즈 오뮈르피를 11월의 사슴 정원에서 새벽 4시에 갑작스럽게 파리로 쫓아내버렸습니다. 11월 새벽 4시라니! 차디찬 바람이 휘몰아치는 새까만 밤에 내쫓긴 몸과 마음은 싸늘하게 식었겠지요.

그리곤 쫓아낸 지 며칠 지나지도 않아 같은 달, 그러니까 11월에 루이즈를 자크 드 보프랑셰 다이야라는 젊은 귀족과 잽싸게 결혼시켜버렸죠. 그래도 그나마 마음이 쓰이긴 했는지 젊고 잘생기고 집안 괜찮은 군인으로 고른 뒤 2만 리브르가 넘는 지참금을 안겨준데다 루이즈를 아일랜드 출신 신사의 딸로 신분 세탁도 해주었죠. 도둑 집안에서 신사 집안으로 승격했네요!

얼떨결에 새 남편이 생긴 루이즈는 남편과 두 아이를 낳았지만 둘째를 낳기 전에 남편이 전사하면서 과부가 되었습니다. 2년 뒤, 루이즈는 애 셋 딸린 이혼남, 프랑수아 르 노르망과 재혼하게 되었는데 여기서 세상 참 좁다는 말이 절로 나옵니다. 왜냐하면 프랑수아는 샤를 르 노르망과 친척이었고 샤를 르 노르망은 마담 퐁파두르의 전 남편이었거든요! 게다가 샤를 르 노르망의 친척 어른인 샤를 투르넴은 마담 퐁파두르의 친부로 의심도 받고 있죠. 그렇게 어찌어찌 루이즈는 마담 퐁파두르와 인척관계로 이어졌다고도 볼 수 있게 되었습니다.

이후 루이즈는 왕의 첩으로서 얻은 인맥과 남편의 인맥을 통해 잘먹고 잘 살면서 남편과 24년의 결혼 생활을 했고 남편이 사망한 후에는 자

퐁파두르 부인의 전 남편 샤를 르 노르망.

기보다 28살이나 어린 남자와 재혼하기도 했습니다(인생이 여러모로 범상치 않아요). 하지만 마음이 영 맞지 않았는지 2년 반 정도 후 이혼하기는 했지만요. 한때는 카사노바에게 칭송받고 부셰의 모델이자 루이 15세의 사랑받는 첩이었던 루이즈는 어린 남편과 이혼 후 조용히 살다가 77살의 나이로 평온하게 세상을 떠났다고 전해지고 있답니다.

12. 대통령, 황제를 죽이다

– 베니토 후아레스는 왜 유럽에서 온 막시밀리안을 죽였나

멕시코의 3월 21일은 공휴일입니다. 멕시코가 낳은 위대한 영웅, 베니토 후아레스 대통령의 탄생을 기념하는 날이기 때문입니다. 가난한 원주민 출신으로 유럽인 황제를 비롯한 외세를 몰아내고 자주독립국을 만들었다는 후아레스는 멕시코에서는 수많은 이들이 존경해 마지않는, 그야말로 절대적인 영웅 대접을 받습니다. 하지만 일각에서는 유럽인 황제야말로 진정으로 멕시코를 사랑한 왕이었고 후아레스는 독재자이며 현재 멕시코가 겪는 각종 문제들을 만들어낸 장본인이라고 정반대의 평을 하기도 합니다. 멕시코 역사에 한 획을 그은 후아레스 대통령과 유럽에서 온 황제, 막시밀리아노 1세의 악연을 이야기해볼까요.

1832년 7월 6일, 훗날 멕시코의 황제가 될 운명을 가지고 태어난 아기 막시밀리안은 꽤나 대단한 집안의 둘째 아들로 이 세상에 울음을 터트린 것이었습니다. 막시밀리안의 아버지는 오스트리아 대공 프란츠 카

를이었고 어머니는 바이에른의 공주인 조피(네, 『스캔들 세계사』 2권의 엘리자베트 황후 이야기에서 만났던 그 시어머니 조피 맞습니다)였으며 친할아버지는 1806년까진 신성로마제국의 황제, 1804년부터 1835년에 사망할 때까지는 오스트리아의 황제였죠. 친할머니는 나폴리와 양 시칠리아의 공주였고 아기의 대부인 친삼촌은 헝가리의 왕인데다가 막시밀리안의 친가는 그 유명한 합스부르크 집안이었습니다(엄밀히 말하면 합스부르크-로트링겐 가문으로, 왜 뒤에 로트링겐이 붙었는가에 대해서는 『스캔들 세계사』 2권을 참고하세요).

그렇기 때문에 태어난 아이가 건강한 아들이라는 것을 확인한 왕가에서는 아이에게 친삼촌의 이름인 페르디난트를 첫 번째 이름으로, 외할아버지의 이름인 막시밀리안을 두 번째 이름으로 붙여주고는 애지중지하며 키웠습니다. 위로 형이 있어 왕이 될 일은 없다 해도 귀하디귀한 황손이었으니 최고의 교육을 받으며 씩씩하게 성장했죠. 책을 아주 좋아하던 막시밀리안은 독일어, 영어, 헝가리어, 슬라브어, 프랑스어, 이탈리아어, 스페인어를 공부했고 문학, 법학, 군사학, 역사, 음악, 검술, 외교, 승마 등 왕자에게 요구되는 여러 학문들을 익혀나갔습니다. 막시밀리안은 천성이 선하고 순한 아이였습니다. 이후 그의 인생을 보아도 알 수 있듯이, 쉽게 화를 내는 일이 없었고 동정심이 많은데다 성격이 밝고 쾌활했기 때문에 이 둘째 왕자 주변엔 사람이 넘쳐났죠.

막시밀리안의 성격을 볼 수 있는 일화를 하나 이야기하자면, 1848년에 오스트리아를 비롯하여 유럽에선 군중들이 정부에 대항하는 운동이 곳곳에서 벌어집니다. 그 결과 막시밀리안의 친삼촌인 페르디난트 1세는 왕좌에서 물러나고 막시밀리안의 형인 프란츠 요제프가 18살의 나

막시밀리안의 아버지 오스트리아 대공 프란츠 카를.

막시밀리안의 어머니 바이에른의 조피 공주와 형 프란츠 요제프 1세.

이로 왕위에 올랐으며 반란군들은 모두 진압되었습니다. 형이 황제가 되자 막시밀리안 역시 형을 돕기 위해 뒤를 따랐죠. 그리고 도중에 반란군 수백여 명이 잔인하게 처형된 모습을 목격했습니다. 커다란 충격을 받은 16살 소년 왕자 막시밀리안은 공개적으로 처벌 방식을 비난했습니다.

> "우리는 현재를 계몽의 시대라고 부르지만, 지금 유럽의 도시들을 돌이켜볼 미래의 사람들은 그저 법보다 정부가 위에 있는 것을 원치 않은 죄밖에 없는 이들을 복수의 이름으로 부당하게 처형했음에 경악할 것입니다." 주17

벨기에 공주이며 영국 여왕 빅토리아의 사촌인 샬롯(훗날 카를로타 황후)의 어린 시절 모습.

2년 후 막시밀리안은 해군에 들어갔고 22살에는 해군 소장이 되었습니다. 고작 4년 만에 소장까지 오르다니, 그야말로 초고속 승진이죠? 막시밀리안이 해군에 깊은 애정을 갖고 있는 왕족이다 보니 늘 지원 부족에 허덕이던 해군에서 막시밀리안을 통해 더욱 많은 지원을 받고자 파격적인 승진을 시킨 것이었다는데 그 덕분인지 해군에선 얼마 후 전함을 비롯해 다양한 지원을 받을 수 있었습니다.

그리고 다시 3년이 지난 어느 날, 25살 어엿한 청년이 된 막시밀리안은 벨기에의 왕이자 영국 빅토리아 여왕의 숙부이기도 한 레오폴드 1세와 만나 대화를 나누던 중 그의 16살 난 고명딸 샬롯(훗날 카를로타 황후)을 만났습니다. 참고로, 샬롯의 아버지 레오폴드 1세는 영국 조지 4세의 외동딸인 샬롯 공주와의 사랑 이야기로 유명한 인물입니다. 안타깝게도 샬롯 공주가 출산 직후 사망하면서 레오폴드 1세는 10년간 홀로 살다 재혼했고 외동딸이 태어나자 새 아내의 조언대로 첫 번째 아내의 이름을 따서 샬롯이라고 이름 붙였죠. 막시밀리안과 샬롯은 곧 사랑에 빠졌고 좋은 집안의 젊은 남녀가 서로 사랑한다고 하니 양가에선 반대할 이유가 없었습니다. 유일하게 반대한 사람은 영국의 빅토리아 여왕이었죠. 빅토리아 여왕은 아끼는 사촌인 샬롯이 흔해빠진(?!) 합스부르크 가문의 남자보다는 자신이 추천하는 다른 남자와 결혼하길 바랐습니다. 하지만 예의바르고 친절한 막시밀리안을 만나본 빅토리아 여왕은 마음이 바뀌어 결혼을 축하해주었습니다.

샬롯과 막시밀리안의 결혼이 진행되기 시작하자 이는 더 이상 이 두 젊고 귀여운 커플만의 문제가 아니었습니다. 의회와 왕실간의 협상 후 벨기에에서는 샬롯에게 무려 110만 달러 상당의 지참금을 안겨주는 대신, 신랑에게 혈통에 걸맞은 고위직을 내려줄 것을 오스트리아 황제에게 요구하였습니다. 그 덕에 막시밀리안은 당시만 해도 오스트리아의 통치 아래 있던 이탈리아의 롬바르디아와 베네치아 총독 직위를 황제인 형으로부터 받게 됩니다.

막시밀리안의 어머니 조피는 둘째 며느리 샬롯을 보고 아주 흡족해 했습니다. 그리고 그럴수록 큰아들인 프란츠 요제프와 결혼한 엘리자베트는 마음에 들어 하지 않았죠. 시어머니 조피는 벨기에 왕실의 막내딸인 샬롯이 예쁘고, 똑똑하고, 착하고, (돈도 많고), 예의 바르고 가정교육도 잘 받았다며 대놓고 예뻐했고, 동서지간인 샬롯과 엘리자베트 황후는 사이좋게 지내기 힘들었습니다.

엘리자베트 황후 부부와 샬롯 부부의 만남. 분홍색 드레스 차림의 샬롯이 엘리자베트 황후의 손을 잡으며 인사하는 동안 모자에 손을 올린 엘리자베트의 남편 프란츠 요제프 황제와 샬롯의 남편인 막시밀리안이 배에서 기다리고 있다. 이탈리아 화가 세사레 델라쿠아가 1865년에 그린 그림이다.

"(시어머니의) 단어 하나하나에서 씨씨(엘리자베트 황후)는 질책받는 기분을 느껴야 했다. '샬롯은 매력적이고, 아름답고, 사람을 끌어들이는 기운이 있고, 사랑스럽고 내게 다정하다. 마치 내 평생 그 아이를 사랑한 것 같은 기분이다. 이렇게 매력적인 아내를 막스(막시밀리안)에게 주시고 내게는 또 다른 자녀를 주신 하나님께 감사드린다'라고 조피는 일기에 쓰고 있다. 그러니 이 두 며느리들이 서로를 아주 싫어하게 된 것은 그리 놀랄 일이 아니다. 궁정에서 엘리자베트의 위치는 눈에 띄게 악화되었다." [주18]

막시밀리안과 샬롯 부부의 모습.

결혼 후 1년여 간 막시밀리안은 이탈리아에서 자신이 그동안 꿈꿔온 진보적인 정책을 펼쳐나갔지만 독립을 소망한 이탈리아 사람들은 저항운동을 이어나갔습니다. 이에 막시밀리안의 형인 프란츠 요제프 황제는 조금의 저항이라도 있을 시 바로 혹독하게 진압하라는 명을 내렸지만 워낙에 잔인함과는 거리가 멀었던 막시밀리안은 명을 따르지 못하고 망설였습니다. 결국 화가 난 형 요제프는 그의 지위를 박탈했고 얼마 후 오스트리아는 이탈리아 지역 대부분을 잃었습니다.

한편 유럽 대륙에서 멀리 떨어진 아메리카 대륙에 자리 잡은 멕시코에서는 막시밀리안과 숙명적으로 대척점에 서게 될 한 남자가 자신의

멕시코 황제 막시밀리아노 1세 가계도

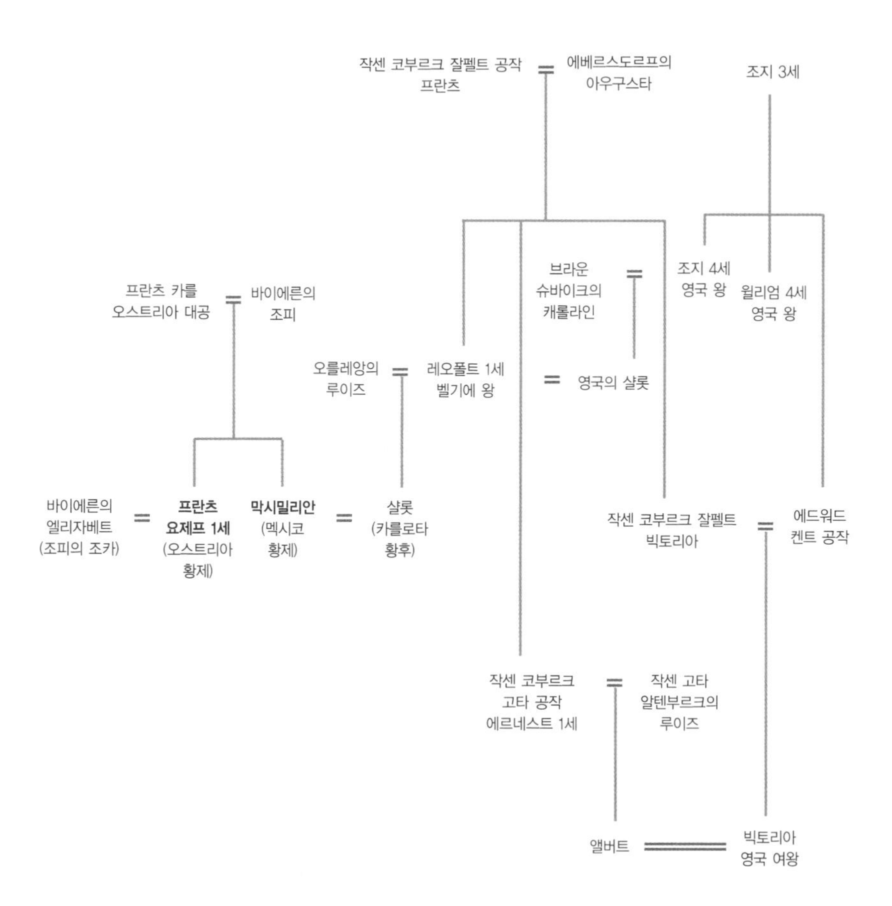

운명을 열심히 개척하고 있었습니다. 남자의 이름은 베니토 후아레스. 1806년에 멕시코 원주민인 사포텍 부족에서 태어난 그는 3살에 부모님을 여의고 가난한 친척 집에서 자라며 양치는 일과 농장 일을 도왔습니다. 교육을 받지 못했기 때문에 12살까지만 해도 사포텍어만 할 줄 알았을 뿐, 스페인어는 하나도 몰랐죠.

12살에 후아레스는 누나가 하녀로 일하는 집의 하인으로 고용되었고 공부를 하고 싶어 하는 소년의 열정을 알아본 고용주와 그 친구의 도움으로 신학교에서 공부를 할 수 있게 되었습니다(훗날 후아레스는 고용주의 딸 마르가리타와 결혼합니다). 하지만 신학보다는 법률과 정치에 더 관심이 많았던 후아레스는 얼마 후 법학을 전공했고 학교를 졸업하기도 전에 고향인 오악사카(Oaxaca)의 시의원이 되었습니다. 원주민들의 권익을 위해 싸우는 진보적인 정치인이자 연방제 지지자로 유명세를 타기 시작한 그는 고향 사람들의 성원을 받으며 오악사카 주지사(1847~1852) 자리까지 올라갑니다. 양치기 소년의 대단한 성공담이라고 생각하신다면, 놀라기엔 아직 이릅니다.

당시 멕시코는 내우외환에 시달리고 있었습니다. 8대 대통령인 안토니오 로페즈 데 산타 안나(Antonio Lopez de Santa Anna)의 부패한 정권 아래 놓여 있는 동시에 미국과 전쟁(1846~1848)을 치르고 있었으니까요. 1848년, 오악사카 주지사였던 후아레스는 대통령 산타 안나가 오악사카 지역을 미국과의 전쟁에 끌어들이는 것을 금지했고 그 때문에 1853년에 뉴올리언스로 유배당했습니다.

그곳에서 산타 안나를 반대하는 동지들을 만난 후아레스는 2년 뒤 멕시코로 돌아와 산타 안나를 대통령 자리에서 쫓아낸 후, 뒤이어 들어선 알바레스, 코몽포르트로 이어지는 1855~1858년까지의 정권에서 법무장관이 되었습니다. 그리고 얼마 지나지 않아 자기 이름을 딴 후아레스법을 만들었죠. 그때까지 성직자와 군인은 죄를 지으면 그들이 속한 조직의 법정에서 재판을 받았고 그런 덕분에 솜방망이 처벌을 받거나 무죄가 되곤 했습니다. 후아레스법은 성직자와 군인도 조직의 법정이 아닌, 일반 법정에서 재판과 처벌을 받도록 하였습니다.

1857년에는 멕시코 헌법이 새롭게 만들어졌습니다. 미국의 헌법을 기초로 한 이 헌법은 언론과 종교의 자유, 노예 해방, 무장할 권리, 신분제와 사형제 폐지 및 대통령의 재임 불가 등의 내용을 담고 있었죠. 이 가운데 레르도(Lerdo)법이라고 불리는 조항이 있었습니다. 교회 건물을 제외한 교회의 토지를 압류하고 종교 목적이 아닌 토지의 소유를 막는 조항이었죠. 게다가 헌법에 '종교의 자유'가 명시된 이상 가톨릭은 더 이상 멕시코의 국교가 아니었고, 군대와 교회의 힘은 한없이 약해지기 시작했습니다. 어찌나 약해졌는지 성직자들은 사제복을 입고 공공장소에 나가는 것조차 불법이 되었습니다. 보수 세력이 추구하던 전통적 가치와 유럽에서 이어진 기득권층의 권력이 위태로워지는 순간이었죠. 공동체의 재산을 없애버린 레르도법은 교회의 힘을 더욱 더 약하게 만들기 위함이었으나 후아레스의 지지 기반이었던 원주민들에게도 큰 피해를 가져왔습니다. 교황 비오 9세는 이 법들을 격렬하게 비난했고 멕시코의 주교들은 이 법에 찬성하는 가톨릭 신자들을 파문시키겠다고 으름장을 놓았으며 경악한 보수 세력은 자신들만의 대통령을 세우면서 계속해서 저항했습니다.

코몽포르트가 대통령이 된 지 채 3년도 안 된 1858년, 계속되는 진보

1857년의 멕시코 헌법을 수호하는 멕시코 여인. 이 헌법은 언론과 종교의 자유, 노예 해방, 무장할 권리, 신분제와 사형제 폐지 및 대통령의 재임 불가 등의 내용을 담고 있다.

와 보수의 내전 속에서 코몽포르트 정부는 무너져내렸고 법무장관이었던 후아레스는 임시 대통령 자리를 차지했습니다. 비록 선거를 통해 선출된 대통령은 아니었지만 양치기 소년이 멕시코 원주민 최초로 대통령이 되었으니 그야말로 역사적인 순간이었죠. 후아레스가 대통령이 된 뒤에도 내전은 계속되었지만 그는 군대의 힘을 더욱 약화시키기 위해 군대의 예산을 깎고 군인의 수를 수천 명씩 줄여나갔습니다. 그 때문에 멕시코에는 일자리를 잃은 군인들이 길거리를 배회하고 다녔죠. 계속되는 진보와 보수의 내전 속에서 양측은 자금 부족에 허덕여야 했고, 후아레스는 이를 해결하겠다며 악명 높은 매클레인-오캄포 조약

(1859)을 미국과 체결합니다.

미국의 멕시코 대사였던 매클레인과 진보 측의 외교부 장관이었던 오캄포의 이름을 딴 매클레인-오캄포 조약은 멕시코가 400만 달러를 받는 대신 미국인들이 멕시코 남동부의 테우안테펙 지협과 리오그란데강 남쪽에서 멕시코 서해안까지, 캘리포니아만안에 있는 항구도시인 과이마스부터 애리조나주와 접해 있는 노갈레스까지 자유로운 통행을 허용한다는 내용을 담고 있습니다. 오고가는 미국인들을 보호한다는 명목으로 미국의 군대 역시 통행할 수 있었고 군대와 민간인 모두 통행료 면제에, 멕시코는 이렇게 이동하는 이들을 위한 창고까지 지어야 했습니다. 그와 더불어 미국에서는 빠른 이동을 위해 이 지역에 철로 등을 놓을 수 있는 지역권(토지를 특정 목적으로 이용할 권리)을 갖고자 했죠.

타국의 국민과 군대가 제멋대로 내 나라를 드나든다니 영 좋게 들리는 얘긴 아닙니다. 게다가 400만 달러 중 절반인 200만 달러는 현금으로 제공하는 것이 아니라, 이 조약으로 인해 도로를 이용하는 사람들 사이에서 문제가 일어날 경우 이를 해결하기 위한 자금으로, 결국 제대로 받는 돈은 겨우 200만 달러였습니다.

당시 미국 대통령이었던 제임스 뷰캐넌은 당연히 이 조약을 쌍수를 들고 반겼으나 멕시코에서는 베니토 후아레스가 도대체 누구 편이냐는 논란이 분분했고 돈 몇 푼을 위해 권리를 팔아먹은, 이 조약을 조국에 대한 배신 행위로 취급했습니다. 심지어 앞에서 말한 멕시코-미국 전쟁(1846~1848)에서 미국에 패배한 지 고작 11년이 지났을 뿐이었으니 배신감과 적개심은 더더욱 컸죠. 멕시코와 후아레스에겐 다행히도 이 조약은 머지않아 터질 남북전쟁(1861~1865)을 예견한 미국 상원(대다수가 북부

멕시코 원주민 출신으로 대통령 자리까지 올라간 지도자, 베니토 후아레스.

출신)에서 전쟁 시 남부 군대의 쉬운 이동을 염려하여 거부함으로써 무효화되었습니다.

1861년에 투표를 통해 다시 한 번 대통령으로 당선된 후아레스는 멕시코가 외국에 진 모든 빚에 대한 지불 유예를 선언했습니다. 경제적으로 허덕이는 멕시코를 위한 결정이었지만 돈을 빌려줬던 국가들이 보기엔 이보다 괘씸할 순 없었겠죠. 멕시코로부터 돈을 받아내고자 했던 스페인, 영국, 프랑스는 런던에서 만나 조약을 체결했고 프랑스는 멕시코에 왕정을 복귀시키고 말겠다는 결심을 더욱 굳혔습니다. 프랑스의 나폴레옹 3세는 미국이 아메리카 지역의 정치와 경제를 쥐락펴락하게 될까 염려한 지 오래였기 때문에 이에 대적하기 위해선 멕시코 보수파를 왕당파로 만들고 새로운 왕을 세워야 한다고 생각했습니다. 왕정을 세우고 싶던 프랑스와 멕시코를 잃은 것을 여전히 아쉬워하며 입맛을 다시고 있던 스페인, 그리고 영국은 멕시코로 가서 빚 문제를 함께 해결하고자 합니다.

후아레스는 영국과 스페인과는 돈 문제를 곧 해결했지만 프랑스하고는 도무지 합의가 이루어지지 않았습니다. 프랑스는 멕시코에게 빌려준 돈을 매우 부풀려서 불렀는데, 이는 돈을 받아내기 위해서라기보단 전쟁을 시작하여 후아레스를 제거하고 새로운 왕을 세우겠다는 전략을 짰기 때문이었죠. 결국 1862년 5월, 프랑스는 군대를 진격시켰고 후아레스는 프랑스가 점령한 지역을 계엄 상태로 명명하면서 멕시코-프랑스의 분쟁이 본격적으로 시작되었습니다. 미국은 후아레스를 지원하며 멕시코의 보수 뒤에 서 있는 프랑스를 경계했고 보수 측과 프랑스의 나폴레옹 3세는 후아레스에게 대적할 만한 인물을 찾고 있었습니다. 그들의 눈에 딱 들어온 인물이 있었으니, 바로 오스트리아의 둘째 왕자 막시밀리안이었죠.

1863년 10월, 베니토 후아레스를 몰아내고자 하는 멕시코 보수파들과 멕시코에서 가톨릭의 권위를 다시 세우고 프랑스의 입김을 키우고자 했던 나폴레옹 3세의 의견이 일치하자 이들은 막시밀리안에게 달려갑니다. 그리고는 막시밀리안에게 멕시코인들이 그를 황제로 선택했다며 어서 황위에 올라 달라 청하죠.

왜 하필 막시밀리안이었을까요? 이는 모두 혈통과 관련이 있었습니다. 스페인 왕실을 지배하던 합스부르크 가문은 16세기부터 오늘날 멕시코와 미국, 캐나다의 서부에 이르는 '누에바 에스파냐(새로운 스페인)' 영토를 통치해왔습니다. 그러다 스페인의 카를로스 2세가 1700년에 자

'황제가 되어주십시오.' 멕시코 사절단을 접견하는 막시밀리안.

식 없이 사망하여 '스페인 합스부르크'의 대가 끊기고 스페인 왕위 계승 전쟁 끝에 왕좌가 프랑스의 부르봉 왕가로 넘어가기 전까지 합스부르크는 스페인 영토 전역에서 휘날리던 왕실의 이름이었죠. 그러니 '새롭게 멕시코 황위에 오를 황제라면 합스부르크 가문의 적통이지만 건강한 형 때문에 결코 왕위에 오르지 못할 막시밀리안만큼 적합한 상대가 또 누가 있겠어!' 싶었던 거죠.

그러나 자신들의 입맛대로 행동하는 꼭두각시 황제를 원했을 나폴레옹 3세와 멕시코 귀족들은 자신들이 상대를 잘못 골라도 한참 잘못 골랐음을 처음부터 눈치 챘어야 했습니다. 잽싸게 달려온 이들의 이야기를 듣던 막시밀리안은 황제가 될 수 있는 기회를 듣고 기뻐하며 당장 붙잡기는커녕 고민을 거듭하다 자신이 그들의 황제가 되는 것이 정말로 멕시코 국민들의 뜻인지 알고 싶다며 국민 투표를 해달라고 요청했거든요.

몇 달 뒤에 결과를 받아든 막시밀리안은 자신을 이토록 애타게(?) 찾는 사람들이 있다는 것에 감동하여 오스트리아 황제 계승권을 포기하고 멕시코의 황제가 되기로 결정합니다. 그렇게 32살의 막시밀리안과 23살의 샬롯은 1864년 5월 28일, 멕시코의 베라크루즈에 도착하였습니다. 황위에 오르기 위해 멀리서 바다 건너 온 새로운 황제 부부는 자신들을 부른 멕시코 사람들의 대대적인 환영을 기대했을지 모르지만, 정작 그들이 만난 것은 진보파 도시인 베라크루즈의 차가운 반응이었습니다. 소규모의 사람들만 이들을 환영하기 위해 모여 있었고 대부분의 사람들은 황제 부부의 도착에도 고개도 내밀지 않았죠. 그래도 아직 희망으로 가득 차 있던 황제 부부는 멕시코 귀족들과 만나, 이곳에서 멕시코인들에게 처음으로 서면을 통해 공식 인사를 합니다.

> "멕시코인들이여, 그대들이 내가 오기를 청하였다! 그대들의 운명을 지켜보라고 이 훌륭한 나라의 다수의 국민들이 나를 선택하였다. 그리하여 나는 그대들의 부름에 응답하였도다. 비록 내 조국에 영원히 작별을 고하는 것은 고통스러운 일이었으나, 신께서 그대들을 통해 나를 선택하시고 내 온 힘과 마음을 다해 전쟁과

비극에 지친 그대들에게 평화와 안녕을 가져오라 하셨음을, 독립을 쟁취한 그대들이 문명의 혜택을 맛보고 진정한 발전을 얻길 원하심을 믿기에 내 나라를 떠났도다."

— 1864년 5월 28일, 막시밀리아노 1세의 선언문 주19

약 2주 간의 내륙 여행 끝에 6월 11일, 막시밀리안과 샬롯은 멕시코의 수도인 멕시코시티 부근에 이르렀습니다. 친프랑스이자 보수파가 많았던 멕시코시티에서는 황제 부부가 수도에 도착하는 것을 기다리지 못하고 옷을 곱게 차려입고 마중 나온 사람들로 발 디딜 틈이 없을 정도였습니다. 이들은 나폴레옹 3세의 이름과 함께 막시밀리안의 멕시코식 이름인 막시밀리아노 1세를 큰 소리로 외치며 음악을 연주하고 노래를 부르며 환영했습니다.

멕시코시티에 도착했을 땐 환영 인파는 더더욱 커져 사람들은 황제 부부를 구경하기 위해 길거리에 줄을 서고 2층, 3층의 창문을 열어젖히고 위에서 손을 흔들며 막시밀리안의 이름을 부르짖었습니다.

"멕시코시티의 사람들은 그간 공격적이고 오만한 여러 지도자들이 오고 가는 것을 지켜보았지만 막시밀리안과 샬롯이 도착한 날은 매우 다른 행사였다. 심지어 편파적인 프랑스 「레스타페(L'Estafette)」지의 심드렁한 편집자조차도 '오늘은 아우성도, 잘난 체도, 복수를 향한 부르짖음도 없었다. 모든 '비바(만세)'는 국민들의 사랑을 받고 신뢰하는 자신만만한 어린 군주들을 보고 진실된 마음에서 우러난 것 같았다. 가장 감동적이었던 것은 모든 이들이 (새로운 황제 부부에게) 최고의 환영인사를 해주려고 노력했다는 점이었다. 심지어 중심에서 멀리 떨어진 거리들에서도 낙엽 화환, 야자나무 잎사귀, 밝은 천 등으로 장식을 하지 않은 집을 찾기가 어려울 정도였다.' 이 프랑스인은 이런 환영을 막시밀리안이 국민의 선택을 받았음을 보여주는 헌신이라고 생각해 이를 보고 후아레스를 포함한 진보파들이 굴복할 것이라 여겼다." 주20

가슴 벅찬 환영 인사를 받은 부부는 멕시코의 황제 부부로서 막시밀리아노와 카를로타라는 멕시코식 이름을 받고 멕시코인을 위한 정치를 펼쳐나갔습니다. 막시밀리아노를 옹립했던 이들은 멕시코인들을 야만인이라 생각하고 유럽 스타일로, 나폴레옹 3세가 원하는 방식으로, 멕시코의 귀족들이 더욱 더 많은 권력을 마음껏 누릴 수 있도록 정치하기를 바랐겠지만 막시밀리아노는 전혀 그럴 생각이 없었습니다. 자상하고 동정심이 많았던 막시밀리아노는 멕시코인들의 보호자로서 온정주의로 통치하겠노라 하였고 농민들을 위한 개혁을 실시했습니다. 가난한 이들의 세금을 줄여주고 부유한 이들에게는 증세했으며 노동자들의 근무 시간을 단축시키고 아동 노동을 금했습니다. 적은 빚은 탕감해주고 신체형(체벌을 가하거나 손발을 자르는 형벌)을 금했으며 농민들의 최소 임금을 보장했죠. 땅이 없는 자들에겐 국가에서 쓰지 않는 공공 토지를 나눠주고 20가구 이상을 고용한 고용주는 고용인들에게 무상으로 초등 교육을 제공하라 명하였습니다.

후아레스를 필두로 하는 진보당들은 막시밀리아노의 통치를 인정하지 않았으나 막시밀리아노는 잡혀온 진보당 포로들을 사면해주거나 감금 기간을 단축시켰습니다. 이로써 막시밀리아노는 조금씩 진보측의 사랑을 받기 시작했지만, 정작 그를 유럽에서 불러들여 황제 자리에 앉혔던 귀족들과 부유층은 점차 등을 돌리기 시작했습니다.

그러는 동안 후아레스파를 상대로 한 황제파의 전쟁은 승리를 향해 가고 있는 듯했습니다. 후아레스를 지지하는 군대의 수는 적은 데 비해 황제파는 프랑스군 3만 명과 멕시코군 2만 4,000명 등 무려 6만여 명의 군대를 지휘하고 있었죠. 수적 열세에 시달리던 후아레스는 게릴라전에 돌입했고 막시밀리아노는 승리를 목전에 두었다는 예상에도 불구하고 '충성을 맹세하면 모든 죄를 사면하고 총리직을 내리겠다' 고 후아레스에게 제안하였습니다.

하지만 후아레스는 멕시코를 점령한 외세의 유혹에 굴복할 생각이 전혀 없었으므로 막시밀리아노의 제안을 거절하고 미국이 남북전쟁이 끝나면 자신들을 지원할 것이니 막시밀리아노는 가능할 때 서둘러 나라를 떠나는 것이 좋을 것이라고 답했습니다.

막시밀리아노 1세 : "(후아레스가) 나를 충성스럽고 신의 있게 도우러 온다면 그는 다른 모든 멕시코인들처럼 두 팔 벌린 환영을 받을 것이다. 나는 후아레스를 내 조언자이자 친구로 받아들일 준비가 되어 있다."

베니토 후아레스 : "미국 정부의 태도를 보건데…… 막시밀리아노는 그가 왕좌라 부르는 그 자리에 오래 앉을 미미한 가능성도 없다. …… 미국은 결코 (막시밀리아노가) 세력을 굳히도록 허락지 않을

머나먼 멕시코에서 황후가 된 카를로타의 초상.

것이며 그의 희생과 승리는 결국 무로 돌아갈 것이다." 주21

그렇게 전쟁이 계속되는 동안 대통령 임기가 끝나가자 후아레스는 스스로 임기를 연장합니다. 하지만 우리가 앞서 보았던 1857년에 제정된 멕시코 헌법을 따른다면 있을 수 없는, 명백한 불법이었습니다.

> 대통령과 부통령은 12월 첫째 날에 임기를 시작하여 6년 간 근무하며 결코 재임될 수 없다.
>
> — 1857년 제정된 멕시코 헌법 78조

이에 지지자들 사이에선 민주주의를 거스르는 독재라며 비판하는 목소리가 나오기 시작했습니다. 남북전쟁 시, 미국 남부 지역에선 프랑스가 자신들을 지지하는 대가로 자신들도 멕시코의 황제를 인정하겠다고 했었지만 전쟁에서 북부가 승리하면서 이는 모두 철회되었습니다. 전쟁 후 미국은 먼로주의를 내세우며 프랑스군이 멕시코에서 철수할 것을 요구했고 황제가 다스리는 멕시코를 반대한 미국의 정치인들은 후아레스에게 무기와 물자를 지원했죠.

프랑스군과 후아레스파의 전투가 끝없이 계속되자 멀고 먼 이국 땅 멕시코에서 프랑스 청년들이 죽어나가는 것에 대해 프랑스 내에서 여론이 추락하기 시작했습니다. 그렇잖아도 후아레스를 지원하던 미국이 이젠 남북전쟁도 끝났으니 더욱 지원을 아끼지 않을 것을 염려한 나폴레옹 3세는 결국 프랑스군을 멕시코에서 철수시키기로 합니다. 그렇게 막시밀리아노 황제를 지원하던 프랑스군이 철수하고 미국이 본격적으로 후아레스 편을 들기 시작하자 전세는 뒤바뀝니다.

황제파가 점차 궁지에 몰리자 카를로타 황후는 서둘러 유럽으로 달려가 남편을 도와달라고 여기저기 요청합니다. 하지만 패배가 불 보듯 뻔해진 오스트리아의 둘째 왕자에게 손을 내밀어 주는 이는 아무도 없었죠. 그러는 사이 후아레스측은 멕시코시티를 점령했고 막시밀리아노는 나폴레옹 3세를 포함하여 유럽의 측근들로부터 다 버리고 도망치

제국주의의 탐욕으로 멕시코 황제가 되고 정치적 희생양이 되어버린 막시밀리아노 1세.

라는 조언을 들었음에도 자신을 따르는 자가 남아 있는데 이들을 버리고 가는 것은 불명예스러운 일이라며 거부합니다. 막시밀리아노는 자신이 황제 자리에서 물러나야 할지를 그의 지지자들에게 결정하도록 했고 지지자들의 주장대로 결국 싸움은 계속되었습니다.

하지만 한 번 뒤바뀐 역사의 흐름은 거스를 수 없었습니다. 1867년 5월 15일, 막시밀리아노 1세와 그의 추종자들은 케레타로(Queretaro) 지역

후아레스의 혁명군과 마주한 막시밀리아노 1세. 눈물을 흘리는 지지자들을 담담히 위로하고 있다.

에서 붙잡혔습니다. 사형제를 폐지한 1857년의 헌법에도 불구하고 후아레스와 혁명군은 황제에게 프랑스가 멕시코를 점령한 동안 사망한 모든 멕시코인의 죽음에 책임이 있다는 이유로 막시밀리아노와 그의 곁을 지키던 장군들에게 사형을 선고했습니다. 이 소식을 들은 영국의 빅토리아 여왕을 비롯한 다른 유럽의 군주들은 물론이요, 이탈리아의 유명한 군인이자 정치인인 주세페 가리발디, 『레미제라블』과 『노트르담의 꼽추』로 유명한 프랑스의 대문호 빅토르 위고 등 수많은 정치인과 지식인들까지 부디 자비를 베풀어 막시밀리아노의 목숨만은 살려달라고 간곡히 요청하는 전보를 후아레스에게 보내왔습니다.

> 오늘 나는 멕시코에게 막시밀리안의 목숨만을 살려주길 요청합니다.
> 이 바람은 이루어질 수 있을까요?
> 예, 어쩌면 지금 이 순간 이미 나의 바람은 이루어졌을지도 모르지요.
> 막시밀리안은 후아레스에게 목숨을 빚지게 될 것입니다.
> 그럼 그에게 내릴 처벌은 어쩌느냐고 물을지도 모르지요.
> 그에게 내려질 처벌은 이것입니다.
> '막시밀리안은 공화국의 자비로 살았노라' 고.
> — 빅토르 위고가 후아레스에게 보낸 편지의 마지막 부분 [주22]

멕시코 국민들 중에도 황제의 처형만은 반대하는 이가 많았습니다. 국내외를 막론하고 이러한 요청들이 쏟아지고 있음을 알았던 유럽의 언론은 후아레스가 막시밀리아노를 죽이지 못할 것이라고 예상했습니다. 하지만 후아레스의 굳은 결심은 전혀 변치 않았죠. 그렇게 사형 집행의 날이 다가왔습니다.

1867년 6월 19일, 죽음을 앞둔 막시밀리아노는 감옥에서 나와 하늘을 보며 "이 얼마나 아름다운 하늘인가! 내가 죽는 날 보고 싶었던 풍경이구나!"라고 외쳤습니다. 그런 막시밀리아노를 처형하게 될 부대의 부대장은 그에게 용서를 구하며 자신은 군인이기에 명을 따라야 하지만

멕시코의 마지막 황제 막시밀리아노 1세의 처형. 프랑스 화가 에두아르 마네는 막시밀리안의 죽음을 소재로 한 그림을 두 번 그렸는데, 1867년에 그린 초기작에서는 군인들이 멕시코 풍의 챙이 넓은 민속 모자를 쓰고 있다.

이 처형에 동의하지 않는다고 말했습니다. 막시밀리아노는 군인은 명을 따르는 것이 당연하다며 그 친절한 마음은 무척 고마우나 명을 집행해주길 부탁한다고 대답했죠.

막시밀리아노는 형 집행 전 자신을 쏘게 될 군인들에게 금화와 시가 한 개비씩을 쥐여주며 아들의 얼굴을 보고 싶어 할 어머니를 위해 얼굴이 아닌 가슴을 겨눠달라고 부탁하였습니다. 형 집행 시각이 다가오자 황제는 자신의 양 옆에 서서 함께 처형될 장군들을 포옹한 뒤, 몇 발짝

마네가 1868~1869년에 다시 그린 그림. 막시밀리아노 1세는 멕시코인이 아닌 프랑스와 나폴레옹 3세에게 살해된 것이라고 생각하여 처형하는 군인들에게 프랑스식 군복과 군모를 입혔다.

걸어나가 하나도 빠짐없이 나와 있는 케레타로 사람들에게 이렇게 말했습니다.

"멕시코인들이여! 내 피와 내 고향의 사람들이여! 나와 같은 감정을 갖고 살아 숨 쉬는 그대들이라면 신의 섭리에 따라 다른 이들의 행복을 구축하거나 순교자가 될 것이다. 내가 그대들에게 왔을 때 내게 숨겨진 뜻은 전혀 없었다. (중략) 선의로 한 요청을 듣고 왔던 것이다. 이 삶을 떠날 준비를 하며 나는 내 능력이 허락하는 한 오직 좋은 일만을 하려 했음에, 날 사랑하고 믿는 이들에게 버림받지 않았음에 대한 위안을 안고 간다. 멕시코인들이여! 내가 흘리는 이 피가 마지막으로 흐르는 피이길! 내가 받아들인 불운한 나의 조국이 이제는 승승장구하기를 빈다!" 주23

말을 마치고 제자리로 돌아간 막시밀리아노는 "비바 멕시코(멕시코 만세)!"라는 말을 마지막으로 하늘을 바라보며 조용히 처형의 순간을 기다렸고 곧 5발의 총알이 그의 가슴과 복부에 박혔습니다. 즉사하지 않은 막시밀리아노는 바닥에 쓰러져 "불쌍한 샬롯, 불쌍한 샬롯……."이라고 아내의 이름을 중얼거리며 고통스럽게 죽어갔습니다. 그렇게 오스트리아 왕실의 둘째 아들로 태어나 멕시코의 마지막 황제가 되었던 막시밀리아노는 멕시코의 푸른 하늘 아래서 눈을 감았습니다.

막시밀리아노가 죽는 순간까지 이름을 되뇌었던 사랑하는 아내 카를로타 황후는 어떻게 되었을까요? 샬롯은 남편이 멕시코에서 고군분투하는 동안 남편을 도와달라고, 제발 살려달라고 도움을 청하며 온 유럽을 돌아다녔지만 아무도 도와주지 않자 정신적으로 무너져 내렸습니다. 적들이 자신을 죽이려 한다고 믿었던 그녀는 음식도 거의 먹지 않고 거리의 분수에서 물을 마셨으며 잠도 잘 자지 못했죠. 벨기에 왕실의 고명딸로 사랑받으며 자랐던 샬롯의 상태에 깜짝 놀란 벨기에 왕실은 샬롯을 거둬들여 보살폈습니다.

당시 겨우 26살이었던 샬롯은 신체적으로는 건강하고 아름다웠지만 마음은 영원히 제자리를 찾지 못했기에 상태를 걱정한 의사들은 막시밀리아노가 처형되었다는 소식을 듣고도 차마 알리지 못했습니다. 조금씩, 조금씩 제정신인 시간은 줄어갔고, 샬롯은 남편의 죽음을 제대로 이해하지 못한 채로 남편의 물건을 소중히 여기며 60년을 더 살다가 86살에야 남편이 기다리고 있을 하늘나라로 갈 수 있었습니다.

막시밀리아노가 세상을 떠난 후, 유럽 국가들은 '피투성이 암살자'를 대통령으로 인정할 수 없다며 멕시코의 새로운 정부를 거부했습니다. 미국의 경우 상반된 의견을 내놓기도 했는데 후아레스를 계속해서 지원했던 미국 정부의 태도와는 달리 막시밀리아노가 사형에 처해진 지 며칠 뒤인 1867년 7월 4일자 「뉴욕타임스」는 '멕시코 야만인들의 범죄'라는 제목으로 막시밀리아노를 처형한 후아레스를 강력하게 비난하기도 했습니다.

> '멕시코 야만인들의 범죄'
>
> 스스로 진보당 정부라고 하는 멕시코 패거리와 야만적인 지도자는 서구 문명의 정서에 반대된 행동을 해대는 꼴이 진즉 지구상에서 없애버렸어야 했을 골칫거리들이다. 이 점을 깨닫기 위해서는 6월 19일 아침에 케레타로에서 벌어진 피투성이의 비극에 대해 자세히 설명할 필요도 없다.
>
> —「뉴욕타임스」 1867년 7월 4일자에서 발췌(부분 의역)

베니토 후아레스는 멕시코의 대통령으로 다시 한 번 자리매김했고, 대통령은 재임이 불가능한데다 자기 스스로 대통령 임기를 늘리는 일은 불법이라는 논란에 새롭게 대통령 선거를 치르기로 합니다. 엄밀히 말하면 후아레스는 후보로 나설 자격이 없었으나 그는 두 번 더 대통령에 당선되어 1872년에 심장마비로 사망하는 순간까지 모두 다섯 번이나 대통령 자리에 앉았습니다.

멕시코를 지배하려 들었던 외세의 침략으로 규정되는 막시밀리아노 황제가 조용히 잊혀져가는 사이, '가난한 원주민 집안에서 태어나 외세를 물리치고 멕시코를 일으킨 위대한 대통령' 베니토 후아레스는 지금까지도 수많은 멕시코인들의 열렬한 존경을 받고 있으며 멕시코 도처에서 그의 동상과 함께 그의 이름을 딴 거리, 공항, 공원 등을 찾아볼 수 있습니다. 역사는 승자의 기록이고 패자는 말이 없다지만 가끔은 패자의 목소리에도 귀를 기울여본다면 세상을 또 다른 시각으로 볼 수 있지 않을까요.

13. 러시아 황태자를 암살하라!

– 방일한 러시아 황태자를 공격한 일본 순사 쓰다 산조

러시아의 위대한 군주 중 하나로 일컬어지는 표트르 대제는 젊었을 적에 서유럽을 돌면서 유럽의 군주들과 만남을 가지기도 하고 정체를 숨기고 사람들과 어울리며 기술을 배우기도 했습니다. 비록 2미터가 넘는 키 때문에 정체를 숨기기는 매우 어려웠지만요! 표트르 대제의 이런 점을 본받아 이후 러시아 황실에는 황태자들이 청년이 되면 여행을 보내고는 했죠. 이번 이야기의 주인공인 니콜라이 황태자(훗날 니콜라이 2세) 역시 여행에 나서게 됩니다. 발전하는 유라시아 지역의 중요성을 주목한 니콜라이 황태자는 표트르 대제와 달리 반대쪽인 동쪽으로 향했죠. 니콜라이 황태자의 여행의 가장 큰 목적은 블라디보스토크에서 열리는 시베리아 철도 기공식에 참석하는 것이었습니다.

니콜라이 황태자는 우리나라와 굉장히 근접한 도시인 블라디보스토크로 향하는 길에 러시아 서북쪽에 위치한 도시인 가치나부터 그리스,

혁명의 거센 파도 속에서 왕좌를 잃어버린 러시아 마지막 황제 니콜라이 2세의 황태자 시절 모습.

이집트, 인도, 실론(스리랑카의 옛 이름), 시암(태국의 옛 이름), 인도네시아, 중국, 홍콩, 일본의 나가사키, 오사카, 고베, 교토 등을 여행 후 블라디보스토크로 향합니다. 정말 제대로 여행하며 멀게 멀게 돌아갔죠. 인도에서는 관광객이라면 누구나 들르고 싶어 하는 타지마할도 구경하고 중국의 녹차 밭도 관광하며 유람을 즐긴 니콜라이 황태자가 일본의 교토 지역을 여행할 때 즈음, 이야기는 시작됩니다.

니콜라이 황태자는 일본 입장에선 아주아주 귀한 손님이었습니다. 일본은 황태자를 맞이하기 위해 성대한 준비를 했고 사람들은 러시아와 일본 깃발을 흔들며 황태자를 반겼죠. 그동안 여러 동양 국가들을 관광했던 니콜라이 황태자는 일본에 도착해서 팔에 용 문신을 하기도 하고 지나가는 일본 여성에게 길에서 파는 머리핀을 괜스레 하나 사주기도 하며 일본의 문화를 즐기고 있었습니다(길 가는데 황태자가 머리핀을 사주다니 로맨스 소설의 시작 같지만 현실에서 그런 일은 일어나지 않았네요).

교토 옆의 오쓰 시에 간 니콜라이 황태자와 일행들이 인력거를 타고 이동하고 있을 때, 갑자기 순사 하나가 칼을 뽑아들고 뛰쳐나오더니 황태자를 향해 휘둘렀습니다. 첫 번째 시도가 원하는 결과를 내지 못하자 순사는 도망치는 황태자를 향해 다시 한 번 칼을 휘둘렀고 이번에는 황태자의 친척인 그리스의 왕자 요르요스가 손에 쥔 지팡이로 공격을 막아냈습니다.

러시아의 황태자를 죽이려 시도했던 순사, 쓰다 산조는 곧바로 다른 순사들에 의해 제압당했고 체포되었습니다. 니콜라이 황태자는 심각한 부상을 입은 것은 아니었지만 이마 오른쪽에 9센티미터에 달하는 기다란 상처를 입고 피를 흘려 손수건으로 지혈을 하고 있는 상황이었죠(참고로 이 손수건은 훗날 로마노프 황가의 유골들의 정체를 밝히는 데 사용될 뻔했으나 너무 많은 DNA가 묻어 있어 실패했습니다).

가벼운 부상이라 목숨에는 지장이 없었지만 더 이상 관광할 기분은 아니었겠으니 모든 일정을 취소하고 함선으로 되돌아가 휴식을 취한 니콜라이 황태자의 소식이 전해지자 일본은 발칵, 그야말로 발칵 뒤집혔습니다. 훗날 쓰다 산조는 "니콜라이 황태자가 천황을 먼저 뵙고 인사드리지 않고 관광이나 하고 있는 꼴이 보기 싫었고 일본을 속이려 하여 공격한 것이었다."고 황태자를 공격한 이유를 자백했다는데요. 그의 말대로라면 무례한 황태자를 혼쭐을 내주려다 되려 일본 열도가 혼쭐

인력거를 타고 나가사키를 여행 중인 니콜라이 황태자.

나게 만든 꼴이네요.

일본 왕실부터 평범한 백성들에 이르기까지 모든 사람들은 러시아의 황태자가 그 수많은 국가들을 여행하는 동안 무탈하다가 하필 일본에서 미친 놈을 만나 공격당했다는 사실에 아연실색하며 러시아에서 이를 핑계 삼아 일본으로 쳐들어오는 것은 아닐까 전전긍긍하였습니다. 그리고 러시아의 분노를 피하기 위해 전력을 다하여 사과하기 시작합니다. 일본 왕은 러시아의 황태자가 공격당했다는 소식을 듣고는 어전회의를 열고 심각하게 대책을 논의했고 곧 기차를 타고 교토로 내려가 니콜라이 황태자가 머물고 있는 함선을 찾았습니다. 신하들은 '납치당할 수도 있다' 며 병문안을 말렸지만 납치의 위협을 고려하기에는 그렇게 납작 엎드리고 유감의 뜻을 표하지 않으면 러시아의 엄청난 군대가

도쿄를 잿더미로 만들어버릴지도 모른다거나 러시아가 일본을 식민지로 삼을 수도 있다는 공포가 만연했기에 서둘러 황태자를 만나러 갔고 러시아로 사절단도 파견하였습니다.

일본 사람들 사이에 퍼진 공포와 혼란은 놀라울 정도였습니다. 우리에게 익숙한 이름인 이토 히로부미는 계엄령을 선포했고 학교들은 휴교했으며 전국의 어린 학생들에게 위문품과 편지를 보내게 했습니다. 전보가 무려 1만 통이 넘게 도착했다고 하니 대단하죠. 일본의 야마가타 현의 어떤 마을에서는 암살 미수범과 같은 '쓰다'라는 성을 가진 이들은 모두 성을 바꾸고, '산조'라는 이름을 신생아에게 사용하지 않기로 결의하기까지 했습니다.

심지어 사건이 일어나고 9일 후인 5월 20일에는 하타케야마 유코라는 27살 난 여성이 너무나 통탄스러운 일이 일어났으니 죽음으로 사죄하겠다며 교토 부청 앞에서 면도칼로 가슴과 목을 스스로 찔러 자살을 시도했습니다. 병원으로 실려갔으나 곧 사망한 그녀의 명예로운(?) 죽음은 '열녀 유코'라는 제목으로 신문에 실렸고 사람들은 그녀를 위해 추모식을 열기도 했죠. 사건이 지난 후에도 쓰다 일가는 계속 괴롭힘을 당한 끝에 멸족했습니다.

이처럼 일본이 온 몸을 던져 사과를 한 덕분인지 일본 입장에선 다행스럽게도 니콜라이 황태자의 아버지인 알렉산드르 3세는 아들 이마에 살짝 상처가 난 정도로 일본을 쑥대밭으로 만들 생각은 아니긴 했지만 일본 정부는 마무리로 범인 쓰다 산조를 사형시키고야 말겠다고 마음먹었습니다. 그리 어려운 일은 아닌 듯했습니다. 다른 나라 왕족이긴 하지만 어쨌든 니콜라이는 일본을 방문한 '왕족'이고, 왕족을 공격하

'무례한' 러시아 황태자 혼쭐 내주려다 도리어 일본이 납작 엎드리게 만든 장본인 쓰다 산조.

면 대역죄였습니다. 대역죄는 무조건 사형이라는 일본의 옛 형법을 적용하면 쉬운 문제일 테니까요.

하지만 일본 사법부의 대심원장 고지마 고레카타의 생각은 전혀 달랐습니다. 일본의 왕족이 아닌 자를 일본의 왕족으로 해석할 수는 없는 법이니 일반 시민에 대한 살인미수죄를 적용해야 하고 그렇다면 무기징역은 몰라도 사형을 내릴 수는 없다는 것이었죠. 일본 정부는 대심원장에게 압력을 가했지만 그는 완강히 자신의 뜻을 관철시켰고 결국 쓰다 산조는 무기징역을 선고받았습니다. 대심원장은 이 일 이후 1년도 채 되지 않아 증거불충분으로 판결난 도박 사건에 휘말려 사임하였지만 일본은 그에게 압력을 가했던 일은 싹 잊고 훗날 이 일을 예로 들며 일본은 사법권의 독립이 잘 이루어진 나라라고 주장하였습니다.

공격당한 당사자인 니콜라이 황태자는 훗날 죽을 때까지 오쓰 사건을 입에 올리지 않았다고 합니다. 이후 니콜라이의 일본에 대한 감정은 2가지 상반된 설이 전합니다. 하나는 일본에 대한 악감정은 갖지 않았다는 것이고, 다른 하나는 이후 일본을 극도로 싫어하여 일본인들을 '원숭이들' 이라고 불렀다는 것입니다.

> "니콜라이 2세는 다시는 오쓰 사건에 대해 말하지 않았다고 한다. 그러나 그는 평생 일본인들에 대한 경멸을 키워왔다. 위트(Witt)에 따르면 니콜라이 2세가 일본인들에게 붙인 별명(여우 원숭이 또는 원숭이)은 종종 심지어 공식 문서에까지 등장했다고 한다." 주24

쓰다 산조는 어떻게 되었냐고요? 사형은 피했다고 겨우 한숨 돌렸다고 생각했겠지만 모진 감옥살이를 견디지 못하고 그해 9월에 사망했답니다.

14. 무시무시하게 달콤한, 끔찍하게 끈적한

– 보스턴 당밀 홍수 사건

때는 1919년 1월 15일, 장소는 미국의 보스턴이었습니다. 영하 17도였던 전날에 비해 날씨가 갑자기 따뜻해져서 영상 4도를 웃돌았던 이날이 오랜만에 찾아온 햇볕 좋은 날이라고 생각했을 보스턴 사람들은 잠시 후 벌어질 끈적끈적한 사고는 아무도 상상하지 못했을 것입니다.

시간은 약 12시 40분, 아이들은 거리를 뛰어다니고 사람들은 볕이 좋다며 산책을 즐기고 모두들 맛있는 점심을 먹을 때쯤이었겠죠! 보스턴시의 북쪽 끝에는 퓨리티 디스틸링 사의 사무실과 창고가 있었고 그와 함께 무려 높이 15미터, 지름 27미터의 거대한 당밀 탱크가 놓여 있었습니다. 15미터라면 대략 4~5층 건물 정도의 높이니까 정말 엄청나게 커다란 탱크였네요. 이 탱크 속에는 푸에르토리코에서 수입한 당밀이 넘실넘실 가득 담겨 있었습니다.

석유를 만들 때 원유에서 석유도 빼고 아스팔트도 만들고 하는 것처럼, 사탕수수에서 설탕을 만들 때면 당밀이라는 끈적끈적하고 찐득한 시럽이 나오는데 이것을 여러 가지 용도로 사용한답니다. 당밀로는 빵도 만들고, 비료도 만들고 소 먹이로도 주고 구두약도 만들고 연료로도 사용하고 당밀을 발효시켜 그 무렵에 정말 많이 쓰이고 잘 팔렸던 술인 럼주를 만들어 먹기도 했습니다. 그러니 이런 다양한 것을 만드는 당밀은 탱크 가득 담겨 여러 공장으로 실려 나갔죠. 보스턴의 당밀 탱크 속에 가득했던 당밀 역시 수송을 기다리고 있던 중이었습니다. 그러나 1월 15일 오후 12시 40분쯤, 탱크가 놓여 있던 근방에서 점심을 먹으면서 이야기를 나누던 사람들은 땅을 울리는 엄청난 으르르, 하는 소리와 함께 마치 기관총이 발사되듯 '탕, 탕, 타타타-, 탕-!' 하는 소리에 주위를 두리번거렸습니다. 그 순간 사람들의 머릿속엔 무슨 생각이 떠올랐을까요? 일상생활에서 도무지 날 법하지 않은 소리였는데 말이죠.

거대한 당밀 탱크는 탱크를 고정시키는 대부분의 나사들이 총알처럼 날아가버린 채로 엄청난 굉음과 함께 양면이 무너져내렸고 그와 함께 무려 1만 4,000톤의 당밀이 해일처럼 쏟아져 나오기 시작했습니다. 달착지근한 시럽이 가득 넘친다니! 영화 「하늘에서 음식이 내린다면」이 생각나는 일이지만 영화와 달리 현실은 아주 끔찍했습니다. 1만 4,000톤의 당밀은 곧바로 무려 8미터 가량의 당밀 파도를 만들며 시속 약 56킬로미터의 속도로 몰아쳤고 지나가는 자리에 있던 사람과 동물은 물론, 자동차와 기차를 밀치고 소방선(차가 아니고 배!)을 90미터나 끌고가서 3층 목조건물에 그대로 들이받아 건물들을 산산이 부숴놓았습니다. 마치 건물 하단부에서 폭탄이 터진 것처럼, 쓰러진 당밀 탱크 주변의 건물들은 폭삭 주저앉았죠. 무려 14채의 건물이 부서지고 주저앉아버렸다고 하니 1만 4,000톤의 당밀의 힘이 정말 무시무시하죠.

갑작스럽게 휘몰아친 이 사고에 사람들은 아연실색했고 곧 당밀에 빠진 희생자들을 구출하기 위해 뛰어들었습니다. 탱크가 놓여 있던 장소에서 멀리 떨어진 곳까지도 발에 밟히도록 깔린 당밀은 당밀 탱크가 있던 곳으로 다가갈수록 발목, 무릎, 허리까지 차올랐고 사람들은 사람, 말, 개, 고양이 가릴 것 없이 구해내느라 정신이 없었습니다. 정말 눈깜짝할 사이에 일어난 이 사고로 무려 약 150명이 부상을 입었고 21명이 사망했습니다.

물도 아니고 온 몸에 엉겨 붙는 끈적끈적한 당밀과 사고로 인해 산산이 부서진 건물의 잔해들, 건물에서 쓸려나온 물건들이 온통 잠겨 있는 와중에 사람들을 구출하는 일은 정말 보통 일이 아니었겠죠. 늪과 같이 사람을 빨아들이는 당밀은 움직이면 움직일수록 점점 아래로, 아래로 끌고 들어가버렸으니까요. 끈적끈적한 당밀 속에서 허우적거릴 힘도 잃고 있던 사람들은 구하러 온 이들 덕분에 실려 나가 몸도 씻고 치료도 받았지만 당시 우편물, 우유 등을 배달하고 사람들의 발이 되어주던 말들은 살아 있더라도 도저히 사람이 들고 나를 수가 없었습니다. 결국 고통이라도 덜어주기 위해 그 자리에서 총으로 모두 사살하였습니다. 밤새도록 피해자들을 구출하고 나자 이제 남은 것은 보스턴 시내를 뒤덮고 있는 1만 4,000톤의 당밀을 치우는 일이었습니다. 식탁 위에 시럽이 조금 떨어져도 닦기 힘든데 그게 온 시내를 뒤덮고 있으니 정말 엄청난 골칫거리였습니다.

300명이 넘는 사람들이 당밀을 치우기 위해 매달리며 당밀 위에 물을 쏟아부어보았지만 당밀은 꿈쩍도 하지 않았습니다. 고민 끝에 보스턴

당밀의 쓰나미가 휩쓸고 간 당시 모습. 건물들이 폭삭 주저앉고 지붕만 남은 것이 보인다.

시에서는 소방선을 동원해 당밀 위에 소금물을 부은 다음 모래로 박박 문질렀고, 그제야 당밀은 조금씩 닦이기 시작했습니다. 당시 이 모든 것을 치우는 데에 들인 인시(人時)는 무려 8만 7,000시간 가량이었다고 합니다. 하지만 아무리 치우고 또 치워도 끈적한 당밀은 사람들의 손가락, 머리카락, 신발 밑창에 쩍쩍 들러붙었고, 당밀 파도 때문이 아닌, 치우는 사람들과 구경꾼들에 의해 보스턴 전역은 점차 지독한 당밀 냄새와 끈끈함에 잠식되어갔습니다.

당밀과 당밀을 담고 있던 탱크의 커다란 조각이 치고 지나간 여파로 부서지고 휘어진 고가전철 선로의 모습이 처참하다.

그러니까 신발에 온통 당밀을 묻히고는 다시 자동차를 타거나 전철을 타고 집으로 돌아갔고 이들이 만지는 모든 자리, 의자, 손잡이, 카펫, 옷, 책상 등등 사방에 당밀이 묻었던 것이죠. 결국 한동안 보스턴의 모든 것은 전부 끈적거리고 단내가 풀풀 났습니다. 그나마 겨울에 일어난 일이라 다행이었지 한여름이었다면 온갖 벌레들의 향연이 펼쳐졌겠지요. 주변이 얼마나 당밀로 가득했는지 사건이 일어난 근처인 찰스 강변은 이후 한동안 당밀과 같은 짙은 갈색이었습니다.

지역 주민들은 당장에 당밀 탱크를 소유하고 있던 회사를 상대로 125건의 피해보상 소송을 걸었고 법원은 지역 주민들의 손을 들어주며 막

대한 보상금을 지불하라고 판결했습니다(2012년 기준으로 환산하면 보상금은 1,700만 달러, 우리 돈 185억 원 가량입니다). 그런 와중에 사고 원인을 조사했는데 일단 회사는 '정체를 알 수 없는 무정부주의자가 탱크를 폭파시킨 것이다'라고 주장했습니다. 흠, 글쎄요, 회사 폭파 위협 전화가 걸려왔었다고 하지만 그게 참, 신빙성이 부족해 보이는 것 같죠. 아무도 보도 듣도 못한 무정부주의자보다 좀 더 현실적인 원인으로는 하루 만에 무려 21도나 갑자기 올랐던 기온이 당밀 탱크의 구조에 영향을 미쳤다든지, 당밀 탱크가 너무 가득 채운 당밀의 무게를 도저히 견디지 못한 것이라든지, 아니면 당밀이 자체적으로 발효되면서 폭발했고 그 탓에 탱크가 터진 것이라든지 등의 가설이 제시되었습니다. 어쩌면 모두 다 영향을 미쳤을 수도 있겠죠.

하지만 사건이 일어나고 벌어진 조사에서 가장 큰 문제로 지목되었던 것은 만든 지 4년밖에 안 된 탱크가 그야말로 안전 불감증의 끝을 보여주는 물건이었다는 것이었습니다. 높이 15미터의 거대한 탱크를 만들면서도 마감 날짜를 맞추겠다며 서둘러 제작하고 급히 사용하느라 안전 수칙을 지키지 않았고 탱크가 새지는 않는지 알아보기 위해 물을 담아보는 기본적인 검사조차 하지 않았습니다. 심지어 탱크 제작 과정을 감독한 감독관은 설계도도 제대로 볼 줄 모르는 사람이었으며 설계사의 조언 한 번을 받지 않았습니다. 즉, 자격 미달인 감독관, 싸구려 재료, 지나치게 서두른 공사, 안전 수칙 무시 등이 모두 짝짜꿍을 이룬 결과였던 것이죠.

주민들의 증언에 의하면 결국 졸속으로 만들어진 탱크에 가득 담긴 당밀은 곧바로 탱크의 이음새 사이로 줄줄 흘러내렸습니다. 액체를 담

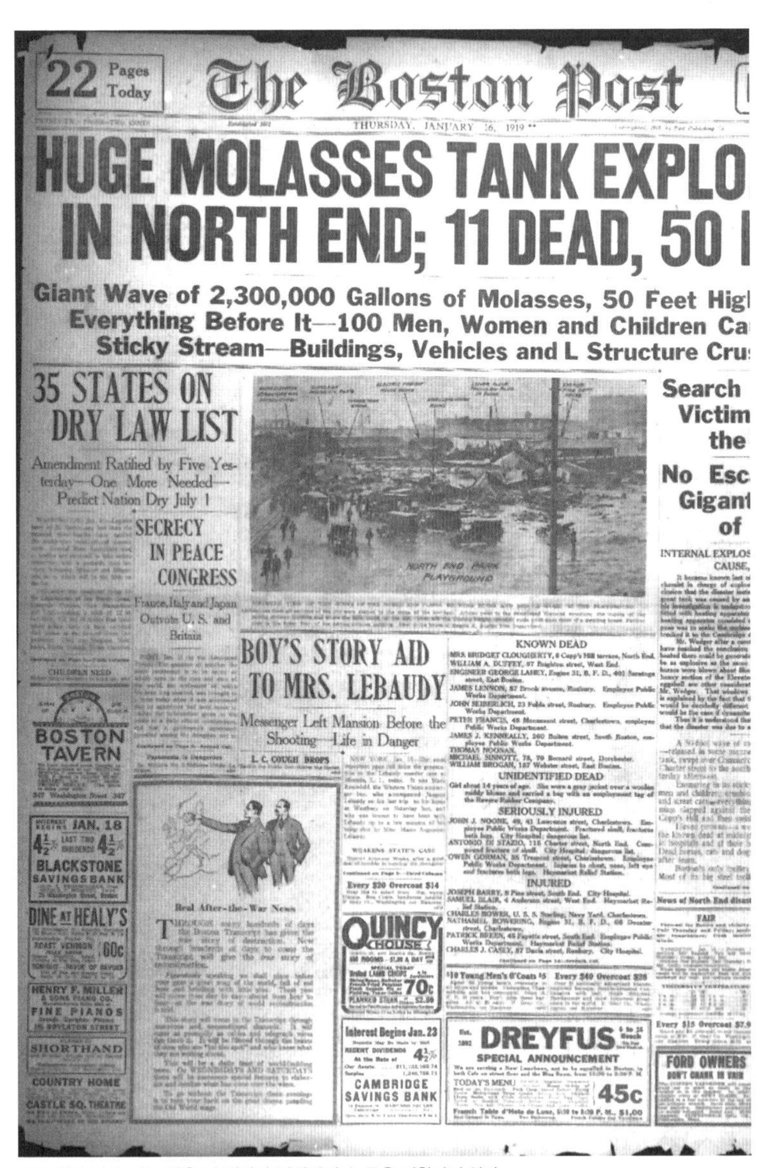
22 Pages Today

The Boston Post

THURSDAY, JANUARY 16, 1919

HUGE MOLASSES TANK EXPLO
IN NORTH END; 11 DEAD, 50 I

Giant Wave of 2,300,000 Gallons of Molasses, 50 Feet Higl Everything Before It—100 Men, Women and Children Ca Sticky Stream—Buildings, Vehicles and L Structure Cru

35 STATES ON DRY LAW LIST

Amendment Ratified by Five Yesterday—One More Needed—Predict Nation Dry July 1

SECRECY IN PEACE CONGRESS

France, Italy and Japan Outvote U. S. and Britain

Search Victim the

No Esc Gigant of

BOY'S STORY AID TO MRS. LEBAUDY

Messenger Left Mansion Before the Shooting—Life in Danger

KNOWN DEAD

MRS. BRIDGET CLOUGHERTY, 8 Copp's Hill terrace, North End.
WILLIAM A. DUFFEY, 87 Brighton street, West End.
ENGINEER GEORGE LAHEY, Engine 31, B. F. D., 401 Saratoga street, East Boston.
JAMES LENNON, 87 Brook avenue, Roxbury. Employee Public Works Department.
JOHN SEIBERLICH, 23 Fulda street, Roxbury. Employee Public Works Department.
PETER FRANCIS, 48 Monument street, Charlestown, employee Public Works Department.
JAMES J. KENNEALLY, 260 Bolton street, South Boston, employee Public Works Department.
THOMAS NOONAN.
MICHAEL SINNOTT, 78, 70 Bernard street, Dorchester.
WILLIAM BROGAN, 187 Webster street, East Boston.

UNIDENTIFIED DEAD

Girl about 14 years of age. She wore a gray jacket over a woolen middy blouse and carried a bag with an employment tag of the Revere Rubber Company.

SERIOUSLY INJURED

JOHN J. NOONE, 49, 41 Lawrence street, Charlestown. Employee Public Works Department. Fractured skull, fractures both legs. City Hospital; dangerous list.
ANTONIO DI STAZIO, 115 Charter street, North End. Compound fracture of skull. City Hospital; dangerous list.
OWEN GORMAN, 55 Tremont street, Charlestown. Employee Public Works Department. Injuries to chest, nose, left eye and fractures both legs. Haymarket Relief Station.

INJURED

JOSEPH BARRY, 9 Pine street, South End. City Hospital.
SAMUEL BLAIR, 4 Anderson street, West End. Haymarket Relief Station.
CHARLES BOWER, U. S. S. Sterling, Navy Yard, Charlestown.
NATHANIEL BOWERING, Engine 31, B. F. D., 68 Decatur street, Charlestown.
PATRICK BREEN, 45 Fayette street, South End. Employee Public Works Department. Haymarket Relief Station.
CHARLES J. CASEY, 87 Dacia street, Roxbury. City Hospital.

INTERNAL EXPLOS CAUSE,

Real After-the-War News

사고 관련 기사. 바로 다음 날 기사라 피해자의 수 등은 정확하지 않다.

으라고 만든 통에서 액체가 주룩주룩 새고 있으면 '야, 이거 좀 고쳐야 하는 거 아니냐?' 할 만도 한데, 고치지는 않고 그냥 당밀 탱크를 짙은 갈색 페인트로 칠해버리며 눈 가리고 아웅했으니 어찌 보면 탱크가 부서진 것보다 4년이나 버틴 것이 더 신기할 지경입니다. 이 엄청난 사고에 기겁하고 안전 수칙의 중요성을 뼈저리게 느낀 보스턴 시의회는 이후 보스턴에서 행해지는 모든 건축이나 공사에 건축가와 엔지니어가 참여하도록 법으로 제정했고 이는 곧 매사추세츠주 전역에서, 그리고 얼마 후에는 미국 전역에서 지켜야 하는 법이 되었습니다. 아이고, 그 전에는 법이 아니었다는 것이 경악스럽네요.

사태가 그럭저럭 마무리되고도 아주아주 오랫동안 보스턴 여기저기에서는 당밀의 흔적이 계속 남아 있었으며 특히 당밀의 끈적끈적한 단내는 사라지지 않고 보스턴 곳곳에 유령처럼 스며들었습니다. 이는 여름이 오면 더더욱 심해져 보스턴 사람들은 사라지지 않는 지독한 단내에 몸서리를 쳤다고 합니다. 생각만 해도 끔찍하죠. 치우고 또 치워도 창문만 열면 밀려들어오는 역한 단내라니……. 이 냄새가 어찌나 강렬했는지 사건이 일어난 지 100여 년이 되어가는 지금도 보스턴의 나이든 어르신들은 여름이 오면 100년 전의 지독한 단내가 풍긴다고 이야기한다고 합니다.

15. 신이 보낸 악마

– 러시아 황실을 무너뜨린 희대의 요승 라스푸틴

"신께서 마마의 눈물을 보셨고 기도를 들으셨습니다. 더 이상 애통해하지 마세요. 황태자께선 살아남으실 것입니다."

— 러시아의 황후 알렉산드라에게 라스푸틴이 보낸 전보 [주25]

"엄마, 나 좀 살려줘요……, 응? 나 좀 살려줘……."

8살 난 하나뿐인 아들이 끔찍한 고통 속에 엄마를 부르며 살려달라, 도와달라 울부짖는 소리에 핏기라고는 하나도 없는 어머니의 입술은 바짝 타들어갔고 눈에선 눈물이 끊임없이 흘렀습니다. 침대 위에서 고통에 몸부림치며 죽어가는 어린 소년의 이름은 알렉세이, 러시아의 하나뿐인 황태자이자 러시아의 황후, 알렉산드라의 다섯 자녀 중 깨물면 가장 아픈 손가락이었습니다. 알렉산드라 황후는 아들을 위해 온 나라를 뒤져서 저명한 의사란 의사는 모두 데려왔지만 당시 의술로는 아들

러시아의 마지막 황태자 알렉세이의 어릴 적 모습.

알렉세이의 복부에 피가 차오르는 모습을 무기력하게 바라볼 수밖에 없었습니다. 이제는 기도밖에 남은 것이 없었죠.

영국 빅토리아 여왕의 손녀였던 알렉산드라 황후는 할머니로부터 물려 내려온 혈우병 인자를 몸에 내재하고 있었습니다. 혈우병이란 출혈이 잘 멎지 않는 병으로, X 염색체에 있는 특정 유전자의 돌연변이로 인해 혈액 속의 응고 인자가 부족한 병입니다. X 염색체에 위치한 유전자로 인해 생기는 병이기 때문에 아이에게 유전되어 내려가는데, X 염색체가 남성은 하나, 여성은 둘이므로 혈우병 인자를 받은 남성에게는 거의 무조건 발병하나, 여성이 발병하는 경우는 드물고 보유자인 경우가 일반적입니다. 혈우병에 걸릴 경우, 몸 밖이나 안에서 피가 나면 출혈이 멎지 않아 많은 이들이 어린 나이에 사망하고는 했습니다.

혈우병 인자 보유자였던 알렉산드라 황후는 러시아 황제인 니콜라이 2세와 결혼 후, 딸만 넷을 낳음으로써 혈우병과 관련 없는 삶을 사는 듯 보였으나, 막내로 알렉세이 황태자가 태어나자 세상이 뒤집히는 경험을 하게 됩니다. 겉으로 나는 생채기뿐만 아니라 어딘가에 부딪혀 생긴 멍도 속에서 멎지 않는 출혈로 인해 알렉세이에게 고통을 주었기에 알렉산드라 황후는 알렉세이를 위해 아이를 계속 지켜볼 사람들을 붙여놓고 아이가 다치지 않도록 온 정성을 기울였습니다. 하지만 그런 보호도 알렉세이를 영원히 지켜줄 수는 없었습니다.

1912년 9월, 덜컹거리는 마차를 타고 가던 8살 난 알렉세이는 사타구니 통증을 호소했고 황후는 마차를 돌렸지만 돌아가는 길에도 덜컹거리는 것은 마찬가지였던 터라 알렉세이는 계속 비명을 지르며 고통스러워했습니다. 숙소로 돌아온 알렉세이의 몸 상태는 아주 나빴습니다. 아이의 허벅지와 사타구니 안에서는 출혈이 일어난 상태였고 다리와 사타구니, 복부가 피로 인해 팽창하기 시작하자 알렉세이는 계속해서 신음과 비명을 반복했습니다.

의사도 아무런 도움이 되지 않는 상황에서 8살 난 어린 아이가 내지

6살의 알렉세이(1910년). 러시아 제국의 귀한 황태자로 태어났으나 혈우병으로 생과 사의 경계를 넘나들어야 했던 병약한 아이였다.

르는 비명은 무려 열흘 동안 계속되었습니다. 조금 정신이 들면 자신의 옆에서 떠나지 않고 이마를 닦아주는 엄마에게 살려달라고 빌기도 하고 차라리 죽으면 이런 고통은 없지 않겠냐고 묻기도 했습니다. 어린 아들이 "신이여, 자비를 베푸소서!" 하고 비명을 지르며 몸부림 치는 것을 본 알렉세이의 아빠, 니콜라이 2세는 방에 잠깐 들어왔다가도 눈물을 쏟으며 나가버렸고 시종들은 솜으로 귀를 막고 다녔습니다. 러시아의 하나뿐인 귀한 황태자, 알렉세이의 죽음이 다가왔다는 것을 받아들여야만 했던 황제와 황후는 8살 어린 아들을 위해 성직자를 불러 마지막 의식을 행했고, 나라에는 황태자가 죽었다더라, 아프다더라, 암살당할 뻔했다더라 등등 온갖 소문이 퍼져나갔습니다. 눈물을 쏟아내던 황후는 이제는 기적밖에 바랄 것이 없다는 사실을 받아들이고 자신이 가장 신임하는 수도승, 라스푸틴에게 연락을 했습니다. 그러자 신이 보낸 사자라는 라스푸틴은 황후의 눈물 어린 전보에 이렇게 답했습니다.

"신께서 마마의 눈물을 보셨고 기도를 들으셨습니다. 더 이상 애통해하지 마세요. 황태자께선 살아남으실 것입니다. 의사들에게 황태자 전하를 너무 귀찮게 하지 말라고 하십시오." 주26

라스푸틴의 전보를 본 알렉산드라 황후의 얼굴에는 화색이 돌았습니다. 마치 신의 목소리를 직접 들은 것 마냥 황후는 걱정을 훌훌 떨쳐버렸고 저승의 문턱을 넘나들던 알렉세이는 기적처럼 얼마 후에 정신을 차리고 멀쩡하게 회복했습니다. 정말 신의 기적이었던 것일까요?

이런 기적(?)을 행한 그리고리 라스푸틴은 시베리아에서 평범한 농부

독일의 공주이자 영국 빅토리아 여왕의 손녀인 알렉산드라 황후. 자식의 고통을 줄여 주기 위해 모든 방법을 수소문했으나 그릇된 믿음으로 러시아의 마지막 황후로 역사에 남게 되었다.

의 아들로 태어났습니다. 탄생 연도에 대해서도, 정확히 며칠에 태어났는지에 대해서도 논란이 있지만 1869년 1월쯤에 태어난 것으로 짐작됩니다. 라스푸틴 위로 형제자매들이 있었으나 모두 어린 나이에 사망하면서 라스푸틴은 집안의 장남이 되었습니다. 라스푸틴은 비쩍 마르고 눈빛이 형형한 아이로 자라났고, 몽상을 하는 모습이 자주 목격되던 어

기적적으로 회복된 황태자 알렉세이와 어머니 알렉산드라 황후(1913년).

린 소년은 얼마 지나지 않아 반항적인 10대가 되었습니다.

아버지가 심부름을 시키면 타고 간 말을 저당 잡히고 술을 사먹고 돌아올 정도로 술을 매우 좋아했고, 술에 찌든 채로 싸움판에 뛰어들어 얼굴이 온통 멍으로 뒤덮이기도 하고 여자들을 쫓아다니며 방탕한 삶을 살기도 했죠. 일은 안 하고 쓸데없는 짓을 하며 돌아다니는 라스푸틴을 걱정하던 부모님들은 아들을 이웃 마을 아가씨와 결혼시켰습니다. 라스푸틴보다 2살이 많은 부인 프라스코비아는 자녀 다섯을 낳았고, 아들이 툭하면 방황하며 사라지는 라스푸틴 집안의 든든한 일꾼이 되었습니다. 시간은 흘러갔고 28살이 된 라스푸틴은 점차 광신도적인 면모를 보이며 성소들을 찾아다니기 시작했습니다.

라스푸틴이 훗날 워낙 유명한 요승이 되기 때문인지 라스푸틴과 관련해서는 진위가 확인되지 않은 전설들이 유독 많습니다. 그중 유명한 몇 개는 우리가 라스푸틴 이야기를 하는 동안에도 등장할 텐데요, 그 첫 번째 이야기는 바로 라스푸틴이 왜 그렇게 성소에 집착하며 떠돌아다니기 시작했는가에 관한 것입니다. 마부 일을 하던 라스푸틴은 어느 날 신학을 공부하는 학생을 만나게 되었다고 합니다.

훗날 주교의 자리까지 오르게 될 그 학생을 태워다주면서 두 사람은 신에 대해 대화하기 시작했고, 마지막의 마지막까지도 신은 탕자의 귀환을 기다린다는 이야기를 들은 라스푸틴은 그 누구도 늦지 않았으니 신의 말씀을 전하고 사람들을 구원해야 한다는 말에 깊은 감명을 받았다고 합니다. 라스푸틴은 그런 감명을 나누고 싶었지만 그가 느끼기에 자신의 주변은 너무 평범했기에, 결국 라스푸틴은 많은 수도원과 성소를 돌아다니며 떠돌이 순례자가 되어갔습니다. 라스푸틴은 이때부터 자신은 신의 계시를 받기 시작했다고 주장합니다.

"'한 번은,' (라스푸틴이) 말했다. '성모상이 있는 방에서 밤을 보낸 적이 있었다. 밤중에 잠에서 깼을 때, 성모상이 흐느끼는 것을 보았지. '그리고리야, 인류의 죄 때문에 눈물이 나는구나. 가라, 떠돌아다녀라. 그리고 사람들을 죄악으로부터 구원하라.'" 주27

이 이후로 라스푸틴은 자신의 옛 모습을 버리고 새로운, 성스러운, 신비로운 순례자로 재탄생합니다. 술을 멀리했고 입을 즐겁게 하는 과자 같은 후식은 물론 고기도 먹지 않았습니다. 라스푸틴은 비록 글을 완전히 잘 읽지도 못했고 교육도 받지 못했으나, 자기 나름대로 성경을 해석하고 종교철학을 갖추어나갔습니다. 라스푸틴은 계속해서 수도승, 신의 사자, 승려 등으로 불리지만 사실 엄밀히 말하면 정식으로 자격을 받은 적은 없습니다.

여러 지역들을 떠돌고 다양한 사람들을 만나며 점차 치유 능력이 있는 신비로운 순례자로 명성을 얻어가던 라스푸틴은 1903년, 상트페테르부르크에 자리를 잡고 유명 인사가 되어 갔습니다. 라스푸틴 특유의 독특한 성경 해석은 사람들의 관심을 끌었고 그의 이른바 예언 능력이나 치유 능력이라는 것 덕분에 후원자들도, 거주지도 생겼죠. 라스푸틴은 도시에 도착한 지 2년여 만에 무려 러시아의 황제 부부를 만나기까지 했습니다. 라스푸틴을 처음 만난 날인 1905년 11월 1일, 니콜라이 2세는 자신의 일기에 "우리는 신의 사람이자 토볼스크(Tobolsk) 구베르니야[우리의 '도(都)' 정도에 해당하는 행정구역] 출신의 그리고리를 만났다."라고 적었고 그 뒤로 라스푸틴은 황실 주변을 맴돌기 시작합니다.

1906년 8월 12일, 여름용 목조 별장에 머물고 있던 스톨리핀(Stolypin) 총리는 폭탄 공격을 받아 집이 무너지고 손님들을 비롯해 32명이 다치고 30여 명이 사망하는 사건을 겪었습니다. 총리는 전혀 다치지 않았으

에스토니아 출신 화가 에른스트 리프가르트가 그린 니콜라이 2세의 초상.

나 발코니에 있던 그의 두 자녀는 상태가 심각했습니다. 발코니에서 지상으로 추락한 3살 난 아들은 엉덩이뼈가 부러졌고, 15살짜리 딸 나탈리아는 두 다리가 심하게 부러지고 중상을 입은 상태로 발견되었습니다. 살아남지 못하거나, 두 다리를 모두 절단해야 할 수도 있는 상황에서 니콜라이 2세는 총리에게 라스푸틴을 만나보라고 권합니다. 시골에서 온 평민 출신 수도승이 나탈리아를 만나 성상을 주고 기도를 하고 싶다고 했다며 말이죠. 총리는 황제의 뜻을 받아들였고 곧 라스푸틴은 총리의 딸을 만났습니다.

> "(라스푸틴이) 왔을 때, 그 남자는 아이를 건드리지도 않았다. 그는 침대 끝에 서서 성 시므온의 성상을 들고 기도를 했다. 나갈 때 그는 '걱정하지 마십시오. 모두 잘될 것입니다' 라고 했다." 주28

그 후 나탈리아는 다리를 절기는 했으나 건강하게 회복되었고 라스푸틴의 명성은 귀족들 사이에서도 치솟기 시작합니다. 라스푸틴이 총리의 딸을 만나기 며칠 전, 라스푸틴은 황제의 아이들도 만나 성 시므온의 성상도 주고 기도도 해준 상황이었기 때문에 라스푸틴을 알고 몇 번 보았던 황제 부부는 라스푸틴이 총리의 딸을 '고치자' 꽤 감명을 받고 그를 눈여겨보기 시작합니다.

러시아 최후의 황제이자 로마노프 왕조의 막을 내린 황제인 니콜라이 2세(1868~1918)는 자식들에겐 좋은 아버지였을지 모르나 그 외에는 무능력하다는 평을 받는 황제입니다. 젊은 시절, 그는 황제 직이 자신에게로 돌아오자 어쩔 줄 몰라 하며 눈물을 터트렸고 정치에 있어서는

라스푸틴을 경계하고 그를 제거하려다 도리어 암살당한 스톨리핀 총리. 러시아가 자랑하는 화가 일리야 레핀이 그린 초상화다.

결정을 잘 내리지 못하고 우유부단했습니다. 고집이 세고 몸이 약한 알렉산드라 황후(1872~1918)는 니콜라이 2세에게 큰 영향력을 미쳤고 황제 대신 결정을 내리기도 했습니다. 그런 황제 부부 앞에 나타난 라스푸틴은 그들의 입맛에 딱 맞는 인물이었습니다. 궁정의 다른 사람들과는 완전히 다른 모습의 라스푸틴은 백성과 가까워지고 싶어 하는 니콜라이 2세의 호기심과 관심을 붙잡아두었고, 병약한 어린 아들 걱정에 늘 전전긍긍하는 알렉산드라 황후에겐 희망의 불꽃 같은 존재였죠.

1907년, 3살난 황태자 알렉세이(1904~1918)는 공원에서 놀다가 또래의 다른 수많은 아이들이 흔히 그러듯 콩, 하고 넘어졌습니다. 겉보기엔 멀쩡했지만 이미 다리 속에선 출혈이 시작되고 있었고 얼마 지나지 않아 알렉세이는 부풀어 오른 다리로 인한 고통에 비명을 지르기 시작했습니다. 의사들이 달려왔지만 혈우병 치료법이 없던 당시에 그들이 할 수 있는 일이라고는 진통제 처방뿐, 다른 방도는 없었습니다. 절박한 상황에서 기적을 바란 부모는 라스푸틴을 찾았고 황제 부부의 부름에 응한 라스푸틴은 아이의 신경을 자신에게 집중시키고 신께서 돌보시니 괜찮을 것이라고 차분하게 말해 아이를 재우는 데 성공합니다. 덕분에 부모도, 주변인들도 모두 한숨 돌릴 수 있었으며 얼마 후 알렉세이는 멀쩡해졌습니다. 이 사건 덕에 라스푸틴은 적어도 알렉산드라 황후의 눈에는 어린 아들을 구원하고 러시아 황실을 살리기 위해 신께서 보내신 신의 사자가 되었습니다.

라스푸틴은 이후로 황실의 신임을 얻어 어린 알렉세이가 혈우병으로 고통받을 때마다 아이의 통증을 사라지게 하고 피를 멎게 하였습니다. 그가 정확히 어떻게 이런 '기적'을 행할 수 있었는지에 대해서는 여러

신의 사자, 예언자, 수도사에서 요승, 사기꾼 등으로 불린 라스푸틴의 1916년 모습. 라스푸틴은 아주 강렬한 눈빛을 갖고 있었던 모양으로, 많은 이들이 그를 만난 뒤 그의 '영혼을 꿰뚫어보는 눈'에 깊은 인상을 받았다고 말했다.

추론이 있습니다. 라스푸틴은 알렉세이의 곁에 올 때마다 의사들에게 진통제인 아스피린의 사용을 중지하도록 하였는데, 이 아스피린은 혈액의 응고를 막는 작용이 있으므로 혈우병 환자에게 있어서는 출혈을 더욱 심하게 만드는 약입니다. 라스푸틴이 알고 그랬든 모르고 그러했든 간에 알렉세이에겐 아스피린을 끊는 것이 큰 도움이 되었을 것입니

라스푸틴과 함께 있는 알렉세이 황태자.

다. 혹자는 라스푸틴에게 공범이 있었으며, 그 공범이 알렉세이의 상태를 악화시키는 약을 먹이다가 라스푸틴이 나타나면 약의 투여를 중지함으로써 라스푸틴이 마치 기적을 행하는 것처럼 보이도록 했을 것이라고 주장하기도 합니다.

당시 라스푸틴을 믿지 않았던 사람들은 그가 그저 운이 좋았을 뿐이라고 주장했습니다. 1915년 1월에 벌어진 유명한 사건 역시 라스푸틴의 치료 능력에 대한 증거로 소문이 나고는 했지만, 사건을 들여다보면 평범한 일도 사람들의 입을 타면 기적으로 탈바꿈됨을 알 수 있습니다. 알렉산드라 황후의 가장 친한 친구이자 궁중 말동무였던 안나 비루보바가 기차 사고로 큰 부상을 입었습니다. 몇 시간 안에 죽을 것으로 예상되던 차에 때맞춰 나타난 라스푸틴은 그녀에게 "걱정하지 말라, 평생 불구가 되기는 하겠으나, 살아날 것이다."라고 말했다고 전해집니다. 이 사건은 엄청난 기적으로 알려져 마치 성자가 내려온 것 마냥 사람들은 호들갑을 떨었고 이 사건 덕에 라스푸틴은 성스러운 치료사로서 명성을 확고히 했지만 정작 당사자의 말을 들으면 별 일은 아니었던 것 같습니다.

> "비루보바 자신은 이 사건을 라스푸틴 측의 대단한 힘을 보여준 것으로 기억하고 있지 않았다. 그녀는 라스푸틴이 방에 들어왔을 때와 그녀의 침대 주변을 둘러싼 이들에게 '평생 불구가 되기는 하겠으나 살 것' 이라고 말한 것을 기억한다. (그러므로 다른 이들이 말하는 것처럼 정신을 잃고 있었던 것은 아닌 셈이다.) 그 후, 그녀가 말하기로, 라스푸틴은 그녀의 침대로 다가왔고 그녀는 그에게 왜 자신의 고통을 줄여주기 위한 기도를 하지 않느냐고 물었다. 그것이 사건의 끝이었고 그 이상은 없었다. 침대 옆으로 와서 손을 쓰다듬고 살 것이라고 말한 것을 제외하고는 라스푸틴이 안나를 위해서 한 일이, 있긴 하다면, 도대체 무엇인가? 아니면 그저 그의 존재 자체가 그녀를 살리기에 충분했던 것일 수도 있다." 주29

라스푸틴이 기적을 어떻게 행했든, 알렉산드라는 완전히 라스푸틴에게 푹 빠져버렸습니다(엄밀히 말하면 라스푸틴은 알렉세이를 전혀 고치지는 못했습니다. 알렉세이는 죽을 때까지 혈우병으로 고통받았으니까요). 황후의 총애는 라스푸틴에게 처음으로 권력의 맛을 보여주었고 그는 이 권력을 이용하여 점차 황후의 삶에서 빼놓을 수 없는 사람이 되어갔습니다.

러시아의 모든 귀족이 라스푸틴의 마력에 빠져든 것은 아니어서, 알렉산드라 황후의 시어머니인 마리아 표도르브나 대비나 시누이 제니아 등, 다른 가족들은 라스푸틴을 의심했고 그를 멀리하라고 충고했습니다. 하지만 알렉산드라는 그들의 말에 전혀 귀를 기울이지 않았죠. 사람들은 니콜라이 2세에게도 같은 말을 했지만 니콜라이 2세는 아내가 라스푸틴이 없으면 아들 걱정에 초조해져서 신경질적이 되니 의지할 수도승이 하나 있는 것이 차라리 낫다고 여겼습니다.

주변의 가족들은 물론, 총리도, 각료들도 언론도 라스푸틴을 비판하고 유배 보내야 한다, 내쳐야 한다고 주장했지만 니콜라이 2세는 오히려 아내와 라스푸틴에게 점차 의지하기 시작했습니다. 그러면서 라스푸틴이 신성한 성자를 연기하며 자신을 따르는 신도들을 늘리고, 권력을 이용하여 온갖 비리를 저지르고, 술에 만취하여 여자들과 문란한 행각을 벌이는 식의 방탕한 생활에도 눈을 감았죠. 위험을 감지하고 라스푸틴을 유배 보내려고 했던 총리 스톨리핀은 도리어 자신이 암살당했습니다.

그런 와중에 유럽에서 제1차 세계대전이 발발합니다. 1914년 7월 18일, 오스트리아-헝가리 제국의 황태자인 페르디난트 대공과 그의 아내가 사라예보에서 세르비아인 청년에게 총격을 받아 암살당했습니다. 황태자 부부가 암살당했으니 가만히 있을 수 없다며 오스트리아는 세르비아에 선전포고를 하였고 스스로를 세르비아의 보호국이라 부르던 러시아 역시 보고만 있을 수는 없었죠. 그렇게 전 유럽이 전쟁의 화염

라스푸틴에게 조종당하는 니콜라이 2세와 알렉산드라를 풍자한 그림.

속으로 휘말려들어가게 됩니다.

발칸 반도를 잃지 않으려면 러시아가 전쟁에 참전해야 한다, 준비가 부족하니 전쟁을 하지 말아야 한다, 등등 의견이 분분한 와중에 라스푸틴은 강건히 참전을 반대합니다. 라스푸틴은 만일 러시아가 전쟁에 나선다면 러시아의 종말을 부를 것이고 모든 것을 잃을 것이라고 단언하였죠(사실 라스푸틴이 독일과 비밀리에 접선하고 있었다는 설도 있습니다). 하지만 니콜라이 2세는 이 내용을 담은 전보를 찢어버렸습니다. 당시 러시아에서는 오랫동안 이어지고 있는 파업과 시위 속에 국민들 사이에서는 혁명의 불꽃이 타오르고 있었지만 러시아 정부는 국민들의 요구는 뒤로한 채 전쟁으로 향했습니다.

전쟁이 시작되자 라스푸틴은 전선에 나간 황제를 대신하는 황후를 뒤에서 조종하며 러시아의 숨은 실세가 되어갔습니다. 라스푸틴과 절

라스푸틴의 손아귀에 있는 황제 부부를 그린 풍자화.

친한 사람들이 고위직을 꿰어찼고 국민들은 황후와 라스푸틴이 불륜관계라며 조롱했죠(황후와 라스푸틴이 동침했다는 증거는 없습니다). 마리아 표도르브나 대비는 아들 니콜라이 2세에게 라스푸틴을 멀리하고 정신을 차리라고 다그쳤지만 그리 큰 효과는 없었습니다. 오히려 니콜라이 2세는 라스푸틴과 뜻이 다른 자신의 사촌, 니콜라이 대공을 총사령관 자리에서 끌어내리고 자신이 총사령관이 되어 군대를 지휘했습니다. 아주 어리석은 선택이었죠. 이제 국민들은 황제를 불신했고, 황후를 비웃었으며, 황실의 권위는 땅에 처박혀 버렸습니다. 황실을 지키고자 하는 이들에겐 이제 하나의 선택만이 남아 있었죠.

요승 라스푸틴을 죽이자.

라스푸틴을 죽이는 것은 쉬운 일이 아니었습니다. 이전에도 라스푸틴을 향한 암살 시도는 있어왔으나 실패한 전적이 있었죠. 그래도 라스푸틴 하나가 나라를 말아먹는 데 지대한 공헌을 하고 있다고 느낀 황실 측근들은 라스푸틴을 죽일 계획을 세우기 시작합니다.

암살을 시도하기로 한 날, 라스푸틴의 시신이 발견될 때까지의 사이에 무슨 일이 있었는지는 정확히 알 수 없습니다. 요즘과 달리 당시 경찰은 초대받지 않고는 고위층의 저택에 들어가 수색을 하거나 질문을 할 수 없었고, 당시 그 자리에 있던 사람들의 기록 역시 과장되거나 내용을 빠트리고, 서로서로 다른 이야기를 하고 있는데다, 라스푸틴에 대한 사람들의 흥미가 그의 죽음에 대한 내용을 더욱 부풀려 라스푸틴의 암살은 마치 전설이나 신화 같은 이야기로 탈바꿈했습니다.

암살을 주동한 이들은 황제의 조카사위인 유스포프 공작과 황실 옹호 단체인 '검은 백인단' 의 창립자 푸리시케비치(Purishkevich)와 다른 측근들로, 유스포프 공작은 라스푸틴에게 자신의 아름다운 아내, 이리나 공녀를 만나게 해주겠다며 집으로 초대한 것으로 알려져 있습니다.

라스푸틴이 도착한 후, 벌어진 일들에 대해서는 유명한 설들이 몇 가지 있습니다. 그중 가장 유명하고도 인간적으로 불가능하여 전설과도 같은 이야기를 볼까요.

유스포프는 라스푸틴을 죽이기 위해 와인과 과자, 케이크 등에 청산가리를 잔뜩 넣어두었다고 합니다. 유스포프가 기타를 연주하는 동안 라스푸틴은 먹고 마셨지만 좀 취했을 뿐 멀쩡했고 유스포프에게 기타를 더 연주해달라고 청했습니다. 기겁한 유스포프는 리볼버를 가지고 와 라스푸틴을 몇 차례 쏜 후, 쓰러진 라스푸틴을 두고 2층으로 가서 축하했다고 합니다(쏘고 나자 위층에서 사람들이 뛰어내려왔다고도 합니다). 하지만 라스푸틴은 벌떡 일어나서는 비틀거리며 도망치려 했고, 암살자들

유스포프 공작(왼쪽)과 그의 아름다운 아내 이리나 공녀(오른쪽).

은 라스푸틴에게 총을 더 쏘고 방망이로 구타한 뒤 꽁꽁 묶어 얼어붙은 호수의 얼음을 깨고 안에 집어넣었습니다.

나중에 시신을 꺼내보니 팔은 빠져나와 십자가 형상을 하고 있었고, 얼음 밑에는 손톱자국이 가득했으며 라스푸틴의 사인은 익사였다는 이야기입니다. 이 중간 즈음에 라스푸틴의 성기를 도려냈다는 이야기도 들어가고는 하는데요. 이른바 라스푸틴의 성기라며 포르말린에 담기거나 미라화된 물건은 여러 개가 있습니다. 라스푸틴 살아생전 성기가 여러 개라고 한 적은 없으니 몇 개가 가짜거나 또는 전부 다 라스푸틴의 것도, 심지어 인간의 것도 아닐 수도 있겠죠.

청산가리를 먹고, 총을 수십 발을 맞고도 살아서 얼음 밑에서 손톱자국을 내고 결국 익사했다는 이야기는 아무래도 많이 과장된 내용입니다. 일단 청산가리에 대해 얘기하자면, 독약은 사용하지도 않았다는 설, 의사가 사람 죽이는 독약은 내어주지 않았다는 설, 과자나 와인, 기타 연주는 없었다는 설, 청산가리가 너무 오래되어 아무 효과가 없다는 설, 양이 너무 적었다는 설 등등이 있습니다. 얼음 밑에 있었다는 손톱자국은 확인할 길이 없으나 적어도 익사했다는 것은 사실이 아닙니다. 라스푸틴의 시신을 부검한 결과 독은 발견하지 못했고 폐에는 물이 차 있지 않았습니다.

> "죽음의 원인은 익사가 아니다. 폐는 부어 있지 않고, 호흡기관에도 물은 없었다." 주30

라스푸틴은 익사한 것도, 독살당한 것도 아니고 총에 맞아 사망하였습니다. 처음에 쏜 2발의 총알은 라스푸틴의 위와 간, 신장을 관통했으며, 이것만으로도 라스푸틴은 20분 안에 사망했을 것입니다.

> "부검 보고서에 단호히 적힌 바로는 (앞의 2발과) 똑같이 치명적이었던 세 번째 총알은 반듯하게 누워 있는 시신에 대고 아주 가까이에서 쏜 것이다. 가장 가능성 있는 시나리오는, 라스푸틴을 두 번 쏜 후, 암살자들은 그의 시신을 천으로 감싼 뒤 기다리고 있는 차를 향해 마당을 지나 들고 갔을 것이다. 이는 당시 경찰이 범죄 현장을 찍은 사진 속에 나오는 일직선의 핏방울들과도 일관된다. 만약 유스포프와 푸리시케비치가 주장하는 대로 라스푸틴이 비틀거리며 마당을 걸어갔다면 핏자국은 불규칙적으로 떨어졌을 것이다." 주31

라스푸틴이 죽어가며 움찔거렸든, 아니면 확실히 하고 싶었든 누군가는 라스푸틴의 이마 한가운데 대고 총을 쏘았고 라스푸틴이 신이 내려 보낸 천사나 악마 또는 외계인이 아닌 이상, 그는 뇌를 관통한 총알 때문에라도 확실히 사망하였습니다. 결코 호수에 도착할 때까지 살아 있을 수가 없었죠. 시신을 찍은 사진들도 남아 있으며 사진 속 라스푸틴의 이마에는 총상이 확연히 남아 있습니다.

1916년 12월 30일, 라스푸틴이 사망하고 난 뒤, 황실은 위험에서 벗어났다고 생각했을지 모르나 이미 러시아는 걷잡을 수 없는 혼돈과 혁명의 바람에 휩싸인 지 오래였습니다. 전쟁 중인 군대는 계속 패배했고 국민들은 총파업에 돌입했으며 2월 혁명이 일어났습니다. 얼마 후, 니콜

러시아 2월 혁명. '빵을 달라' 에서 '전제주의 타도' 로 이어져 제정 러시아를 붕괴시켰다.

라이 2세는 폐위되었고 1년여 뒤, 니콜라이 2세와 13살 난 황태자 알렉세이를 포함, 네 딸과 황후 알렉산드라가 살해당하면서 유서 깊은 로마노프 황실은 요승 라스푸틴과 함께 막을 내렸습니다. 라스푸틴의 파란만장한 삶과 그가 러시아에 미친 영향이 워낙 대단하여, 그는 지금까지도 러시아 역사상 가장 유명한 인물 중 하나로 기억되고 있습니다.

16. 마지막 황녀의 미스터리, 과학이 답하다

– 아나스타샤를 둘러싼 진실게임의 열쇠

러시아의 마지막 황녀라 하는 아나스타샤. 아나스타샤는 정치적으로 활동을 한 것도, 후계자로서 주목을 받은 것도 아니었음에도 불구하고 러시아의 유명 황족 가운데 한 사람입니다. 1956년에는 스웨덴 영화배우인 잉그리드 버그만이 아나스타샤 역을 맡은 영화 「아나스타샤」가 개봉하기도 했죠. 그렇다보니 많은 이들이 러시아 역사는 몰라도 아나스타샤라는 이름은 들어보았을 것입니다. 이 어린 소녀의 이름이 이토록 유명해진 이유는 뭘까요?

러시아의 마지막 황가인 로마노프 가의 가족은 황제인 아버지 니콜라이 2세, 독일 공주이자 영국 빅토리아 여왕의 손녀인 어머니 알렉산드라, 그리고 아들 하나와 딸 넷 등 7명이었습니다. 딸들은 올가, 타티아나, 마리아, 아나스타샤였고 아들은 알렉세이였습니다. 아나스타샤를 집안의 막내로 알고 있는 경우들이 많은데 아나스타샤는 딸 가운데

알렉산드라 공주와 니콜라이 2세의 결혼식.

막내였을 뿐, 가장 막둥이는 아들인 알렉세이입니다.

러시아의 마지막 황녀인 아나스타샤는 부모님의 네 번째 딸로 태어났습니다. 축복받을 탄생이었고 실제로도 아나스타샤의 탄생을 기념하여 죄수들을 풀어주기도 했지만 아들에게 왕위를 물려주는 나라에서 딸, 딸, 딸, 그리고 또 딸이 태어났다는 것은 굉장히 실망스러운 일이었습니다. 하지만 다행히 부모님은 아이들을 사랑했고 아나스타샤와 언니들은 무척 친해 서명을 할 때도 모두의 이름을 모은 OTMA(Olga, Tatiana, Maria, Anastasia)라고 할 정도였습니다.

로마노프 황가의 아이들은 마음껏 뛰어놀고 찬물로 목욕하고 베개

없는 딱딱한 침대에서 잠을 자며 불쌍한 사람들을 위해 옷을 만드는 등 그리 사치스럽지 않은 삶을 살았습니다.

아나스타샤는 무척 활발하고 친절한 성품을 가졌다고 알려져 있지만 종종 고집이 아주 세고 못된 말을 하거나 발로 걷어차기도 했다고 합니다. 동생 알렉세이를 '아가'라고 부르며 무척 아끼고 챙겼던 아나스타샤는 행복한 어린 시절을 보냈습니다. 언니들 중 특히 마리아와 친하게 지냈고 행복은 끝이 없을 것처럼 보였죠.

사진만 보면 무척 건강한 아이로 보이지만 사실 아나스타샤는 여러 가지 병을 앓고 있었습니다. 등의 근육이 약해 2주에 한 번씩 마사지를 받아야 하는가 하면 하이힐을 신고 다닌 것도 아닌데도 어릴 때부터 무지외반증이 있어 무척 괴로워했습니다. 게다가 동생 알렉세이를 그토록 괴롭힌 혈우병은 아나스타샤의 몸에도 내재되어 있었을 것으로 짐작됩니다.

하지만 1917년 러시아혁명이 터지고 로마노프 황가가 혁명군의 손에 들어가면서 그들의 운명은 바람 앞의 등불이 됩니다. 온 가족은 어디로 가는 것인지도 모른 채로 낯선 곳으로 끌려가게 되었죠.

1918년 7월 17일 새벽. 잠을 자고 있던 가족들은 다른 곳으로 이동해야 한다며 깨우는 소리에 눈을 비비며 일어나 지하실로 따라갔습니다. 방 안에는 총을 들고 있는 군인들로 가득했고 가족들은 벽에 한 줄로 세워졌습니다. 그제야 그들은 당장 처형당할 것이라는 것을 알게 되었죠. 처형될 것이란 말을 들은 니콜라이 2세가 "뭐?"라고 물으며 가족을 돌아보는 순간, 수많은 총알이 그들을 향해 쏟아져 내렸습니다.

니콜라이 2세는 가슴과 등에 총을 맞고 즉사했지만 몇몇은 여전히 살

열심히 뜨개질을 하는 아나스타샤.

첫째 딸 올가(오른쪽)와 둘째 딸 타티아나(왼쪽).

아 있었습니다. 후에 발굴된 유골을 조사한 결과 타티아나와 올가는 머리에 총상을 입었으므로, 끝까지 살아 있던 것은 마리아와 아나스타샤였을 것으로 짐작됩니다. 알렉세이 역시 처음에 쏟아져내린 총알 속에서 용케 살아남았으나 곧 머리에 총을 2발 맞고 사망하였습니다.

이렇게 엄청난 총알 세례를 받고도 잠시나마 살 수 있었던 것은 도망칠 때 옷 속에 다이아몬드를 알알이 숨겨두었기 때문이었다고 합니다. 다이아몬드가 방탄조끼 역할을 했던 것이었죠. 시신을 들어 나를 때가

셋째 딸 마리아(오른쪽)와 넷째 딸 아나스타샤(왼쪽).

되었을 때 한 황녀가 일어나 비명을 지르며 자신의 머리를 가렸고, 다른 한 황녀는 신음소리를 냈다고 합니다. 그 둘은 칼로 살해되었습니다.

그렇게 300년의 오랜 역사를 지닌 로마노프 황가가 사라지고 2년 후인 1920년 2월, 한 여성이 다리에서 몸을 던집니다. 그녀를 구해낸 사람들이 이름이 뭐냐고 묻자 여자는 아무 말도 하지 않습니다. 병원에서도 여자는 아무 말도 하지 않았고 기억상실증에 걸린 것이라고 생각한 의사들은 여러 질문을 하고 검사를 하였습니다.

로마노프 황가 가족사진.

이 여성은 과거에 대해 아무것도 기억을 하지 못했는데 몸에는 평범한 여성에게 있기 힘든, 마치 총에 맞고 칼에 찔린 것 같은 상처가 가득했습니다. 그녀는 어릴 적부터 무지외반증을 앓은 듯 증상이 심했고 사람들이 많이 다가오는 것을 무척 싫어했습니다. 러시아어 억양이 섞인 독일어를 구사하는 이 여성은 이후 19개월 동안 정신병동의 침대에 앉아 자신의 과거에 대해 아무 말도 하지 않았습니다.

1922년, 정신병동의 한 환자가 이 여성이 타티아나 황녀임이 틀림없다고 주장하기 시작했지만 타티아나 황녀의 말동무였던 소피 남작 부인은 이 여성이 타티아나이기엔 너무 키가 작다며 주장을 일축했습니다. 1922년 5월이 되자 이 여성을 아나스타샤 황녀라고 믿는 이들이 생겨나기 시작했습니다. 그것도 실제로 로마노프 황가와 친분이 있던 이들이 말이죠! 이 여성이 아나스타샤라는 소문이 점점 커지고 믿는 이들이 많아지자 정체를 밝히겠다며 여러 전문가들이 뛰어들었습니다. 그런데 놀랍게도 필체를 조사하는 이들도, 귀와 다리와 발을 조사한 의사들도, 로마노프 황가의 사람들도 아나스타샤와 이 여성이 동일 인물이라고 믿고 주장하는 것이었습니다. 분명 똑같이 아나스타샤 황녀를 알고 지냈던 사람들인데도 어떤 이들은 말도 안 되는 사기꾼으로 치부하는가 하면 어떤 이들은 '그 충격을 견디고 살아남았다니!' 라며 눈물을 흘렸습니다. 정말로 닮았던 것일까요?

이후, 이 여성은 무려 60년 동안 자신이 아나스타샤 황녀라고 주장하며 로마노프 황가와 러시아 황실의 유산 상속권을 요구하기 시작했습니다. 이 여인의 당당한 요구에 그녀가 사기꾼이라고 생각하는 사람들과 진실이 묻히고 있다고 생각하고 있는 사람들로 나뉘어 논란은 격렬해졌습니다. 그러나 러시아 정부는 꿈쩍도 하지 않았고 결국 황가의 유산에는 손가락 하나 대보지 못한 채로 이 여성은 1987년 사망하였습니다. 이 여성이 아나스타샤 황녀라고 주장한 여자 중 가장 유명한 '안나 앤더슨(애나 앤더슨)' 입니다. 본명은 안나인데 묘비에는 곧 죽어도 '아나스타샤 매나한(남편의 성이 매나한입니다)' 이라고 쓰여 있습니다. 이게 어찌된 일일까요?

자신이 아나스타샤라고 주장한 안나 앤더슨(왼쪽)과 진짜 황녀 아나스타샤의 모습(오른쪽).

만약 우리가 이 이야기를 1990년대 즈음에 하고 있다면 안나 앤더슨의 삶과 죽음을 아주 세세하게 기록하며 '과연 이 미스터리는 어떻게 풀려나갈 것인가?' 하고 흥미진진해했겠으나 DNA 검사가 등장하면서 이런 파렴치한 사기는 더 이상 발붙일 곳이 없게 되었습니다. 황실 가족을 처형한 사건 당시 볼셰비키 측에서 황가의 시신을 찾기 어렵게 하도록 하기 위해 가족을 일부러 한곳에 묻지 않은 것으로 알려져 있어 유골을 모두 찾는 것은 불가능하지 않을까 싶었습니다. 하지만 다행히 1991년에 니콜라이 2세, 알렉산드라 황후와 함께 세 황녀의 유골이 발굴되었고 2007년에 나머지 한 황녀와 알렉세이 황태자의 유골도 발굴되었습니다. 두 번째 무덤에서 발굴된 유골 중 여성은 어린 여성이었는데 당시 마리아는 19살, 아나스타샤는 17살이었기 때문에 미국에선 아나스타샤의 유골로, 러시아에서는 마리아의 유골로 본다고 합니다.

아나스타샤의 어머니인 알렉산드라 황후가 영국의 빅토리아 여왕의 손녀였기 때문에 친척인 에든버러 공의 DNA와 발굴된 로마노프 황가의 DNA가 비교되었고 그들은 가족 관계임이 확인되었습니다. 그와 더불어 모두의 관심사였던 60년간 자신이 아나스타샤라고 주장해온 안나 앤더슨의 DNA 역시 에든버러 공과 발굴된 유골과 비교 분석되었지만 그들은 100% 완벽한 남남이라는 사실이 확인되었죠. 아나스타샤 황녀가 총살을 피해 살아남았을 수도 있다는 흥미로운 가설은 수많은 관심을 받으며 한 시대를 풍미했으나 결국 근거가 없다는 것이 밝혀지며 과거의 미스터리 역시 사라져버렸습니다.

17살의 나이에 사망하고 죽음 후에 더 유명해진 아나스타샤 황녀는 사망한 지 80년 후인 2001년, 살아생전 믿었던 러시아정교회에 의해 가족과 함께 성인으로 시성되었습니다.

아내에게 돌을 선물한 백만장자

스톤헨지(Stonehenge), 유적지에 관심이 별로 없는 사람이라도 스톤헨지라는 단어는 들어본 적이 있을 텐데요! 그저 커다란 돌덩이가 여기저기 놓여 있는 것 같아 보일 수도 있지만 이 스톤헨지는 1986년, 유네스코 세계 유산에 등재된, 선사시대 때 세워진 유물로서 당시 기술을 보여주는 중요한 유적지입니다. 하지만 21세기에 와서도 왜 이게 중요했는지, 왜 당시 사람들이 가볍게는 5톤부터 무겁게는 50톤까지 나가는 이 무거운 돌들을 가깝게는 38킬로미터 떨어진 지역에서, 멀게는 바다 건너 웨일스 지방에서까지 가져온 것인지 알지 못합니다. 신전이다, 악기다, 무덤이다, 외계인의 짓이다 등등 정말 다양한 주장이 있는데 알고 보면 정말 별 것 아닐 수도, 아주 중요한 이유가 있었을 수도 있겠지요.

이 지역에 인간의 흔적은 기원전 7000년 무렵부터 나타나기 시작했고 스톤헨지는 기원전 1500년 무렵에 현재의 모습으로 만들어졌을 거라고 추측하고 있습니다. 스톤헨지가 워낙 신비롭게 생겼기 때문에 영국의 유명한 전설 속의 왕, 아서왕의 마법사인 멀린이 마법으로 가져다놓았다고 하기도 하고 마녀나 요정들이 주술을 부리는 곳으로 알려져 있기도 했답니다. 실제로 가서 보면 정말이지 크기가 어마어마해서 정말 그랬을 것 같다는 생각이 든다고도 합니다. 이처럼 대단한 유적이자 영국의 보물인 스톤헨지가 한때는 개인 소유물로 경매에 나온 적이 있었답니다.

이야기는 별로 멀지 않은 옛날인 1900년대 무렵에 시작됩니다. 당시 영국에 세

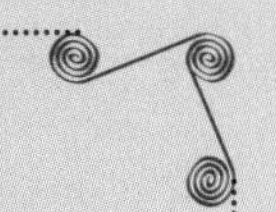

의문에 싸인 돌무더기, 스톤 헨지.

실 처브라는 남자가 살았습니다. 평범한 집안이었던 세실네가 있는 작은 동네 근처에는 아주아주 오래된 유물, 스톤헨지가 있었습니다. 집 근처에 석굴암 있는 기분일까요. 영리했던 세실은 공부를 열심히 해서 대학을 갔고, 법학 전공으로 졸업하고는 곧 법정변론 변호사가 되었습니다. 집안에서 소 잡고 잔치를 벌여야 할 경사가 벌어졌군요. 변호사는 예나 지금이나 좋은 직업이었는지 세실은 돈을 긁어모을 수 있었습니다. 얼마 지나지 않아 어마어마한 부자가 되어갔죠. 결혼 후에는 아내의 친척으로부터 유산을 받아 유럽 최대의 사립병원 이사장 자리에 올라가기도 하는 등, 세실은 재산도 쑥쑥 늘어갔고 사회적 지위도 날로 높아졌습니다.

그러던 1915년의 어느 날, 스톤헨지가 경매에 나오게 됩니다. 당시 스톤헨지를 보유하고 있던 안트로부스 집안의 유일한 후계자인 에드문드 안트로부스 경이 제1차 세계대전에서 전사하면서 여러 물건들을 경매에 내놓은 상황이었죠. 그 여러 물건들 가운데에는 스톤헨지도 들어 있었습니다. 그 시절의 스톤헨지는 유적이자 관광지 취급을 받긴 했지만 지금처럼 관리가 철저하진 않아서 관광객들은 기념으로 스톤헨지를 조금씩 부수어서 돌조각을 가져가거나 돌에 이름을 새기기까지 했습니다.

전하는 얘기로는 아내로부터 "가서 커튼 좀 몇 개 사와요." 라든지 의자를 사오라든지 하는 심부름을 받아 경매에 왔다던 세실은 사오라는 커튼은 안 사오고 그냥 '필 받아서', '스톤헨지는 고향 사람이 갖는 게 좋을 것 같아서' 같은 이유로 어릴 적 고향 근처에 있던 스톤헨지를 구매합니다. 그냥 갖고 싶다는 이유로 입지도 않을 옷을 사본 적은 있는데, 도대체 어떻게 느낌이 와야 스톤헨지를 구매할까요. 역시 지름신이 꽂히는 정도도 통장 잔액에 따라 스케일이 다른가 봅니다.

세실 처브가 스톤헨지를 구매하는 데 들인 돈은 6,600파운드로, 오늘날로 치면 62만 4,000달러(한화 6억 9,000만 원) 정도의 돈입니다. 스톤헨지의 유적지로서의 값어치를 생각하면 생각보다 싼 것 같고, 그냥 땅 위에 덩그러니 놓인 뭔지 모를 돌덩이라고 생각하면 비싼 것 같네요. 아무튼 느낌 왔다고 7억 원을 투척할 수 있는 재력이라니 어마어마하군요.

세실이 이 스톤헨지가 다른 나라에 넘어갈까봐 샀다는 설도 있고 아내에게 선물로 주려고 샀다는 설도 있는데 세실 본인은 '그냥 갖고 싶어서 샀다' 고 대답했다고 알려져 있습니다. 그렇게 남편이 사온 돌덩이를 본 아내는 영 탐탁지 않았습니다. 선물로 받으면 좋아할 법한 돌멩이는 손가락 위에 사뿐히 얹힐 정도의 크기면 되는데, 이건 커도 너무 컸기 때문일까요? 게다가 사오라는 커튼은 안 사오고 말이죠! 아무리 백만장자 변호사라도 아내의 반대는 이길 수 없는지, 결국 세실은 스톤헨지를 포기하기로 하고 1918년에 영국 정부에 스톤헨지를 선물합니다. 얼떨결에 갑자기 비싼 선물을 받게 된 영국 정부는 1919년, 세실에게 감사의 뜻으로 작위를 하나 내려주었고, 그렇게 세실은 제1대 스톤헨지 준남작, 세실 처브 경이

아내의 손가락에 살포시 얹기엔 너무 큰 돌을 선물했던 '통 큰 남자' 세실 처브(오른쪽)와 그의 아내(왼쪽).

되었습니다. 스톤헨지 덕분에 귀족이 되었기 때문에 세실 처브 경의 가문 문장은 이것과 연관이 있습니다. 스톤헨지를 신봉했다는 드루이드들의 신성한 나무였던 겨우살이 가지를 사자가 붙들고 있고 '바위(stone)에서 비롯되었다' 라는 뜻의 Saxis Condita라는 말이 밑에 쓰여 있죠. 세실 처브 경이 영국 정부에 스톤헨지를 넘길 때 요청한 대로, 스톤헨지 주변의 약 3만 명의 거주민들에게는 지금도 무료 개방되고 있습니다. 외부 방문객에게 당시 가치로 1실링 이상의 입장료를 받지는 말아달라고 했는데 지금은 14파운드(우리 돈 약 2만 원) 가량이라고 합니다(스톤헨지를 관리하는 측의 주장으로는 당시 1실링보다 지금 14파운드의 가치가 더 적다고 하네요). 세실 처브 경이 사망한 뒤 작위를 물려받은 아들이 후계자 없이 사망하면서 스톤헨지 준남작 작위는 사라져버렸지만 세실 처브 경의 생가는 오늘날에도 여전히 방문할 수 있다고 합니다.

17. 사신이 만든 복숭아 아이스크림

– 전염병을 퍼트리고 다닌 무서운 요리사 이야기

우리는 요리사가 아주 맛있는 요리를 만들어주길 기대하는 만큼이나 청결하기를 원합니다. 요리사가 만든 음식이 아무리 맛있더라도 그걸 먹고 온 가족이 아프다 못해 죽는 일이 벌어진다면 끔찍하겠죠. 옛날 어느 한 요리사는 의도치 않은 채로 자신의 음식을 먹는 사람에게 전염병을 옮기고 다녔고 그 덕에 그녀의 이름은 병과 얽혀 영원히 역사에 남게 되었습니다. 이 이야기를 읽으면 괜히 손을 30초 넘게 박박 닦고 싶어지실 거예요.

옛날 아주 먼 옛날…… 은 아닌 어느 날, 아일랜드 출신의 메리 멜런은 15살 어린 나이에 미국으로 이민을 오게 됩니다. 당시 대부분의 여성 이민자들이 그러하였듯 메리 역시 하녀로서 일자리를 갖게 되었습니다. 하녀 일이라는 게 참 힘들고 관절은 빠질 것 같고 손은 퉁퉁 붓는데 정작 돈은 쥐꼬리보다도 적게 주니, 메리는 하녀 일만 가지고는 영 만족할 수가 없었죠. 뭔가 더 할 수 있는 일이 없을까 고민하던 메리는

죽음의 요리사 메리.

곧 자신이 요리에 재능이 있다는 사실을 깨닫게 됩니다.

하녀보다는 요리사가 훨씬 쳐주는 직업이었기 때문에 메리는 일은 적게 하면서도 돈은 더 잘 벌 수 있게 되었고, 게다가 적성에도 잘 맞아서 즐거운 직장 생활을 하며 미국에 정착하게 되었습니다. 메리를 고용한 가족들도 메리가 척척 만들어내는 따뜻하고 맛있는 음식을 즐겁게 먹으며 모두가 행복했습니다.

메리의 요리는 사람들의 사랑을 받아 메리를 고용하고 싶어 하는 사람은 점점 늘어만 갔습니다. 메리는 모든 요리 중에 디저트를 정말 잘 만들었다고 합니다. 특히 복숭아 아이스크림은 천국의 맛 같았다죠. 그런데 요리가 정말 맛이 좋은데도 불구하고 남아 있는 고용 기록을 살펴

보면 어찌된 일인지 그녀는 한 집에서 오래가지를 못했습니다.

1900년, 메리가 뉴욕 주, 매머로넥(Mamaroneck) 시의 한 가족에게 고용되어 일하기 시작한 지 2주 만에 가족들이 장티푸스에 걸려 시름시름 앓게 됩니다.

1901년, 맨해튼에서 메리가 일을 한 지 얼마 되지 않아 가족들과 고용인들이 모두 열이 펄펄 끓고 설사를 하기 시작합니다. 병이 얼마나 지독했는지 고용인 중 세탁부는 사망하였습니다.

1902년, 메리는 한 변호사의 집에서 근무하기 시작했습니다. 얼마 후 8명의 가족 중에 7명이 장티푸스에 걸려 드러누웠죠. 유일하게 멀쩡했던 것은 변호사뿐이었습니다. 메리는 변호사와 함께 가족들을 성심성의껏 간호했고 이에 감동을 받은 변호사는 메리에게 보너스로 50달러를 더 지급했습니다.

1904년, 롱아일랜드로 간 메리를 고용한 집에서는 5명의 사람이 장티푸스로 쓰러졌습니다. 이런 식으로 메리가 가는 곳마다 그녀를 고용한 가족들은 얼마 지나지 않아 병에 걸려 쓰러졌죠. 뭔가 매우 의심쩍지만 아직 중요한 사건이 나오지 않았으니 더 따라가 보겠습니다.

1906년, 아주 부유한 한 은행가의 부인은 요리사를 해고한 지 얼마 되지 않았고 새로운 요리사가 필요했기 때문에 근방의 인력 사무소에 연락하여 요리사가 필요하다고 말했습니다. 그러자 인력 사무소에서는 메리 멜린을 추천해주었죠. 아일랜드 출신에 아주 건강하고 튼튼한 요리사로 그녀에게는 이전 고용주들로부터의 추천서가 산더미같이 쌓여 있다며 말이죠. 심지어 메리의 이전 고용주들은 대부분 이 은행가의 부인도 한 번씩 들어 알고 있는, 좋은 집안 사람들이었습니다. 그런 사람

요리 실력이 출중했으나 '무서운 손'을 가진 메리. 주방에 있는 모습이다.

들이 입을 모아 실력이 좋다고 추천하는 요리사라니! 요즘 이런 사람 찾기 쉽지 않아요! 다른 사람이 채가기 전에 얼른 고용해야죠.

얼마 후, 은행가는 가족들과 함께 여름을 나기 위해 오이스터 베이에 별장을 빌렸고 요리사인 메리도 가족과 함께 별장으로 향했습니다. 그리고 며칠 뒤……, 예상하셨겠지만 또 다시 가족들 사이에 장티푸스가 번져 나갑니다.

이 지역은 장티푸스가 흔하지 않았고 별장을 빌린 가족이 전염병에 걸렸다는 소문이 나면 장사가 안 될 테니 별장 주인은 장티푸스의 원인을 알아내기 위해 위생 및 상하수구 조사관인 조지 소퍼를 불렀습니다. 조지 소퍼는 우물물부터 시작해서 수도관, 화장실 등 이런저런 가능성 있는 원인들을 조사했습니다. 하지만 예상과는 달리 원인을 통 알 수가 없었죠. 이유를 알 수가 없었던 소퍼는 가족들에게 장티푸스 증상이 있기 전 특별히 달라진 점은 없었냐고 물었습니다. 아무리 사소한 것이라도 괜찮다며 말이죠. 가족들이 "아, 그러고 보니 요리사를 바꾸긴 했는데…….."라고 하자 소퍼는 바로 그 요리사에 대한 조사를 착수합니다. 메리가 그동안 일했던 모든 곳에 연락을 해본 소퍼는 메리가 일한 곳들에서만 수십 명이 장티푸스에 걸렸다는 것을 알아냈습니다. 범인은 요리사였군요!

"8월 4일에 이 가족이 요리사를 새로 고용했다는 사실을 알게 되었다. 이는 장티푸스가 번지기 3주 전의 일이었다. 그녀는 이후 가족들 곁에서 짧은 시간 동안 머물렀으며 장티푸스가 시작되고 약 3주 후에 이 집을 떠났다. 요리사는 40살 정도의 아일랜드 여성이며 키와 몸집이 크고 미혼이다. 겉으로 보기에 그녀는 아주 건강해 보인다." [주32]

1907년, 소퍼는 「미국의학저널」에 이렇게 기고하고는 범인인 요리사를 찾아 헤맸습니다. 소퍼가 드디어 메리를 찾아냈을 때, 메리는 파크 애비뉴에 있는 가정집에서 요리사로 일하고 있었습니다. 소퍼의 타이밍이 좀 늦어서 사람들은 이미 장티푸스에 시달리고 있었습니다. 집에서 고용한 세탁부는 병원으로 실려간 뒤였고 외동딸은 아주 위독한 상태였죠. 소퍼는 메리와 함께 부엌에 앉아 차분히 이야기를 시작했습니다. 하지만 어떻게 돌려서 말하든 '있잖아, 너 때문에 이 많은 사람들이 죄다 아프고 죽는 거야. 그러니까 네 대소변이랑 피를 내놔' 라는 말이 좋게 들리기는 아무래도 어렵겠죠. 게다가 장티푸스를 몰고 다니는 요리사라니, 소문이라도 났다간 메리는 평생 다시는 요리사로서 직장을 구하지 못할 테니 말이에요. 자기는 더할 나위 없이 건강한데 말이죠! 자신을 살인자(?)로 모는 소퍼의 말에 분노한 메리는 소퍼에게 포크를 들고 덤볐고 소퍼는 소스라치게 놀라 허둥지둥 달아납니다. 여기서 잠깐, 중년 여성이 포크 하나 들고 덤볐다고 뭘 도망까지 가나 싶으셨다면 메리가 들고 위협하는 데 사용한 포크는 우리가 파스타 먹을 때 쓰는 작은 포크가 아니라 고기를 도려낼 때 사용하는 커다란 카빙 포크로, 아주 위협적으로 생겼습니다.

소퍼는 얼마 후, 의사를 1명 데리고 메리의 방으로 찾아갑니다. 메리의 방은 굉장히 지저분하고 먼지가 굴러다니는 곳이었다고 합니다. 이 방에서 의사 역시 메리에게 다시 한 번 차분히 설명하려고 했으나 메리의 반응은 아주 폭력적으로, 이전과 별다를 바가 없었습니다. 결국 그 다음 날, 소퍼는 구급차 한 대와 경찰 3명과 함께 메리를 찾아왔습니다. 메리는 강하게 거부 반응을 보이며 달아났고 경찰은 몇 시간 동안 메리를 찾아 헤매다가 길거리의 공중 화장실 문틈에 메리의 옷이 끼어서 튀어나와 있는 것을 겨우 발견하였습니다. 소퍼는 메리에게 지금 우리는 널 잡아가려는 것이 아니라 피, 소변, 대변 샘플이 필요할 뿐이라고 그것만 주면 집으로 돌아와도 된다고 거듭 설명했지만 메리는 자기는 전혀 아프지 않고 완전히 건강한데 그게 왜 필요하냐고 소리 질렀습니다.

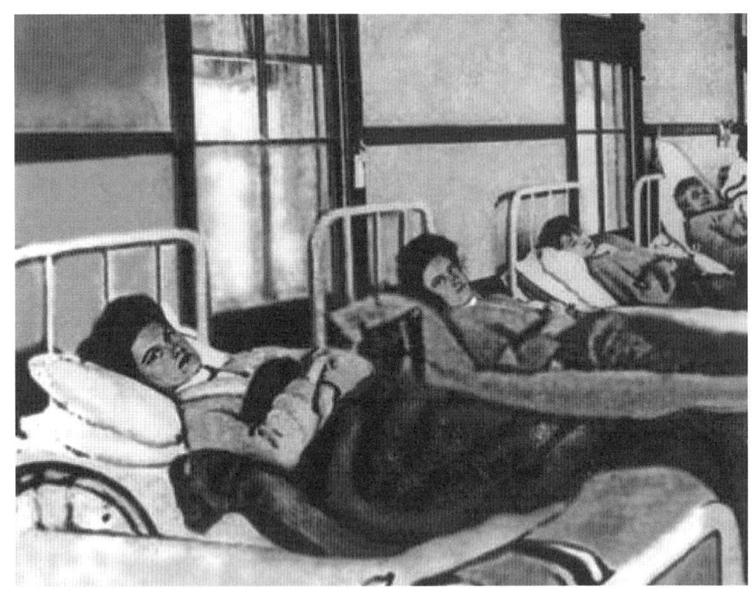

병상에 격리되어 있는 환자들. 맨 앞이 메리다.

소퍼는 메리가 장티푸스를 감염시키는 보균자라고 확신하고 있었기 때문에 메리가 계속 요리사로 근무하면 더욱 위험해질 것을 우려하여 결국 메리를 끌고 병원으로 가게 됩니다.

메리를 검사한 결과, 메리는 체내에 장티푸스균을 가지고 있지만 증상은 전혀 나타나지 않는, 무증상 보균자임이 확인되었습니다. 당시는 무증상 보균자가 뭔지 겨우 어렴풋하게 개념이 잡히던 시절이라 메리는 자신이 무증상 보균자라는 사실을 잘 받아들이지 못했습니다. 당시에는 담낭에 장티푸스균이 서식한다고 믿었기 때문에 의사들은 메리에게 담낭을 제거하는 수술을 하자고 제안합니다. 너무나 위험한 수술인데다가 자신이 결코 보균자라고 생각하지 않은 메리는 이 제안을 단칼에 거절합니다. 결국 메리는 병원의 독방에 격리 조치되어 무려 3년 동안 병원을 떠날 수 없었습니다.

그녀는 병원에 갇힌 지 2년째 되던 해에 멀쩡한 사람을 격리 조치하여 감금하는 것은 불법이라며 소송을 걸기도 했지만 결과는 실패였습니다. 3년째가 돼서야 뉴욕 시는 메리에게 다시는 요리사로 일하지 말고 보건소에 정기적으로 상태를 보고하라고 말하며 메리를 풀어주었습니다(이 이후 뉴욕 시에서는 장티푸스가 대대적으로 유행했다는 이야기가 있지만 이것이 메리 때문인지는 알 수 없습니다). 정부에서는 메리의 생계를 위해 세탁부로 일할 수 있도록 일자리도 마련해주었습니다. 하지만 세탁부로 일하는 건 메리에게 고역이었다고 합니다. 정부에서 시키니까 하고 있기는 한데 첫째, 적성에 너무 안 맞고 둘째, 부잣집에서 요리사로 일할 때보다 돈도 덜 주는 것 아니겠어요? 결국 메리는 이름을 메리 브라운, 브라운 부인으로 바꾸고는 무려 5년동안이나 여기저기 떠돌아다니며 요리사 일을 계속합니다. 당연히 그녀가 가는 모든 곳에서는 장티푸스가 발병했고 사람들은 끙끙 앓게 되었죠. 이전까지는 몰라서 그랬다지만 안 뒤에도 이러는 건 정말 너무하네요.

심지어 소화불량이 있던 한 남자에게는 메리가 자신만의 특제 소화제를 만들어주었는데 소화불량은 좋아졌는지 알 수 없지만 그 남자는 얼마 후 장티푸스로 사망하였습니다. 메리가 너무 자주 직장을 바꿨기 때문에 뉴욕 시가 메리를 다시 잡는 일은 쉽지 않았습니다.

메리가 다시 발견된 것은 1915년, 슬로안 여성 병원에서였습니다. 그곳에서는 25명의 사람들이 장티푸스에 걸렸고 그중 2명이 사망했죠. 메리는 또 다시 도망쳤지만 이번에는 경찰에 체포되었습니다. 메리는 이

장티푸스 병균 보유자인 메리가 조리되지 않은 음식에 접촉함으로써 장티푸스를 전염시킨 과정을 설명한 삽화. "이런 방법으로 장티푸스 메리는 여러 가족들에게 병을 퍼트렸다."라고 씌어 있다.

후 죽을 때까지 무려 23년간 병원에 갇혀 살게 됩니다. 강아지도 키우고 병원 내에서 화장실 관리하는 일도 하곤 했지만 두 번 다시 사회에 나갈 수 없었죠. 메리를 인터뷰하기 위해 언론사에서 종종 찾아오고는 했는데, 그럴 때면 병원에서는 기자들에게 메리가 만진 것은 물 한 잔도 마시지 말라고 경고했다고 합니다. 그렇다면 어떻게 그 많은 사람들이 메리로 인해 장티푸스에 감염이 되었던 것일까요? 메리는 뛰어난 요리사였을지는 몰라도 청결과 위생에 대해 엄격한 기준을 갖고 있지는 않았던 모양입니다. 그녀는 화장실에 다녀와서도 손을 전혀 씻지 않았고 식사 준비를 하기 전에도 손을 제대로 씻지 않았습니다.

물론 요리 재료에 세균이 좀 묻어도 펄펄 끓고 나면 괜찮지 않나 싶으실 수 있겠지만 문제는 메리가 가장 잘 만드는 건 뜨끈뜨끈한 스튜나 스테이크가 아니라 신선한 복숭아가 올라간 아이스크림이었다는 거죠. 장티푸스균이 토핑된 복숭아 아이스크림이네요.

현재에 와서 메리는 '장티푸스 메리'라는 별명으로 더 유명합니다, 이 장티푸스 메리라는 말은 지금도 (모르고 그러든 일부러 그러든) '전염병을 퍼트리는 보균자', '슈퍼 전파자'를 뜻하는 말로 사용됩니다. 하지만 메리가 전염시킨 사람은 알려진 것으로만 모두 53명(사망자 3명 포함)으로 슈퍼 전파자들 중에 엄청나게 많은 편인 것은 아닙니다(물론 가명으로 돌아다녔을 때 전염된 사람들은 셀 수가 없으므로 사망자가 50명이 넘는다는 추론도 있습니다).

이탈리아 이민자인 토니 라벨라는 모두 100여 명(사망자 5명)에게, 알폰세 코틸스는 모두 36명(사망자 3명)에게 장티푸스를 전염시킨 것으로 알려져 있습니다. 특히 코틸스는 심지어 식당 주인이었는데, 자신이 슈퍼 전파자라는 걸 알고도 계속 식당에 나와서 일을 했습니다. 시에서 잔소리를 늘어놓은 뒤에야 집에서 전화로 일하겠다고 약속했다고 해요. 다만 그중 메리가 장티푸스와 관련해서 가장 널리 이름이 알려진 인물이기 때문에 오늘날까지도 '장티푸스 메리'로 역사에 이름이 남아 있습니다.

18. 전쟁에 참전한 곰돌이 병사

– 제2차 세계대전에서 맹활약한 불곰 보이텍 이야기

탱크나 비행기가 없던 시절, 육중한 코끼리나 잘 훈련된 개, 문서를 전달하는 비둘기 등등은 고대의 전쟁에 없어서는 안 될 어엿한 병기(?)였습니다. 말이나 개, 코끼리, 비둘기에서 멧돼지에 이르기까지 고대의 전투에서는 정말 다양한 동물들이 인간들의 전쟁에 참전하고는 했습니다. 하지만 이번 이야기에 등장하는 불곰은 탱크도 비행기도 모두 있었던 20세기에 군부대의 당당한 일원으로 부대원들의 사랑을 독차지했던 귀요미 병사였답니다. 마치 커다란 인형 같았던 곰돌이 병사, 보이텍의 이야기를 들어볼까요?

때는 1942년, 전 세계가 총소리와 폭탄 터지는 소리로 정신이 하나도 없던 제2차 세계대전이 한창일 때였습니다. 소련에 포로로 잡혀 있다가 풀려난 폴란드 병사들은 이동 중에 한 이란인 목동 소년으로부터 아기 불곰을 사게 됩니다. 아기 곰의 어미는 사냥꾼들에 의해 죽었고 목동 소

귀여운 아기 곰 시절의 보이텍.

년은 아직 돌도 안 지난 아기 곰을 포대에 담아 데리고 다니고 있었죠. 군인들이 처음 아기 곰을 발견했을 때, 아기 곰은 포대에서 나와 선임병사인 표트르에게 다가가서는 다리에 코를 비비고는 웃는 표정을 지었다고 합니다. 세상 살 줄 아는 곰돌이네요. 귀여운 곰돌이의 모습에 마음이 아이스크림처럼 사르르 녹아내린 군인들은 자신들이 가지고 있던 귀중한 전투 식량을 기꺼이 목동 소년과 아기 곰의 배를 채우는 데 썼습니다. 아기 곰은 엄마에게 받아야 할 보호와 영양을 제대로 받지 못한 탓인지 작고 약했습니다. 아기 곰은커녕 사람의 아기도 안 키워봤을 것 같은 군인들은 쩔쩔매다가 오래된 빈 보드카 병에 연유를 담고 입구를 손수건으로 막아서 젖병 비슷한 형태로 만들어서 먹이기 시작했습니

물을 마시는 보이텍을 사랑스럽게 지켜보는 폴란드 병사들.

다. 아기 곰은 처음에 자신이 코를 비볐던 표트르가 주는 연유를 곧잘 받아먹었고 점점 과일, 꿀, 시럽, 마멀레이드 같은 것을 먹으면서 쑥쑥 자랐죠.

이 아기 곰은 곧 '전쟁을 즐기는', '웃는 전사'라는 뜻의 보이텍이라는 이름으로 불리게 되었습니다. 현재까지도 폴란드에서 남자아이에게 많이 붙여주는 이름인 보이텍은 처음 만났을 때부터 웃었던 아기 곰에게 잘 어울리는 이름이었죠. 통조림과 동전 몇 닢 등을 목동 소년에게 쥐여준 군인들은 보이텍을 이등병으로 입양하자는 획기적인(!) 생각을 하게 되었습니다. 아무리 새끼라지만 곰을 가방에 넣어 데리고 다닌 소년도, 전쟁 포로로 있다가 부대로 복귀하면서 아기 곰을 애완동물로 산 병사들도 참 대단하죠. 곰을 입양하는 일은 부대장의 허락이 있어야

첫 만남 때부터 통했던 '엄마 곰' 병사 표트르와 보이텍. "사진 찍을 땐 웃어야지, 보이텍!"(왼쪽). 전쟁 중 잠시나마 군인들에게 위안을 주었던 보이텍(오른쪽).

가능했기에 군인들은 부대장의 눈치를 보다가 둘을 소개시켰는데, 다행히 부대장은 아기 곰을 보자마자 한눈에 사랑에 빠졌습니다.

덕분에 보이텍은 단순히 애완동물이 아니라 부대의 마스코트로서 자기만의 방과 침대까지 제공받을 수 있게 되었습니다. 표트르는 보이텍을 담당하는 임무를 받았고 그 덕분에 '엄마 곰'이라는 별명도 얻었습니다. 다행히도 보이텍을 데려온 병사들이 물자 보급을 맡은 자유폴란드군 2군단 22보급중대 부대원들이었기에 보이텍은 직접 전선에 투입될 일은 없었죠. 안정적인 거처가 생긴 보이텍은 부대원들의 사랑을 듬뿍 받으며 개구쟁이로 자라났고 야자나무 위에 올라갔다가 내려오지 못해 쩔쩔매고는 해서 힘든 전쟁에 지친 군인들에게 웃음을 안겨주기도 했습니다.

바글바글한 군인들 사이에서 자라난 곰돌이 병사 보이텍은 맥주와 와인을 사랑하게 되었는데 특히 어릴 때부터 보드카 병에 든 우유를 먹

레슬링을 하는 보이텍과 군인(왼쪽)과 군인들과 어울리는 보이텍(오른쪽).

고 자란 탓인지 맥주와 와인도 반드시 병에 담긴 것만 먹었으며, 병이 비면 병을 들여다보는 시늉을 하면서 더 달라는 몸짓을 하곤 했답니다. 놀랍게도 술과 더불어 흡연을 즐기기도 했는데 불이 붙지 않은 담배는 거절했다고 하니, 왜인지 불 안 붙은 담배를 주면 정색했을 곰돌이가 상상되네요. 불 붙은 담배를 주면 한 입 피고는 입 안으로 휙 던져 씹어 먹으면서 매우 즐거워했다고 합니다.

술과 담배 외에 보이텍은 목욕과 레슬링을 가장 좋아했습니다. 하지만 아무리 귀요미라고 해도 사실은 무시무시한 곰이다보니 인간 동료들과 레슬링을 하면 보이텍이 백전백승이었습니다. 애초에 다 자란 불곰과 사람이 레슬링을 했는데 죽지 않은 것만으로도 다행이지요. 당시

쑥쑥 자라난 보이텍은 곧 여러 사람 분의 일도 맡아 할 수 있게 되었다.

군인들이 입었던 피해는 심해봤자 발톱에 살짝 긁히거나 군복이 약간 찢어지는 정도였다고 하니 보이텍이 연약한(?) 전우들을 배려해 살살 해준 모양이에요.

그러던 어느 날, 팔레스타인에 머물던 부대에 도둑이 들게 됩니다. 실탄이 가득가득한데다 한창 전쟁 중인 군부대에 도둑질을 하러 들어오다니, 도둑의 패기도 대단하죠? 그런데 하필 도둑이 들어간 곳이 보이텍이 침실로 쓰고 있던 탄약 창고였습니다. 군부대에 도둑질하러 온 것도 간 떨리는데 불곰이 자는 방으로 제 발로 걸어들어갔군요. 커다란 곰을 보고 기겁을 한 도둑은 허둥지둥 달아나려다 결국 잡혔고 보이텍은 상으로 맥주 한 병을 받았습니다. 보이텍 입장에선 자다 일어나서 쳐다만 봤을 뿐인데 맥주가 생겼네요!

배에 오르는 보이텍.

부대원들은 훈련을 받고 나면 병사들과 함께 그늘에서 맥주 한 잔을 즐기고 샤워도 같이 하던 보이텍을 단순히 동물이 아니라 진짜 전우로 생각했습니다. 얼마 후인 1943년, 부대는 평화롭고 즐거운 나날을 보내던 보이텍을 데리고 이탈리아로 이동합니다. 물론 지중해를 건너기 위해 배에 오를 때 '이게 뭐야! 왜 곰이 부대에 있어!' 하는 반응을 얻기도 했지만 부대에서는 보이텍이 그저 털이 좀 많은 평범한 병사라는 듯이 보이텍의 월급 통장에 계급, 군번까지 제출했고 결국 서류상으로는 아무 문제가 없어서 무사히 배에 오를 수 있었다고 합니다. 아니, 인간이 아니라는 문제가 있는 거 아닌가요!

이탈리아에 도착한 부대는 얼마 후인 1944년 몬테카시노 전투에 참전하게 됩니다. 보이텍을 관리하도록 명을 받은 군인이 따로 있기야 했지만 전쟁하러 와서 곰돌이랑 놀아주기만 할 수는 없으니 포탄 보급을 하라는 명을 받았고 하는 수 없이 보이텍을 두고 가야 했죠. 하지만 사람들이 하는 것을 따라하기를 좋아하던 보이텍은 누가 시키지도 않았

많은 이들이 사랑스러운 보이텍을 쳐다보느라 정작 카메라는 신경도 쓰지 않고 있다.

는데 가만히 지켜보더니 자기도 다른 병사들처럼 포탄을 들어 나르기 시작했습니다. 사방에서 폭탄이 쾅쾅 터지는 소리가 났을 테니 무슨 상황인지 모르는 곰돌이가 기겁을 하고 놀랐더라도 충분히 이해가 되지만, 보이텍은 단 한 발의 포탄도 떨어트리지 않고 꿋꿋하게 임무를 제대로 수행하였습니다.

이 전투 이후로 그렇잖아도 인기 많던 보이텍의 인기는 더더욱 높아졌고 결국 포탄을 들고 있는 보이텍의 그림은 부대의 문장이 되었습니다. 쑥쑥 자라서 키는 183센티미터에 몸무게는 220킬로그램이 넘었던 보이텍은 여행할 때는 조수석에 앉아서 다녔는데 이동 거리가 길어지

군용 트럭에 타고 있는 보이텍. 보이텍을 형상화한 부대 문장이 눈에 띈다.

면 보이텍이 편하게 누워서 갈 수 있도록 뒤에 태웠다고 합니다.

1945년 드디어 전쟁은 끝이 났고 동네 사람들과 언론에게 보이텍은 인기 만점이었습니다. 심지어 폴란드-스코틀랜드 우호협회에서는 보이텍을 명예 회원으로 대접해주기도 했죠. 1947년에 자유폴란드군이 해산하자 폴란드와는 멀리 떨어진 영국까지 와 있던 부대원들은 드디어 그리운 고향으로 돌아갈 수 있게 되었습니다. 하지만 부대가 집이었던 보이텍은 갈 곳이 없었기에 에든버러 동물원에서 살게 되었죠. 늘 부대원들과 레슬링하고 같이 샤워하고 같은 막사에서 뒹굴며 잠을 잤던 보이텍에게 갑자기 모두와 헤어져 동물원에서 사는 것은 아주 우울하고 슬픈 일이었습니다.

물론 그렇다고 인간에게 완전히 길들여져 사냥이라고는 전혀 할 줄 모르고 맥주와 담배를 좋아하는 곰돌이를 무작정 야생으로 풀어주는 것도 불안한 일이었겠지요. 사람만 보면 좋아서 달려오는 곰돌이가 공격 안 한다는 걸 알고 봐야 귀엽지, 산에서 '우와! 인간이다! 반가워!'

하며 뛰어오는 덩치 커다란 불곰이라니! 모르는 사람이 보면 깜짝 놀라 총을 쏠지도 모르는 일이니까요.

보이텍의 전우들은 이후로도 보이텍을 만나기 위해 종종 동물원으로 찾아왔는데 귀에 선 영어만 들리던 이 동물원에서 그리운 폴란드어로 보이텍을 부르는 사람이 나타나면 보이텍은 신이 나서 달려가 '어서 담배를 내놓아라!' 하는 시늉을 했다고 합니다. 그러면 보이텍의 전우들은 동물원 측에서 막거나 말거나 담장을 넘어 보이텍과 놀기 위해 들어가곤 했습니다.

1947년에 에든버러 동물원에 들어간 보이텍은 1963년에 22살의 나이로 평화롭게 세상을 떠났습니다. 제2차 세계대전에서 자유폴란드군 22 포탄 보급중대원으로 훌륭하게 복무한 보이텍의 최종 계급은 하사였으며, 오늘날에는 폴란드에 보이텍을 기념하는 동상과 기념비까지 세워져 있답니다.

각주

주1:Evans, Michael, *The Death of Kings: Royal Deaths in Medieval England*, A&C Black, 2007, p. 88

주2:Carroll, Leslie, *Royal Affairs: A Lusty Romp Through the Extramarital Adventures That Rocked the British Monarch*, Penguin, 2008, p. 18

주3:Neill, James, *The Origins and Role of Same-Sex Relations in Human Societies*, McFarland, 2008, p. 345

주4:Gillingham, John, *Richard I*, Yale University Press, 1999, p. 244

주5:Flori, Jean, *Eleanor of Aquitaine: Queen and Rebel*, Edinburgh University Press, 2007, p. 172

주6:Downey, Kirstin, *Isabella: The Warrior Queen*, Knopf Doubleday Publishing Group, 2014, ebook

주7:Marino, Nancy F., *Jorge Manrique' s Coplas Por la Muerte de Su Padre: A History of the Poem and Its Reception*, Boydell & Brewer Ltd, 2011, p. 9

주8:Stoker, Bram, *Famous Imposters*, Sidgwick & Jackson, 1910. ebook

주9:Stoker, Bram, *Famous Imposters*, Sidgwick & Jackson, 1910. ebook

주10:Borman, Tracy, *The Private Lives of the Tudors: Uncovering the Secrets of Britain's Greatest Dynasty*, Hachette UK, 2016. ebook

주11:Weir, Alison, *Elizabeth, The Queen*, Random House, 2011, p. 48

주12:Borman, Tracy, *The Private Lives of the Tudors: Uncovering the Secrets of Britain's Greatest Dynasty*, Hachette UK, 2016. ebook

주13:Thatcher, Benjamin Bussey, *Indian biography, or, An historical account of those individuals who have been distinguished among the North American natives as orators, warriors, statesmen, and other remarkable characters*, J. & J. Harper, 1832, p. 116

주14:Weaver, Jace, *The Red Atlantic: American Indigenes and the Making of the Modern World, 1000-1927*, UNC Press Books, 2014, p. 59

주15:Weaver, Jace, *The Red Atlantic: American Indigenes and the Making of the Modern World, 1000-1927*, UNC Press Books, 2014, p. 60

주16:Boucher, François, *Metropolitan Museum of Art (New York, N.Y.), Detroit Institute of*

Arts, François Boucher, 1703-1770, Metropolitan Museum of Art, 1986, p. 259

주17:Marley, David F., *Mexico at War: From the Struggle for Independence to the 21st-Century Drug Wars*, ABC-CLIO, 2014. p. 215

주18:Hall, Frederic, *Life of Maximilian I*, James Miller, 1868, p. 107

주19:McAllen, M. M., *Maximilian and Carlota: Europe's Last Empire in Mexico*, Trinity University Press, 2014, p. 18

주20:Mexico, *The Mexican Constitution of 1917 Compared with the Constitution of 1857*, American academy of political and social science, 1917, p. 64

주21:McAllen, M. M., *Maximilian and Carlota: Europe's Last Empire in Mexico*, Trinity University Press, 2014, p. 209

주22:Gallo, Rubén, *Freud's Mexico: Into the Wilds of Psychoanalysis*, MIT Press, 2010, p. 291

주23:Elderfield, John, *Museum of Modern Art (New York, N. Y.), Manet and the Execution of Maximilian*, The Museum of Modern Art, 2006, p. 190

주24:Nakanishi, Michiko, *Heroes and Friends: Behind the Scenes of the Treaty of Portsmouth*, Peter E. Randall Publisher, 2006, p. 10

주25:Gelardi, Julia P., *Born to Rule: Five Reigning Consorts, Granddaughters of Queen Victoria*, Macmillan, 2007, p. 176

주26:Gelardi, Julia P., *Born to Rule: Five Reigning Consorts, Granddaughters of Queen Victoria*, Macmillan, 2007, p. 176

주27:Radzinsky, Edvard, *The Rasputin File*, Knopf Doubleday Publishing Group, 2010, p. 30

주28:Rappaport, Helen, *The Romanov Sisters: The Lost Lives of the Daughters of Nicholas and Alexandra*, St. Martin' s Press, 2014, p. 86

주29:Smith, Douglas, *Rasputin: The Biography*, Pan Macmillan, 2016. ebook

주30:Cook, Andrew, *To Kill Rasputin: The Life and Death of Grigori Rasputin*, The History Press, 2011, p. 224

주31:Cook, Andrew, *To Kill Rasputin: The Life and Death of Grigori Rasputin*, The History Press, 2011, p. 222

주32:American Medical Association, *The Journal of the American Medical Association Vol 48*, American Medical Association, 1907, p. 20~21

참고문헌

김원호, 『북미의 작은 거인 멕시코가 기지개를 켠다』, 민음사, 1994.

레이몬드 카, 『스페인사』, 김원중 · 황보영조 옮김, 까치, 2006.

박석순, 『일본사』, 대한교과서, 2005.

서희석 · 호세 안토니오 팔마, 『유럽의 첫 번째 태양, 스페인』, 을유문화사, 2015.

이윤섭, 『다시 쓰는 한국 근대사』, 평단문화사, 2009.

존 H. 엘리엇, 『스페인 제국사 1469-1716』, 김원중 옮김, 까치글방, 2001.

타임라이프 북스, 『전쟁과 평화 제정 러시아』, 김한영 옮김, 가람기획, 2005.

필립 R. 레일리, 『천재의 유전자, 광인의 유전자』, 이종인 옮김, 시공사, 2002.

Abbott, John Stevens Cabot, *The History of Napoleon III., Emperor of the French*, B.B. Russell, 1873.

Adams, Christine & Adams, Tracy, *Female Beauty Systems*, Cambridge Scholars Publishing, 2015.

Aird, William M., *Robert 'Curthose', Duke of Normandy*, Boydell Press, 2011.

Algrant, Christine Pevitt, *Madame de Pompadour: Mistress of France*, Grove Press, 2003.

American Medical Association, *The Journal of the American Medical Association Vol 48*, American Medical Association, 1907.

Barker, Adele Marie, *Consuming Russia: Popular Culture, Sex, and Society Since Gorbachev*, Duke University Press, 1999.

Billows, Richard A, *Julius Caesar: The Colossus of Rome*, Routledge, 2008.

Borman, Tracy, *The Private Lives of the Tudors: Uncovering the Secrets of Britain's Greatest Dynasty*, Hachette UK, 2016.

Boucher, François, *Metropolitan Museum of Art (New York, N.Y.)*, Detroit Institute of Arts, François Boucher, 1703-1770, *Metropolitan Museum of Art*, 1986.

Browne, Ray & Neal, Arthur, *Ordinary Reactions to Extraordinary Events*, Popular Press, 2001.

Bullón-Fernández, M. & Bullón-Fernández, María, *England and Iberia in the Middle Ages, 12th-15th Century: Cultural, Literary, and Political Exchanges*, Springer, 2007.

Busk, M. M., *The History of Spain and Portugal*, Baldwin and Cradock, 1854.

Caffrey, Kate, *The Mayflower*, Rowman & Littlefield, 2014.

Campbell, Ballard C., *Disasters, Accidents, and Crises in American History: A Reference Guide to the Nation's Most Catastrophic Events*, Infobase Publishing, 2008.

Carroll, Leslie, *Royal Affairs: A Lusty Romp Through the Extramarital Adventures That Rocked the British Monarch*, Penguin, 2008.

Carroll, Leslie, *Royal Pains: A Rogues' Gallery of Brats, Brutes, and Bad Seeds*, Penguin, 2011.

Chandler, Gael, *Chronicles of Old San Francisco: Exploring the Historic City by the Bay*, Museyon, 2014.

Church, Stephen, *King John: And the Road to Magna Carta*, Basic Books, 2015.

Corfis, Ivy A. & Harris-Northall, Ray, *Medieval Iberia*, Tamesis Books, 2007.

Chynoweth, William Harris, *The Fall of Maximilian, Late Emperor of Mexico*, The Author, 1872.

Civitello, Linda, *Cuisine and Culture: A History of Food and People*, John Wiley & Sons, 2007.

Cook, Andrew, *To Kill Rasputin: The Life and Death of Grigori Rasputin*, The History Press, 2011.

Davies, Norma, *God's Playground A History of Poland*, OUP Oxford, 2005.

d' Avray, David, *Papacy, Monarchy and Marriage 860-1600*, Cambridge University Press, 2015.

d'Avray, D. L., *Dissolving Royal Marriages: A Documentary History, 860-1600*, Cambridge University Press, 2014.

De Armas, Frederick Alfred, *A Star-crossed Golden Age*, Bucknell University Press, 1998.

Downey, Kirstin, *Isabella: The Warrior Queen*, Knopf Doubleday Publishing Group, 2014.

Drees, Clayton J., *The Late Medieval Age of Crisis and Renewal, 1300-1500*, Greenwood Publishing Group, 2001.

Dyer, Thomas Henry, *The History of Modern Europe from the Fall of Constantinople: In 1453, to the War in the Crimea, in 1857*, J. Murray, 1861.

Elderfield, John, *Museum of Modern Art (New York, N.Y.), Manet and the Execution of Maximilian*, The Museum of Modern Art, 2006.

Evans, Michael, *The Death of Kings: Royal Deaths in Medieval England*, A&C Black, 2007.

Fleiner, Carey & Woodacre, Elena, *Virtuous or Villainess? The Image of the Royal Mother from the Early Medieval to the Early Modern Era*, Springer, 2016.

Flori, Jean, *Eleanor of Aquitaine: Queen and Rebel*, Edinburgh University Press, 2007.

Freeman, Philip, *Julius Caesar*, Simon and Schuster, 2008.

Gallo, Rubén, *Freud's Mexico: Into the Wilds of Psychoanalysis*, MIT Press, 2010.

Gargarella, Roberto, *Latin American Constitutionalism,1810-2010*, Oxford University Press, 2013.

Gelardi, Julia P., *Born to Rule: Five Reigning Consorts, Granddaughters of Queen Victoria*, Macmillan, 2007.

Gillingham, John, *Richard I*, Yale University Press, 1999.

Goldsworthy, Adrian, *Caesar: The Life Of A Colossus*, Hachette UK, 2013.

Gosse, Philip, *The History of Piracy*, Courier Corporation, 2007.

Hall, Frederic, *Life of Maximilian I*, James Miller, 1868.

Hamann, Brigitte, *The Reluctant Empress: A Biography of Empress Elisabeth of Austria*, Faber & Faber, 2012.

Hendley, Nate, *The Big Con: Great Hoaxes, Frauds, Grifts, and Swindles in American History: Great Hoaxes, Frauds, Grifts, and Swindles in American History*, ABC-CLIO, 2016.

Jerosz, Janice K., *The Murphy' s*, AuthorHouse, 2011.

Kamm, Antony, *Julius Caesar: A Life*, Routledge, 2006.

Keay, Anna, *The Magnificent Monarch: Charles II and the Ceremonies of Power*, A&C Black, 2008.

Kistler, John M., *Animals in the Military: From Hannibal's Elephants to the Dolphins of the U.S. Navy*, ABC-CLIO, 2011.

Koppman, Steve & Koppman, *Lion, A Treasury of American-Jewish Folklore*, Jason Aronson, Incorporated, 1998.

Lingard, John, *The history of England, from the first invasion by the Romans to the accession of William and Mary in 1688*, C. Dolman, 1854.

Marino, Nancy F., *Jorge Manrique' s Coplas Por la Muerte de Su Padre: A History of the Poem and Its Reception*, Boydell & Brewer Ltd, 2011.

Marley, David F., *Mexico at War: From the Struggle for Independence to the 21st-Century Drug Wars*, ABC-CLIO, 2014.

Massie, Robert K., *Nicholas and Alexandra: The Tragic, Compelling Story of the Last Tsar and his Family*, Head of Zeus, 2013.

Massie, Robert K., *The Romanovs: The Final Chapter: The Terrible Fate of Russia's last Tsar and his Family*, Head of Zeus, 2013.

McAllen, M. M., *Maximilian and Carlota: Europe's Last Empire in Mexico*, Trinity University Press, 2014.

Mexico, *The Mexican Constitution of 1917 Compared with the Constitution of 1857*, American academy of political and social science, 1917.

Miles, Donald W., *Cinco de Mayo: What is Everybody Celebrating? : the Story Behind Mexico's Battle of Puebla*, iUniverse, 2006.

Miller, Robert Ryal, *Mexico: A History*, University of Oklahoma Press, 1989.

Miller, Rod, *The Lost Frontier: Momentous Moments in the Old West You May Have Missed*, Rowman & Littlefield, 2015.

Montefiore, Simon Sebag, *The Romanovs: 1613-1918*, Hachette UK, 2016.

Mossanen, Dora Levy, *The Last Romanov*, Sourcebooks, Inc., 2012.

Nakanishi, Michiko, *Heroes and Friends: Behind the Scenes of the Treaty of Portsmouth*, Peter E. Randall Publisher, 2006.

Neill, James, *The Origins and Role of Same-Sex Relations in Human Societies*, McFarland, 2008.

Nichols, Stephen G. & Calhoun, Alison, *Rethinking the Medieval Senses*, JHU Press, 2008.

Nirenberg, David, *Neighboring Faiths, Christianity, Islam, and Judaism in the Middle Ages and Today*, University of Chicago Press, 2014.

Orr, Aileen, *Wojtek the Bear: Polish War Hero*, Birlinn, 2012.

Phillips, Carla Rahn & Phillips, Jr, William D., *A Concise History of Spain*, Cambridge University Press, 2015.

Prescott, William Hickling, *History of the Reign of Ferdinand and Isabella the Catholic of Spain*, Richard Bentley, 1838.

Radzinsky, Edvard, *The Rasputin File*, Knopf Doubleday Publishing Group, 2010.

Rappaport, Helen, *The Romanov Sisters: The Lost Lives of the Daughters of Nicholas and Alexandra*, St. Martin' s Press, 2014.
Rawson, Andrew, *A Clash of Thrones: The Power-crazed Medieval Kings, Popes and Emperors of Europe*, The History Press, 2015.
Rodríguez O., Jaime E. & Vincent, Kathryn, *Myths, Misdeeds, and Misunderstandings: The Roots of Conflict in U.S.-Mexican Relations*, Rowman & Littlefield, 1997.
Ruiz, Teofilo F, *Spanish Society, 1400-1600*, Routledge, 2014.
Russell, Philip, *The Essential History of Mexico: From Pre-Conquest to Present*, Routledge, 2015.
Sismondi, Jean-Charles-Léonard Simonde, *The French Under the Merovingians*, W. &. T. Piper, 1850.
Slatyer, Will, *Ebbs and Flows of Medieval Empires, AD 900 -1400*, PartridgeIndia, 2014.
Smith, Douglas, *Rasputin: The Biography*, Pan Macmillan, 2016.
Stevenson, Tom, *Julius Caesar and the Transformation of the Roman Republic*, Routledge, 2014.
Stoker, Bram, *Famous Imposters*, Sidgwick & Jackson, 1910.
Stone, Daniel Z., *The Polish-Lithuanian State, 1386-1795*, University of Washington Press, 2014.
Suziedelis, Saulius A., *Historical Dictionary of Lithuania*, Scarecrow Press, 2011.
Thackeray, Frank W., Findling, John E., *Events That Formed the Modern World: From the European Renaissance through the War on Terror*, ABC-CLIO, 2012.
Thatcher, Benjamin Bussey, *Indian biography, or, An historical account of those individuals who have been distinguished among the North American natives as orators, warriors, statesmen, and other remarkable characters*, J. & J. Harper, 1832.
Thompson, James Westfall, *History of the Middle Ages: 300-1500*, Routledge, 2016.
Thurley, Simon, *Houses of Power: The Places that Shaped the Tudor World*, Random House, 2017.
Vovk, Justin C., *Imperial Requiem*, iUniverse, 2014.
Warner, Philip, *Sieges of the Middle Ages*, Pen and Sword, 2004.
Watanabe-O'Kelly, Helen, Morton, Adam, *Queens Consort, Cultural Transfer and European*

Politics, c.1500-1800, Routledge, 2016.

Weaver, Jace, *The Red Atlantic: American Indigenes and the Making of the Modern World, 1000-1927*, UNC Press Books, 2014.

Weir, Alison, *Elizabeth, The Queen*, Random House, 2011.

Woodacre, Elena, *The Queens Regnant of Navarre: Succession, Politics, and Partnership, 1274-1512*, Palgrave Macmillan, 2013.

Wright, Ronald, *Stolen Continents: Five Hundred Years of Conquest and Resistance in the Americas*, Houghton Mifflin Harcourt, 2005.

스캔들
세계사 4

지은이 _ 이주은
펴낸이 _ 강인수
펴낸곳 _ 도서출판 파피에

초판 1쇄 발행 _ 2017년 11월 27일
초판 2쇄 발행 _ 2019년 8월 22일

등록 _ 2001년 6월 25일 (제2012-000021호)
주소 _ 서울시 마포구 서교동 487 (209호)
전화 _ 02-733-8668
팩스 _ 02-732-8260
이메일 _ papier-pub@hanmail.net

ISBN 978-89-85901-83-3 03900
978-89-85901-68-0 (세트)

· 잘못 만들어진 책은 바꾸어 드립니다.
· 값은 뒤표지에 있습니다.

한국출판문화산업진흥원의 출판 콘텐츠 창작 자금을 지원받아 제작되었습니다.